# お掃除させていただきます！

灯乃

Tohno

Regina

RB

レジーナ文庫

登場人物紹介
ユリシーズ
スターリング商会の一員。毒舌家で表情が乏しい。
エルドレッド
王家並みの財力と影響力を持つスターリング商会の代表。若くして重役に就くだけあって、誠実で落ち着きのある青年。……かと思いきや、別の顔もあるようで?
アシュレイ
没落した子爵家の一人娘で、天涯孤独の身の上。生活のために掃除婦の仕事をはじめたものの、トラブルに巻きこまれて辞めざるを得なくなる。

アビゲイル
イシャーウッド侯爵の妻で
麗しの貴婦人。
ザカライア
女性言葉で話す
新進気鋭の男性画家。
エスメラルダ
イシャーウッド侯爵家の令嬢。
夢見がちな少女だという
噂があるが……
ジェラルディーン
エルドレッドの
私邸に勤めている。
侍従の格好をした
男装の麗人。
ヘンリエッタ
エルドレッドの
私邸に勤めるメイド。
頭の回転が速い。
クラリッサ
エルドレッドの
私邸に勤めるメイド。
色気たっぷりな美女。

# 目次

お掃除させていただきます！

# 第一章　メイドですが、何か？

――きゅっぽん！

とある貴族の屋敷の一室に、そんな大変小気味のいい音が響いた。

音を鳴らしたのは、メイド服姿の少女――アシュレイ・ウォルトン。彼女はたった今、手にしていた『武器』こと『水洗トイレのつまりを直すための道具』で、自分の敵とみなした中年男性の顔を吸い取ったところだ。

そして『武器』を一瞥《いちべつ》すると、淡々とした声で言う。

「ご安心ください。これは、未使用品です」

その言葉ののち、タン！　と高らかに足音を鳴らした。

彼女は『武器』をくるりと回しながら残る敵の方へ体の向きを変え、それを体の前で構え直す。ほっそりとした体つきの少女だが、その立ち姿は堂々として隙がない。

彼女の鮮《あざ》やかなコバルトブルーの瞳は、凄絶《そうぜつ》な怒りを孕《はら》んでいる。目をわずかに細めて、アシュレイは口を開いた。

「……さて。あなたで最後になるわけですが、何か言い残すことはございますか？」

彼女の視線の先にいるのは、仕立てのいい服を着た中年の男だ。彼は腰を抜かして床に座りこみ、上ずった声を上げる。

「き……きさま……っこんなことをして、ただで済むと思って……！」

「こんなこと？」

アシュレイは、うっすらと笑って首を傾《かし》げる。

「おかしなことを言うものですね。成人男性五人がかりで、訪問先の屋敷に勤めるメイドの少女を手籠《てご》めにしようとするのは、犯罪行為でしょう。そんなゲス野郎どもに抵抗するのは、立派な正当防衛だと思いませんか？」

アシュレイは数カ月前からこの屋敷に勤める、掃除担当のメイドである。今日は屋敷の主人が貴族五人を招待して宴《うたげ》を開くと言い、彼女はなぜか客人の案内役に指名されたのだ。

そして屋敷を訪れた客人たちを宴会場に通した途端、彼らは襲いかかってきた。そこでブチ切れたアシュレイは、彼らの手から逃《のが》れ、掃除用具入れに入っていた『武器』を取り出し――今に至る。

彼女がすっと『武器』を突きつけると、男が顔を引きつらせて後ずさる。

男の周囲には、『武器』によってすでに制圧された者たちが転がっていた。気絶した彼らの顔の中心は、揃って円形に赤くなっている。

男はわずかでも『武器』から離れようとしつつ、再びわめく。

「おまえは、『太陽の歌姫』オーレリアの娘だろうが！　メイドなどとは笑わせる。どうせ母親と同じで、男をたぶらかすのが好きなのだろう⁉　大体、今夜の宴会前におまえと遊んでいいと言ったのは、この屋敷の主《あるじ》だぞ！」

「……なんだと？」

まだほのかに幼さの残るアシュレイの顔から、すっと表情が消える。

アシュレイは主《あるじ》にそんなことを言われていない。しかし男の話が本当であれば、主《あるじ》は彼女を客人の性的なお相手として宛《あ》てがったということになる。

男は下卑《げび》た笑みを浮かべて、言い募《つの》った。

「あぁ、そうさ。おまえは、出自を隠してこの屋敷へ勤めに入ったようだがな。ウォルトン子爵……甲斐性なしの父親が死んだのは、半年前だったか？」

アシュレイは、きゅっと唇を噛《か》んだ。

そんな彼女を、男はねっとりとした目つきで見上げる。

「まったく、惜《お》しいことだ。おまえの髪が金髪なら、まさに二十年前の『太陽の歌姫』オーレリアそのものだというのにな。だが、その瞳の色は、間違いない。我らが若い頃に焦《こ》がれたオーレリア・ブルーだ。この家の主人も、おまえの瞳を一目見てわかったと言っていたぞ!!」

瞳の色のせいで出自――娼婦だったオーレリアの娘だということがバレて、自分はこんな目に遭《あ》っているのだ。そう気がついて、アシュレイの目が据《す》わる。

「黙れ！」

鋭《するど》く叫んだアシュレイは、手にしていた『武器』を男の顔面に叩きつけた。

ちょうど顔面に『武器』が吸いつき、ぱっこん！　と軽やかな音が響く。

アシュレイは、はっと目を見開いたあと小さく息をつき、辛うじて震えを抑えた。そして、声を絞《しぼ》り出す。

「……武器を持った相手を前に、ペラペラとよけいなことをしゃべるな、阿呆《あほう》」

彼女が『武器』を引くと、「きゅっぽん！」という音とともに、赤くなった男の顔が現れる。

呆然とした様子の相手に、アシュレイは冷ややかに告げる。

「おまえたち中年貴族が、かつてわたしの母と遊んでいたことは知っている。だが、わたしはおまえたちのような下劣で貧弱な男どもと遊ぶほど、安くない。わたしと遊びたいのなら、せめてわたしと一対一の勝負で勝てるくらいになってから来い」

言い終えると同時に、アシュレイは全力で男の股間めがけて足を踏み下ろす。

「～～っ!!」

男は声もなく悶絶《もんぜつ》した。アシュレイとしても、大変不快な作業ではあったが、残りの男たちにも同様にとどめを刺す。

ひと仕事を終えたアシュレイは、それにしてもと考えこんだ。

（まさか雇い主本人が、わたしをこのゲス貴族どもに売っていたとは……）

来客の男たちが共謀《きょうぼう》して襲ってきただけなら、雇い主に罪はない。今回の件は済んだこととして、この屋敷に勤め続ける選択肢もあったかもしれない。

しかし、屋敷の主人が、客人の『遊び相手』としてアシュレイを提供するつもりだったのであれば、話は別である。

（わたしは、お掃除担当のメイドです。お客さまの夜のお相手は、メイドのお仕事には含まれません！　まさか、お母さまが若い頃に貴族男性の愛人をしていたことが、こんな形で仇《あだ》になるなんて……）

ぐっと、両手に力をこめる。

幼い頃に家を出ていった母オーレリアのことを、アシュレイはほとんど覚えていない。

聞いた話では、若い頃の母は、桁外《けたはず》れの美貌《びぼう》と素晴らしい話術、そして見事な歌声で、多くの貴族男性を虜《とりこ》にする高級娼婦だったらしい。

母に一目ぼれをした父は、周囲の反対を押し切って、遠縁の貴族と彼女を養子縁組させ、その上で正妻に迎えたそうだ。『娼婦を正妻に迎える』ことは、この国の貴族社会のタブーであるにもかかわらず、である。

そんな無茶をしたからか、ウォルトン子爵家は父の代で没落してしまった。そして父は、半年前に流行《はや》り病《やまい》で亡くなった。

十七歳のアシュレイに残されたのは、住民がいない荒れ放題の領地と、ボロボロの屋敷のみ。借金こそないものの、生活していけるだけの資産もなかった。

ちなみに爵位は、継承者不在で宙に浮いている状態である。この国では爵位継承は男性にのみ許されており、直系が女性のみの場合はその婚姻関係にある男性に継承権が発生する。

いずれアシュレイが結婚すれば、爵位はその相手が継ぐことになる、というわけだ。

しかし、子爵家を立て直すためには莫大な金銭が必要となる。それを思えば、アシュレイが結婚相手を見つけられる可能性は限りなくゼロに近い。

そのため彼女は、父親が亡くなってから、この屋敷に掃除担当のメイドとして勤めていたのだ。

子爵家の令嬢ではあったが、裕福な暮らしとはほど遠く、父や居候《いそうろう》していた者たちの面倒を見ていたため、家事は身についている。もちろん掃除もお手のものだ。

(順調にやれていると思っていたのに、まさかこんなことになるとは。小さな頃は、お父さまによく『おまえは、母さまにそっくりだ』なんて言われていたけれど……)

父と自分を捨てて出ていった母親に似ていると言われても、まったく嬉しくない。

母は父と離縁したあと、しばらく元の稼業に戻っていたらしい。その後、大金持ちの妻だか愛人だかに収まって、新たな子どもを産んだという。

アシュレイにとってそんな母は、他人よりも遥かに遠く感じる人物だ。できることなら、一生関わり合いになりたくない。

とはいえ、アシュレイが母の娘であることはどうしようもない事実だ。

たしかに、肖像画の中でほほえむ母と自分の瞳は、同じ色をしていた。化粧を落とした母の顔はよく覚えていないが、母娘《おやこ》なのだから似ているかもしれない。

しかし、あちらは『太陽の歌姫』などという、こっぱずかしい二つ名をいただくほどの、見事な金髪。一方、アシュレイの髪は父譲《ゆず》りのオレンジがかった赤い髪。

それだけで、随分印象が違うはずだ。そもそも、母のように男性を魅了《みりょう》する妖艶《ようえん》な微笑を浮かべることなど、アシュレイにはひっくり返っても無理である。

（出自を隠しておけば、『太陽の歌姫』の娘だとバレないと思っていたのに……。この瞳の色が珍しいことは知っていましたが、まさかそんなに有名だなんて。隠さずにいたのは迂闊《うかつ》でした。なんにしても、バレてしまったものは仕方がありませんね）

……ぐだぐだとよけいなことを考えてしまったが、今はのんきに時間を浪費している場合ではない。この屋敷の主人が彼女に求めている仕事が、かつての母のように男性をもてなすことだというなら、ここで働き続けることはできない。アシュレイは、そんな仕事などまっぴらごめんである。一刻も早く、ここから出ていかねばなるまい。

アシュレイは、泡を吹いている男たちを放置したまま、部屋を出た。

更衣室で手早く着替えると、その足でメイド頭《がしら》のもとへ向かい、一身上の都合により辞職する旨《むね》を伝える。

アシュレイにとってここは完全な敵地になった。最低限の筋《すじ》を通せば、それ以上の義理を感じる必要はない。

メイド頭《がしら》が目を丸くしている隙に頭を下げ、アシュレイはさっさと屋敷から出た。我ながら、なかなかの早業《はやわざ》だと感心するスピードである。

アシュレイは外の空気を吸って、ようやく一息ついた。

（うぅー……。気持ち悪い、キモチワルイ、気持ち悪い）

今になって、『男たちに襲われかけた』という現実に、吐き気を覚える。

怒り、生理的嫌悪、屈辱《くつじょく》——そんなもので胃の底が焼けついて、目眩《めまい》がした。

けれど、護身術を身につけていたおかげで、こうして自分を守れたことに、ほっとする。

アシュレイに護身術を教えてくれたのは、子爵家のボロ屋敷の近所に住む、武術好きのご老体だった。彼は趣味で、近所の子どもたちに武術を教えていた。幼い頃の彼女は、金勘定に疎《うと》く頼りがいのない父を守るため、ご老体に弟子《でし》入りしたのである。

『お父さまのことは、わたしが守るぞ、がんばるぞ』という彼女の気迫は、ほかの子どもたちとは一線を画《かく》していたのだろう。ひとつ技を覚えるたび、『もっと先を』と教えを乞《こ》うアシュレイに、彼は愉快そうな顔で次々に技を授《さず》けてくれた。

そのおかげで、こうして身を守ることができたのだから、あのご老体にはいくら感謝してもしきれない。いつかお給料を貯める余裕ができたら、酒でも持って挨拶《あいさつ》に行こう。

吐き気をこらえながら早足で大通りまで出ると、緑豊かな公園が見えた。

老人たちが憩《いこ》いの場とし、大勢の子どもも遊ぶ明るい場所だ。彼らのほのぼのとした様子に、アシュレイはほっと息をつき、その大きな公園で少し休むことにした。

空《あ》いていたベンチに腰かけ、空を見上げる。

（まぁ……うん。とりあえず、最後のお給料日が三日前だったことは、不幸中の幸いでした。でも、すぐにでも次のお仕事を探さなければ、あっという間に干からびてしまいます）

生活を考えれば、仕事探しは最重要事項である。

とはいえ、今回のような事態に遭遇《そうぐう》したことを踏まえると、次の働き口を探す前に、いろいろと考えなければなるまい。あんな不愉快極まりない状況に再び陥《おちい》るのは、心の底から御免被《ごめんこうむ》る。

――オーレリア・ブルーの瞳。

先ほど男が言っていたのは、母親譲《ゆず》りの緑がかったコバルトブルーの瞳のことだろう。

この国では珍しい色で、アシュレイは自分と母親以外にこの瞳を持つ者を知らない。

生前の父も、アシュレイの瞳を見ては美しいと褒めそやしていた。もしかしたら、彼らの世代の貴族男性にとって、母と同じ色のアシュレイの瞳は、かなり思い入れが深いものなのかもしれない。

アシュレイは、うむ、とうなずいた。

（ちょっと鬱陶《うっとう》しいですけれど、色付きレンズの入った眼鏡でもかけて、瞳の色をごまかしてみましょうか）

眼鏡をかければ、瞳の色がわかりにくくなるだけでなく、顔の印象もだいぶ変わるはずだ。あとで、古道具屋を巡《めぐ》って探してみよう。

そうしてアシュレイが今後の方針を決めたとき、ふと視界の端で小さなものが奇妙な動きをしていることに気づいた。

一体なんだ、とそちらを見ると、公園の木の高い枝で、一匹の黒猫が震えている。

（えぇと……もしかして、『高いところに登ったはいいけれど、怖くなって下りられなくなった猫』というやつでしょうか。実物を見るのは、はじめてです）

アシュレイはなかなかレアな事態に遭遇《そうぐう》したことに驚きながら、黒猫のいる木の下に行ってみた。

武術の修業着にしている父の古着を着ていれば、木に登るくらい造作もないことである。だが、今のアシュレイが着ているのは、外出着のワンピースだ。この姿で木に登ったら、スカートの中が見えてしまうだろう。

どうしたものかと思っていると、ほかの人々も黒猫の災難に気づいたらしく、続々と人が集まってくる。そこで子どもの高い声が響いた。

「あぁっ、ローニャ！　あなた、どうしてそんなところにいるの⁉」

どうやら、声の主の幼い少女が、木の上で震える黒猫の主人らしい。駆け寄ってきた彼女は、今にも泣き出しそうな顔である。

「ローニャ！　大丈夫だから、ゆっくり下りてきて！」

少女が懸命に声をかけるものの、黒猫は震えていて動かない。

それを見ていた友達らしき男の子たちが、次々に木に登ろうとする。しかし、どうにも上手くいかないようだ。

一度屋敷に帰って父の古着に着替えてこようか、とアシュレイが考えたときである。

「――きみ。すまないが、少しの間これを持っていてもらえないだろうか」

「え？」

突然、背後から声をかけられて、アシュレイは振り返る。

すると、そこにいたのは、背が高い青年だった。

まるで軍人のように姿勢がいいが、身につけているのは体にぴったりと合ったウエストコートと、トラウザーズ。胸元のポケットからは、しゃれたハンカチーフが見えている。その洒落《しゃれ》っ気《け》から見るに、軍人ではなさそうだ。

かといって、荒事とまったく無縁の人物ということもなさそうだ。彼の体躯《たいく》は見事に引き締まっているし、佇《たたず》まいにまったく隙がない。日頃からかなり体を鍛《きた》えているのが見て取れた。

少々目つきが鋭《するど》くて近寄りがたい強面《こわもて》だが、青年の顔のつくりそのものは、端整な美形である。

髪色は暗い茶色で、少し長めの前髪が自然にサイドに流されていた。そのおかげで、きれいな琥珀色《こはくいろ》の瞳がはっきり見える。

彼がアシュレイに差し出しているのは、見るからに高価そうな生地でできた上着だった。戸惑いながらも受け取ると、その重みがずしりと腕にのる。

「感謝する」

青年はアシュレイに短く告げ、木に近づいていく。

そして、恨《うら》めしげに枝を見上げる男の子たちに声をかけてから、見事なスピードで木に登りはじめた。大きな体躯《たいく》が嘘のように、まるで重力を感じさせない動きだ。

アシュレイは、思わず感嘆の声を上げる。

「おぉー！」

（あれほど大きな体でも、あんなふうに上手に木に登ることができるんですね。遠い南の森の中には、普通の人間よりも遥かに大きなお猿さんがいるそうですが……。あの方なら、そのお猿さんたちとも一緒に木登りができるかもしれません）

周囲では、子どもたちが目を輝かせて青年を応援している。子どもたちにとって、彼はヒーローなのだろう。

しかし、大きな体の青年は、パニック状態の黒猫にとっては恐怖対象にほかならなかったらしい。黒猫はますます細い枝先に逃げて、全身の毛を逆立《さかだ》てている。

青年は太い枝の根元に片足で立ち、しばし悩んでいるようだった。そして、一呼吸置いたのち、何気ない仕草で黒猫から視線を外す。

（……へ？）

次の瞬間、まん丸の毛玉状態だった黒猫が、青年の右手にぶら下げられていた。牙を剥《む》いた威嚇《いかく》中のポーズで固まったまま、首根っこを掴《つか》まれてぷらぷらと揺れている。

アシュレイには、青年が何をしたのかまるで見えなかった。けれど、この現状からして彼は一瞬の動きで見事、目的を達成したのだろう。

ややあって、誰かが最初の拍手をする。

「おぉぉー！」

それはすぐに子どもたちの興奮した歓声とともに、大きな喝采《かっさい》となった。

青年が身軽に木から下りてくると、少女が笑顔で彼に駆け寄る。

「よかったぁ……！　おじさん、ローニャを助けてくれて、ありがとう！」

礼儀正しいのは、大変結構なことではあるが——見たところ、彼は二十代半ば。『おじさん』呼ばわりするには、ちょっぴり早いお年頃ではなかろうか。

アシュレイは青年が気分を害さないか心配になったけれど、彼は気にする様子もなく、少女に黒猫を手渡す。そして、片手を上げて彼女に応じてから、アシュレイのところへ戻ってきた。

「突然、すまなかった。ありがとう」

「いいえ、お疲れさまでした。木登り、お上手なんですね」

上着を返しながらほほえむアシュレイに、青年はうなずいた。

「お役に立てて何よりだった」

青年は、アシュレイから受け取った上着に腕を通すと、会釈《えしゃく》してあっさり去っていく。困っている人を自《みずか》ら助け、それを驕《おご》らず、去り際もスマートとは……なんとかっこいいのだろう。

最後までねちねちと鬱陶《うっとう》しかった先ほどの中年男たちとは、正反対な御仁《ごじん》である。アシュレイは、そっとため息をつく。

(次の職場の上司は、あの方のような……と言っては贅沢《ぜいたく》すぎるでしょうが、せめて使用人の貞操を無断で客人に差し出すような方ではありませんように)

そんな祈りを捧《ささ》げながら、アシュレイは仕事探しをはじめることにした。

それから、三日後。

アシュレイは、短期雇いの使用人として、郊外にある貴族の屋敷で働けることになった。できれば、長期雇用であるほうがありがたかったのだが、当面の生活のためにはわがままは言っていられない。

それに、短期でも昼夜に食事がつくので、とても嬉しい。何より、給料が日給で即日払いというのがありがたい。

仕事の内容は、とにかく臨機応変《りんきおうへん》にメイド頭《がしら》の指示に従うというもの。そのざっくりとした内容から、『人手が足りていないんです！』という切迫感が滲《にじ》み出ている。

何はともあれ、アシュレイは新たな職場の初出勤の日を迎えた。

なんでもこの屋敷には、現在、異国からの客人が大勢逗留《とうりゅう》しているという。屋敷に入ると、いたるところでさまざまな国の言葉が飛び交っていた。

そんな雑多な空気は、アシュレイにとってなじみ深いものだ。

彼女の父、ウォルトン子爵は妻に出ていかれてから、芸術の世界に傾倒した。画家や作家、音楽家という芸術家のたまごたちに対し、乞《こ》われるままに援助していたのだ。その芸術家のたまごたちの中に、異国出身の者も大勢いたため、アシュレイは日常会話程度ならばいくつかの言語を理解できる。

もしかしたら、その旨《むね》を屋敷側に伝えていれば、もう少しいい条件で雇い入れてもらえたかもしれないが――それは、今さら言っても仕方があるまい。

そういうわけでアシュレイは、これから十日間、この郊外にある屋敷で働くことになった。

忙しく立ち働いていれば、いやなことなど忘れてしまえるものだ。それに、今のアシュレイは前の職場で遭《あ》ったような、不快な出来事に巻きこまれる心配は、ほとんどない。

なぜなら――

（ふ……ふふ、ふっふっふ。我ながら、実に見事な『近所のおばちゃん』スタイルです。この姿なら、誰もわたしが『太陽の歌姫』の娘だとは思わないでしょう！）

――今の彼女は、母親から譲《ゆず》り受けた諸々《もろもろ》の外見要素を、大変イイ感じに隠せているのだ。

古道具屋で見つけてきた古風な色付き眼鏡に手袋。ひっつめた髪は、黒のリボンネットでまとめた。極めつきに、頬がふっくらと見えるよう、口に綿を含んでいる。

この姿の彼女を見て、十七歳のうら若き乙女だとわかる者は、そういないはずだ。

とはいえ、声の若さだけはごまかせない。そのためアシュレイは、同年代の少女たちとのおしゃべりに興じることもなく、指示されるまま黙々と仕事に励んでいた。

ここは、貴族の屋敷としてはさほど広い建物ではない。簡素ながら堅牢《けんろう》なつくりや、ところどころに施《ほどこ》された古い意匠《いしょう》が、歴史を感じさせる。

そんな屋敷が、アシュレイの新しい職場となった。


そして短期の仕事期間が折り返し地点を過ぎ、だいぶ使用人仲間の顔と名前が一致するようになった、ある日の午後。

アシュレイは、厨房《ちゅうぼう》の外の水場で泥付き野菜を洗っていた。

そのとき一緒にいたのは、十代の少女たちが数名。どんなときでも、気の合う相手がいれば尽きることなくおしゃべりをするのが、少女というものだ。

ただ残念ながら、今のアシュレイは『近所のおばちゃん』モードなので、楽しいおしゃべりにまざることはできない。

仕方なく、いつも通り黙って仕事をしていると、不意に少女たちの声が高く弾《はず》んだ。

何事かと思えば、ちょうど厨房《ちゅうぼう》そばの倉庫の陰から、ひとりの従僕少年が出てくるところだった。少女たちが、頬を赤く染めてひそひそと言い合う。

「やっぱり、ディーンは素敵ねぇ。私、この間、古雑誌の束《たば》を運んでいたら、彼が『重そうですね』って、手伝ってくれたのよ」

「何よそれ、羨《うらや》ましい！」

「ホント、そこらの男なんて、メじゃないわよね。あんなにカッコイイのに、全然調子に乗ったところがないじゃない？　あぁ……あと五日でお別れなんて、寂しすぎる。ディーンがこのお屋敷で、ずっと働いてくれたらいいのに」

まったくだ、と少女たちはうなずき合う。

その話からして、従僕少年はディーンと呼ばれていて、アシュレイと同じ短期雇用で働いているようだ。見ると、たしかに少女たちが騒ぐ気持ちがよくわかる、とてもきれいな少年だった。

すらりと背が高く、明るい金髪が日に透《す》けて美しく輝いている。穏やかな瞳の色は、モスグリーン。地味な従僕のお仕着せを着ているのがもったいないほど、華がある美少年だ。ぴんと背筋が伸びていて、歩き方も美しい。

今は『近所のおばちゃん』モードではあるが、アシュレイとて、年頃の少女である。きれいな少年を見るのは、実に楽しい。これはいいものを見た、とほくほくしながら野菜洗いを終える。

きれいになった野菜たちを厨房《ちゅうぼう》に運ぶと、次に命じられたのは食料庫の在庫確認である。先ほど、業者がそこに大量の食材を運び入れたらしい。それがきちんと伝票通りに納品されているかを確かめるのだ。

アシュレイが確認を命じられたのは、厨房《ちゅうぼう》から一番離れた食料庫だった。そこには、主に根菜が収められている。

納品書を手に、端から根菜の数を確認していたとき、アシュレイは倉庫の隅で何か小さなものが揺れていることに気がついた。

近づいてみると、それは床とよく似た色の布きれだ。ゴミだろうか、と思って拾い上げると、裏側に貼られた紙に、異国の文字が書かれている。アシュレイも知っている文字だ。何気なくそれを読んだ彼女は、首を傾《かし》げた。

（……『やぁ、親愛なる同僚。今回は、この布があんまりイイ感じに床っぽかったから、保護色になるかなーと思って貼ってみました。どうだった？　少しは、見つけるのに苦労したかな？　そうそう、ここの食事が足りないのは、最初からわかっていたことじゃないか。あとで、可愛いメイドさんたちから差し入れてもらったお菓子を分けてあげるから、それまで気合いでがんばりな。間違っても〝えーい面倒だ、全部まとめて爆破しちゃえ〟なんて、ヤケになったらダメだからね。J』……？　ええ……食事が足りなくて、爆破しちゃえ？　なんでしょう、さっぱり意味がわかりません）

Jというのは、この手紙を書いた者のイニシャルだろう。女性が書くような繊細《せんさい》で美しい文字だが、語り口が妙に少年っぽい感じだ。いまいち、人物像を掴《つか》みにくい。

アシュレイは手紙をひっくり返し、改めてゴミと間違えた布を見る。

（この布は、たしかにとても床っぽい感じに煤《すす》けた色合いですし……。こういった遊びに使ってみたくなるのは、なんとなくわかる気がします）

アシュレイがこの手紙に気づいたのは、偶然だ。彼女が倉庫の扉を開け放していなければ、風で布がひらひらと揺れ、目を引くこともなかっただろう。

勝手に他人様の手紙を読んでしまったのは申し訳なく思うが、完全に不可抗力だ。もしこれがこの屋敷に勤める使用人たちが交わした秘密の恋文だったなら、もっと罪悪感を感じたかもしれない。しかし、この不思議な内容では、いまいちそんな気持ちも湧いてこなかった。

なんにせよ、今は仕事中である。これ以上、時間を無駄にするわけにはいかない。

アシュレイは手紙を元に戻し、作業を再開した。

確認を終えて倉庫の外へ出ると、日が落ちかけている。急いでメイド頭《がしら》に仕事の結果を報告してから、食堂へ向かう。

（ここの食事は、さほど量が足りないということはないと思うのですけれど……）

先ほどの手紙を思い出し、アシュレイは食事を見下ろした。

使用人に出される夕食は、基本的に野菜スープと塩パンがふたつ。そしてソーセージかベーコンがつく。ちなみに、パンはひとつまでならおかわりが許されている。アシュレイは毎回ありがたくおかわりをしていた。

少なくとも、彼女はここでの食事に不満を感じたことはない。

（まぁ、あの手紙のお相手が食べ盛りの男性だったなら、いくら食べても食べたりないということもあるかもしれませんね）

かつてアシュレイは、子爵家の屋敷に居候《いそうろう》する芸術家のたまごたちのために、毎日食事の支度をしていた。そのたび、『若い男性の胃袋、怖い』と戦慄《せんりつ》したものだ。

そんなことを思い出しながら、アシュレイはさっさと夕食を終えた。

短い夕食時間のあと、大量の皿洗いを最後に、今日のお勤めはお終《しま》いだ。

アシュレイは自宅から職場に通っているが、短期雇いの使用人の中には、空《あ》いている使用人部屋を借りている者もいるらしい。その場合、給料が少し減額されるということだったので、アシュレイは毎朝がんばって早起きをして、ここに通っている。

さすがにそろそろ疲れがたまってきたけれど、働き口があるだけでもありがたいことだ。

軽く肩を動かして、強張《こわば》った筋肉をほぐしつつ、使用人の使う通用口へ向かう。

（ん……？）

そのとき、彼女の少し前を通用口へ向かう人物に気がついた。すらりとした金髪の従僕少年だ。

彼の鮮《あざ》やかな金髪と、ぴんと背筋を伸ばした歩き方を見るに、おそらく使用人仲間たちが『ディーン』と呼んでいた美少年だろう。

彼は、右手に大きな籠《かご》をぶら下げていた。ほのかに漂《ただよ》ってくる甘い香りからして、おそらく焼き菓子か何かだ。あれだけの美少年なら、女の子から手作りのお菓子を差し入れてもらっても不思議はない。

そのとき突然、騒がしい物音とともに建物上階の窓が開いた。次の瞬間、クリスタルガラスと思《おぼ》しききらめきを放つ、大きな灰皿が降ってくる。

（おぉう!?）

大きな灰皿は、ディーン少年のほうへ落ちていく。物音に気がついて立ち止まり、空を見上げた彼の顔面に向かって――

あんなものが頭に当たったら、ただでは済まない。

アシュレイは、目を見開いて立ち尽くす少年の腕を、勢いよく引っ張った。思いのほか軽い手応《てごた》えとともに、少年が芝生に尻餅をつく。

その一瞬後、寸前まで彼が立っていた地面に、大きなクリスタルの灰皿がめりこんだ。

（ひー……）

まさに、間一髪《かんいっぱつ》である。

こんな危ないものを窓から落としたのは、どんな阿呆《あほう》だ。

アシュレイが憤《いきどお》りをもって見上げると、開け放たれたままの窓から、酔っ払いたちの笑い声が響いてきた。切れ切れに聞こえてくるのは、異国の言葉だ。窓が開いているのは最上階の客間である。おそらく屋敷の主人が最も大切にしている客たちだろう。

これは、文句を言っても無駄なパターンだ。

アシュレイはため息をついて、いまだに地面に座りこんだままの少年を見る。こうして近くで眺めると、実に見事な金髪の王子さま系美少年だ。彼の顔に傷がつくようなことがなくて、本当によかった。

「大丈夫ですか？　怪我は？」

「あ……はい。ありがとう、ございます」

ぎこちなく応じる声は、少年とも少女ともつかないアルトだ。まだ、声変わりを終えていないのだろう。先ほど掴《つか》んだ腕も、びっくりするほど細かった。

どうにか立ち上がった少年は、地面にめりこむ灰皿を見て、心底ぞっとした顔になる。

「あんなものを、人が通る場所に落とすなんて……」

「まったくですね。酔っ払いのしたこととはいえ、本当に腹が立ちますが……ちょうど蚊の季節です。ああして一晩中窓を開け放しておけば、酔っ払いなど格好の餌食になるでしょう。明日の朝の惨状《さんじょう》を楽しみに、心を鎮《しず》めることにしませんか？」

なぜだかはわからないが、夏になると、アシュレイの家にいた居候《いそうろう》たちは酔っ払うたびにたくさんの蚊に刺されていた。その光景を思い出しながらそう口にしたアシュレイに、少年がわずかに目を見開く。

それから彼は、楽しげに笑って言った。

「そうですね。ボクも、明日の朝が楽しみになってきました」

美少年の朗《ほが》らかな笑顔のおかげで、アシュレイの心は、明日の朝を待つまでもなくほっこりと和《なご》んだ。

少年が、ちらりと灰皿を見て言う。

「あれ……どうしましょうか？」

「もう、我々の勤務時間外です。放っておきましょう」

落ちてきたのは、高級そうな灰皿だ。幸い、地面が柔らかかったこともあって、割れてはいないようである。

しかし、掘り起こして屋敷の者に届けた挙句《あげく》、傷がついていたなどと、難癖をつけられてはかなわない。関わらないほうが賢い選択だろう。

アシュレイの提案に、少年は素直にうなずいた。そして、改めてまっすぐに礼を述べる。

「さっきは、本当にありがとうございました。おかげで、助かりました」

「いえいえ。あなたがご無事で何よりです」

世の中に、美少年というのはそれなりの数がいるものだ。しかし、礼儀正しく性格のいい美少年となると、これは大変な希少価値がある。

アシュレイは、幼い頃から自分の反射神経を鍛《きた》えてくれた近所のご老体に、改めて感謝した。このところ、彼の教えに救われてばかりだ。

翌日の朝、メイドたちのおしゃべりを小耳にはさんだところによると、やはり昨夜の客人たちは体のあちこちを蚊に刺されまくったらしい。二日酔いの薬と一緒に、虫刺されの薬を所望しているそうだ。いい気味である。


そして、その日の午後のこと。

アシュレイは屋敷の裏庭にある洗濯場で、数名のメイドたちとともに水仕事をしていた。

そこに突然、どやどやと大声を上げながら男たちが近づいてきた。驚いたメイドたちが、揃って顔を上げる。見ると、不機嫌そうに顔をしかめた異国の客人たちが、大勢でやってくるところだった。

彼らの歩みを止めようと、屋敷の従僕たちが懸命に説得しているが、まったく聞き入れられない。そもそも、従僕たちは客人らの言葉をあまり理解できていないようだ。

アシュレイは、客人たちが居丈高《いたけだか》にわめく言葉を聞いて、苦笑いを浮かべる。

どうやら、彼らは昨夜ディーン少年に灰皿をぶつけかけた一行らしい。そして、屋敷から提供された虫刺されの薬は、あまり効かなかったとみえる。彼らはみな、ひっきりなしに体のあちこちを掻いていた。彼らの祖国の習慣なのかどうかはわからないが、とにかく冷たい水を全身に浴びたい、と主張している。

その気持ちはわからないでもないが、とても迷惑な話だ。何しろ、今ここにはお年頃の乙女たちがいるのである。むさ苦しい男たちが、全裸になっていい場所ではない。それに、洗濯を中断するのも難しい状況にある。

屋敷の従僕たちも、弱り切っていた。

しかし、客人の男たちは、今にも服を脱ぎ捨てて洗濯場に飛びこんできそうな様子である。

さてどうしたものか、とアシュレイが思っていると、一緒に洗濯をしていたメイドのひとりが、彼らに向かって一歩踏み出した。

同僚たちとおしゃべりせずにずっと黙って手を動かしていた、おとなしい少女だ。肩の辺りで切り揃えた銀髪に、黒曜石《こくようせき》のような瞳を持つ、きれいな子である。彼女も臨時雇いの使用人らしく、貸与されたお仕着せのメイド服が、あまり馴染《なじ》んでいない。

彼女は異国からの客人たちをまっすぐに見上げ、口を開いた。

『失礼、お客人。あなた方は、今すぐ水浴びをしたいとのことだが、それはやめておいたほうがいい。なぜなら、今ここには若い女性が大勢いる。あなた方が我々の前で揃って裸になるというなら、今後あなた方の国と我々の国の関係は、非常に厳しい状況に陥《おちい》るだろう』

彼女の口から流暢《りゅうちょう》な異国語が飛び出し、アシュレイだけでなく、ほかのメイドや従僕、客人たちも目を丸くする。

銀髪の少女は、そんな周囲の反応などまったく意に介さず、淡々とした口調で続けた。

『我《わ》が国では基本的に、男性が女性に裸を見せるのは、夫婦の寝室だけなのだ。それ以外の場所で裸になることは、大変なマナー違反とされる。つまり、あなた方が今ここで服を脱ぎ捨てた場合、我々はそれなりの対応をしなければならない』

『……それなりの対応、とは？』

客人のひとりが、困惑した様子で少女に問う。彼女は、あっさりと応じた。

『全力で、悲鳴を上げる』

押し黙った男たちに、少女は真顔で続ける。

『その悲鳴はおそらく、屋敷の外にまで響くだろう。一体何事か、と屋敷中の者が集まってくるに違いない。そして、裸で立ち尽くすあなた方を見た女性の使用人たちが、同じようにすさまじい悲鳴を上げる。途切れることのない、悲鳴の連鎖だ。そうなれば、自警団の者たちも不審に思い、様子を見にやってくるかもしれないな』

自警団、と客人たちがつぶやく。それは王家公認の、ご町内の平和を守る機関である。そこで働く屈強な男性たちが、うら若き乙女たちの悲鳴を放っておくとは思えない。

さすがに彼らも、自警団の世話になるような事態は遠慮したかったようだ。顔を見合わせると、悔しそうにしながらも、引き返していった。

アシュレイは、心底感心して銀髪の少女を見る。わがままな異国の客人をあっさり追い返してしまった。実に見事だ。

銀髪の少女は、自分の手柄を誇るでもなく、淡々と持ち場に戻った。

すると、それまで彼女の様子に見入っていた使用人仲間たちが、興奮した様子で口々に話しかける。

しかし、銀髪の少女は先ほどの流暢《りゅうちょう》な弁舌が嘘のように、黙ってうなずくか首を横に振るだけだ。

（うーん……彼らの裸を見るのがいやすぎて、普段は無口な少女ががんばった、ということなのでしょうか。なんにせよ、あなたの勇気と行動に、心からの感謝と敬意を捧《ささ》げたいと思います）

アシュレイはそんなふうに思いながら、銀髪の少女を見つめた。

その視線を感じたのか、銀髪の少女がふと顔を上げる。神秘的な黒曜石《こくようせき》の瞳と、視線が合った。

アシュレイは感謝の気持ちをこめて、会釈《えしゃく》をする。銀髪の少女は、無言でうなずいた。

それからは何事もなく時間が過ぎ、この屋敷で働くのも明日までとなった日の朝。

なんでも今夜、特別な客人がやってくるらしい。その客人を迎える宴席を整えるため、アシュレイたち臨時雇いの使用人を屋敷に入れていたそうだ。

宴《うたげ》が無事にお開きになり、その後片付けが済んだ時点で、今回の短期雇いもお終《しま》いである。稼《かせ》ぎがなくなるのは残念だが、この『近所のおばちゃん』スタイルがメイド業をつつがなく遂行《すいこう》する上で非常に有効だとわかっただけでも、いい経験だった。次の職場にも、このスタイルで赴《おもむ》くことにしよう。

そう決めつつ、アシュレイが大きな燭台《しょくだい》を抱え、廊下を歩いていたときだ。

向かい側から、いかにも高そうな花瓶を抱えたメイドがやってくる。きびきびとした歩き方の彼女とすれ違う瞬間、アシュレイはなんとなくその顔を見た。そして、あやうく燭台《しょくだい》を取り落としそうになる。

（な……っ、なんという、超絶美女でしょうか……ッ！）

アシュレイは今まで、これほど美しい人間を男女問わず見たことがない。

普通の金髪とは異なる、濃淡があって華やかな金色の髪。透《す》けるような白い肌に、月の女神のごときアメジストの瞳。目尻が少し下がっていて、妖艶《ようえん》な雰囲気も満点だ。彼女の美貌《びぼう》に、お仕着せのメイド服が完全に負けている。

あまりに彼女が麗《うるわ》しく魅力的《みりょくてき》で、アシュレイはすれ違ってからもつい振り返ってしまった。

無意識のうちに、「ほわぁ」と間《ま》の抜けた声がこぼれる。後ろ姿にさえ気品を感じる美女というのは、滅多《めった》にお目にかかれるものではない。

大変いいものを拝《おが》ませていただきました、と両手を合わせたくなったが、残念ながら今は両手が塞《ふさ》がっている。無念。

気を取り直したアシュレイは、指示された通りに、入り組んだ廊下をてくてくと歩いていく。

そうしてたどり着いたのは、メインの大広間に続くバルコニーに面した部屋だ。

ひとまず、燭台《しょくだい》は床に置いておくように言われている。アシュレイはゆっくりしゃがんで、丁寧に燭台《しょくだい》を下ろした。

重たい荷物から解放され、ふぅ、と息を吐く。

燭台《しょくだい》を運び終えたら、次は玄関ホールの大掃除に参加することになっている。用具室でホウキを借り、見事なシャンデリアが飾られた玄関へ向かう。

（ん……？）

そのとき、目的地のほうから何やら騒がしい声が聞こえてきた。どうしたのだろう、と思いながら足を速める。

玄関の手前で聞こえてくる声によると、どうやら今夜迎えるはずの賓客《ひんきゃく》が、予定よりも随分早くやってきたようだ。まだ朝と言える時間に訪問するなど、まったくもって、迷惑な話である。

屋敷の上級使用人たちが、賓客《ひんきゃく》が乗っている馬車を迎えるために駆け出していく。

これからどういう指示が出るのかはわからないが、少なくとも玄関ホールの大掃除は中断になるはずだ。ひとまず、賓客《ひんきゃく》の目につかないところに控《ひか》えていればいいだろうか。

アシュレイと同じような結論に至ったらしい使用人たちが、玄関ホールに集まってくる。みな、それぞれホウキや雑巾《ぞうきん》、はたきやモップなどを装備していた。中には、かなり大きな梯子《はしご》を軽々と担《かつ》いでいる従僕もいる。

使用人たちは手持ち無沙汰《ぶさた》な状態で、『夜に来るって言ってたやつが、こんな朝っぱらから突撃してくるなよなー』という空気を醸《かも》し出す。

そこへ姿を現したのは、非常に偉そうな態度の男性だった。年頃は、よくわからない。あまりに丸々と太っていて、四十代と言われればそう見えるし、六十代だと言われても納得できる。

彼の背後には、四人の屈強な従僕がぴったりとついている。おそらく、護衛役だろう。

（それにしても、あれほどふくふくした体に仕上がったということは、毎日三食、立派な食事を取っているんでしょうね……）

そう、アシュレイが羨《うらや》ましく思っていたときだ。

甲高《かんだか》い笛の音が、鋭《するど》く鳴り響く。

人々が驚きにどよめく中、カツ、と靴底を鳴らして玄関ホールに足を踏み入れた者がいた。その音の主を見て、アシュレイは目を丸くする。

（おぉ？　あれは、先ほどすれ違った超絶美女ではありませんか。一体、どうなさったので……えええぇえぇえー!?）

アシュレイは目だけではなく、口まであんぐりと大きく開く。

なぜなら、絶世の美女が突然黒く長い鞭《むち》を操り、賓客《ひんきゃく》をぐるぐる巻きにして捕らえたからである。あの鞭《むち》は、一体どこから出てきたのだろう。彼女は玄関ホールに来たとき、何も持っていなかったはずだ。

人々が硬直する中、美女はにっこりと優美極まりない笑みを浮かべてみせた。

「ごきげんよう、ハミルトン・キースリー男爵閣下。とても素敵なお姿ですわね。ようやくあなたさまにこうしてお会いできて、わたくしは今、とても嬉しゅうございます」

まるで恋い焦《こ》がれる男性に向けるような声と口調だが、美女の操る鞭《むち》は、男爵の体を完全に拘束している。鞭《むち》で締めつけられた彼の肉体が、大変ムチムチではちきれそうだ。

アシュレイはその様子を見て、たっぷりと脂《あぶら》がのったロースハムを連想した。……今日の朝食がパンとゆで卵だけだったため、少々お腹が減っていたのである。

そんなアシュレイをよそに、美女は、甘く朗《ほが》らかな声で言う。

「あなたさまときたら、このところ転々と居を変えてしまうのですもの。おまけに、あちこちにお金をばらまいて偽の情報を流すなんて、小細工までなさって。けれど、そんなあなたさまでも、今日ばかりはこの屋敷にいらっしゃると信じておりました。ねぇ、そうでしょう？　――売国奴《ばいこくど》のキースリー」

突然よくわからない話をはじめ、美女は鋭《するど》く目を細めた。その呼びかけに、それまで呆然としていた男爵が、大きく体を震わせる。

すると、美女が楽しげに笑う。

「あなたが今夜、取り引きをしようとしていた異国の商人は、すでにこちらが押さえております。さて、閣下。そちらのたくましい護衛たちに、抵抗は無用だと命じていただけますか？」

彼女の問いかけに、男爵はようやく自分の周囲に護衛たちがいることを思い出したらしい。きょろきょろと護衛たちを見回し、顔を一瞬で真っ赤に染め上げた。その赤は、憤怒《ふんぬ》か恥辱《ちじょく》か。

男爵は、裏返った大声でわめいた。

「な……っ、何をしている、きさまたち！　さっさとこの女を排除して、わしを解放しろ！」

四人の護衛たちが、その命令に素早く視線を交わす。

（あ、マズい）

あの護衛たちは麗《うるわ》しい美女に危害を加える気だろう。事情はよくわからないが、アシュレイは美女とむさ苦しい男たちなら、美女の味方だ。

咄嗟《とっさ》に辺りを見回すと、近くのテーブルに重ねられた丸盆が目に入った。ウェルカムドリンクを客人に振る舞うときのために用意されたものだ。

アシュレイはそのうちの一枚を手に取ると、今にも美女へ向かって突進しようとしていた先頭の男に向けて、鋭《するど》く投じた。

（うむ。我ながら、見事なコントロール）

ごいーん！　という鈍《にぶ》い音とともに、薄い金属製の丸盆が男の向こう脛《ずね》に命中する。もんどりうって転んだ男は、そのまま足を抱えてぴくぴくと震え出す。

「……あら、まぁ」

内心、自画自賛《じがじさん》していたアシュレイに向かって、美女が驚いた顔で小首を傾《かし》げる。

「ありがとうございます。えぇと……あなたは、王宮の監察官か何かでしょうか？」

その問いに、アシュレイはぴょっと跳びあがった。

「とんでもない！　わたしは、ただの短期雇用の使用人です！」

「……っふざけるなよ、このババァ！」

どうやらお盆攻撃を受け、男たちは標的を美女からアシュレイに変更したようだ。

なんて短絡的なのだろう。彼らの全身の筋肉は実に見事だが、もしかしたら頭の中まで筋肉でできているのかもしれない。

三人の男がアシュレイめがけて飛びかかってくる。

彼女は慌てず騒がず、手にしていたホウキをフルスイングした。

――ばきぃ！　という景気のいい音を立てて、真っ先に飛びかかってきた男の顔面にホウキが直撃する。高級なホウキは大きくしなっただけだったが、男の鼻の骨にその衝撃に耐えられる強さはあるだろうか。アシュレイにはわかりかねる。

両手で鼻を押さえてうずくまった男から、アシュレイは軽いバックステップで距離をとる。

そして次に飛びかかってきた男に向けて、ホウキを勢いよく突き出した。

「ぐぇっ」

ホウキの先端を鳩尾《みぞおち》に食らい、男が呻《うめ》きながら悶絶《もんぜつ》する。これで、残りはひとり。

アシュレイは、最後のひとりへ向けてホウキを構えると、真顔で問いかけた。

「今なら少々余裕がありますので、鼻、鎖骨、鳩尾《みぞおち》、股間、向こう脛《ずね》の、どこでも狙う

ことが可能です。ただ、すでにあなたのお仲間たちには、それぞれ鼻、鳩尾《みぞおち》、向こう脛《ずね》に攻撃しましたので、ここは鎖骨か股間を狙いたいと思うのですが……あなたは、どちらがいいですか？」

「な……な……っ」

顔を引きつらせて後ずさる男に、アシュレイは重ねて言う。

「ちなみに、あなたとはかなりの体格差があるので、手加減などはできません。全力でいかせていただきます。その場合、大変恐縮ですが、鎖骨骨折、もしくは男性機能の一時的な不能という結果は免《まぬか》れないかと。それを踏まえた上で、後悔のないほうを選択なさってくださいませ」

アシュレイの助言に、男は従わなかった。その場で素直に両手を上げ、降伏の意を示したのだ。

賢明な判断である。どうやら彼の頭の中身は、筋肉でできているわけではないらしい。

アシュレイには、戦意を失った相手を痛めつける趣味はない。

かといって、投降したこの相手を、一体どうしたものだろうか。屋敷の正規雇用の使用人たちはみんな揃って固まっていて、頼れそうもない。

そう考えていると、やたらとフラットな響きの少女の声が聞こえた。

「こちらはすべて片がついたぞ、クラリッサ。……む？　すまないが、状況を説明してもらえるか」

そんなセリフとともに玄関ホールに現れたのは、先日、流暢《りゅうちょう》な異国語を操った銀髪の少女だ。

彼女の姿を見て、アシュレイは思わず目を見開いた。

（け……拳銃……？）

銀髪の少女が右手に携《たずさ》えているのは、黒光りする拳銃だ。見事な装飾が施《ほどこ》されたそれは、芸術品のように美しく、おもちゃには決してありえない重厚感がある。

少女の言葉に、美女は困った様子で肩を竦《すく》めた。

「アタシの仕事を、そちらの赤い髪のメイドさんが代わりにやってくれちゃったの。すごかったわよぉ？　護衛三人をあっという間に一撃ずつで沈めて、最後のひとりは言葉責め。ちょっと、部下に欲しいくらいよ」

「ふむ？」

銀髪の少女は、投降した護衛に「床に伏せて、頭の後ろで手を組め」と指示すると、メイド服のポケットに拳銃をしまう仕草をした。

ポケットのサイズは、そう大きなものではない。あんなごつい拳銃が入るはずはないのだが――少女が手を戻したときには、拳銃はどこかへ消えていた。

（え、手品ですか？）

唖然《あぜん》としたアシュレイの前に、銀髪の少女がすたすたとやってくる。彼女は、美女とアシュレイにだけ聞こえる声量で、淡々と話す。

「先日、洗濯場でご一緒したな。それにしても、見たところ、あなたの年齢は十六歳から十八歳だと思うのだが……。なぜ、そのような中年女性じみた装《よそお》いをしているのだろう？」

一瞬、アシュレイは返答に窮《きゅう》する。この屋敷に来てから誰にも指摘されたことはなかったが、まさか見破られるとは。

しかしバレたからといって、この『近所のおばちゃん』スタイルをしている理由は、初対面の相手に言えるようなものではない。

「……いろいろと、事情がありまして」

アシュレイは、言葉を濁《にご》した。

銀髪の少女はそうかとうなずくと、その漆黒《しっこく》の瞳でアシュレイの『近所のおばちゃん』スタイルを、じっと見る。

そして、すっと頭を下げた。

「申し遅れた。私は、スターリング商会のヘンリエッタ・ソーンダイクという。メイドとしてこの屋敷に潜入していたが、今の我々の任務は、王宮の内部情報を国外に漏洩《ろうえい》していた犯罪者の捕縛だ。ご協力、感謝する。あなたのお名前をうかがってもよろしいだろうか？」

（スターリング商会……って、あのスターリング商会ですか⁉）

アシュレイは、あんぐりと口を開けた。

『スターリング商会』のことは、よく知っている。それはアシュレイに限ったことではなく、この国でスターリング商会の名を知らない者のほうが少ないだろう。

その商会は、大陸各地で屈強な傭兵《ようへい》たちをスカウトし、集めた組織だ。商会構成員たちの高い戦闘能力で、大規模な山賊、海賊などの犯罪集団の討伐《とうばつ》や、各種護衛任務を請《う》け負《お》っている。ちなみにモットーには『安全第一』を掲げているそうだ。

スターリング商会が拠点としているのは、大陸の東に位置するここファーレンデイン王国。しかし、国に属する軍や騎士団のように『国』というものに縛られない彼らの活動範囲は、大陸各国に広がっていると聞く。その影響力と財力は、各国の王家に勝《まさ》るとも劣《おと》らないという噂である。

まさか、こんな若くてきれいな女性たちがそんな商会の一員とは、驚きだ。アシュレイはぎこちなく答える。

「アシュレイ・ウォルトンと申します。このたびは、よけいなことをしてしまったようで、申し訳ありませんでした」

鞭《むち》を持つ女王さま——もとい、あの美女がスターリング商会の構成員なら、アシュレイが手出しをしなくとも、あの男たちの攻撃くらい対処できたに違いない。

事情を知らず咄嗟《とっさ》に体が動いてしまったとはいえ、素人《しろうと》が出しゃばるなど、恥ずかしいにもほどがある。

顔を赤くしてうつむいたアシュレイに、美女が真剣な様子で声をかけてきた。

「え……ちょっと待って。あなた、いくつ？」

「あ、はい。十七歳です」

「十七歳!?」

美女が、くわっと目を見開く。それから彼女は、足早に近づいてくると、まじまじとアシュレイの顔をのぞきこんだ。

「挨拶《あいさつ》が遅れたわね、アシュレイ。さっきは加勢してくれてありがとう。アタシは、スターリング商会のクラリッサ・ガーディナー。……ちょっと、失礼するわよ」

「は？　え、あの……！」

抗《あらが》う間もなく、アシュレイの『近所のおばちゃん』スタイルが、クラリッサの手によって解除されていく。

ひっつめていた髪は解かれ、眼鏡を外される。マスクも取られ、アシュレイは頬をうにっと引っ張られた。そして底光りする目で「何を入れているの、出しなさい」と命じられる。

アシュレイは軽く命の危険を感じ、おとなしく頬に含んでいた綿を出す。超絶美女の真顔というのは、結構怖い。

クラリッサは、すっかり元の十七歳の姿に戻ったアシュレイを眺め、深々とため息をつく。

「あなたねぇ……」

「な、なんでしょうか……？」

アシュレイがびくびくしながら問うと、クラリッサは眉間を指先で軽く揉んで言った。

「……うん。あなた、たしか短期雇用の使用人だって言ってたわよね。ここでの仕事が終わったら、フリー……ええと、次の仕事は決まっていないのかしら？　この屋敷の主人もこちらの男爵閣下と一緒に牢獄《ろうごく》行きだろうから、少なくともここで働き続けるというのは無理だと思うのだけど」

その問いかけに、アシュレイは、はっとした。

この屋敷の主《あるじ》が犯罪行為に関わっていたなら、ここでの仕事はもうお終《しま》いだろう。どちらにしろ、明日の夜までの契約ではあった。しかし、屋敷の主《あるじ》が牢獄《ろうごく》行きとなると、給金はきちんと支払ってもらえるのかどうか、とても心配である。

どうやら自分は、つくづく仕事運がないらしい。アシュレイは、どんよりと肩を落としてうなずく。

「はい、次の仕事は決まっていません。次の雇い主は、犯罪に手を染めたり、使用人を客にオモチャとして差し出したりするような、ロクデナシ野郎でなければいいのですが……」

クラリッサが黙りこんだ。彼女の代わりに、銀髪の少女――ヘンリエッタが口を開く。

「アシュレイ。使用人をそのように扱うのは、立派な犯罪だ」

おぉ、とアシュレイは両手を打ち合わせる。

「言われてみれば、そうですね。うっかりしていました」

「ふむ。ところできみは、ウォルトン子爵家のご令嬢だろうか？」

漆黒《しっこく》の瞳でまっすぐに見てくる少女の問いに、アシュレイは驚く。

「はい。その通りですが……よくわかりましたね」

「きみの母君の写真を、何度か見たことがある」

そう言われ、アシュレイは頬を引きつらせた。やはりアシュレイの顔は母親とかなり似ているらしい。

母が写真に写るときには、必ず完璧な化粧と豪華な装《よそお》いをしていたはずだ。一方、今のアシュレイが着ているのは、地味なお仕着せのメイド服。それにもかかわらず、初対面の相手に『親子なんですね』と言われるほど、自分の容姿は母に似ているのか。アシュレイは、ものすごくげんなりした。

そんな彼女の様子を見て、ヘンリエッタは続ける。

「なるほど。だからきみは、先ほどのような装《よそお》いをしていたわけだ」

納得したようにうなずくヘンリエッタに、クラリッサが軽く眉間を寄せて問う。

「ちょっと、どういうこと？　ヘンリエッタ」

「すまないが、これはアシュレイのプライベートに関わる問題だ。少なくとも、このような大勢の人間がいる場で語っていい話題ではない。まずは、この男たちを王宮側に引き渡すのが先ではないかな」

アシュレイも忘れていたが、この玄関ホールには屋敷の使用人たちとむっちむちのロースハム――ではなく、捕縛された男爵とその部下たちもいるのだった。男爵一行はともかく、使用人たちもアシュレイたちのほうをびくびくしながらうかがっている。それに気がつき、彼女は非常に申し訳ない気分になる。

ヘンリエッタの正論に、クラリッサは小さく息をついた。

「まったく、可愛げのない部下だこと」

「問題ない。可愛げがなくとも、私は優秀だ」

「そういうところが、ホントに可愛げがないのよ！」

顔をしかめてわめいても麗《うるわ》しい美女は、苛立《いらだ》たしげに鞭《むち》を持つ右手を一振りする。ハムのようにぐるぐる巻きにされていた男が、一瞬宙に浮いてからぼたっと床に落ちた。

百キロ近くありそうなあの巨体を、こうも軽々扱うとは――

（クラリッサさんの細腕のどこに、こんな力が秘められているのでしょうか……）

アシュレイは、戦慄《せんりつ》した。

それから、ヘンリエッタがおもむろにどこからか取り出した笛を吹く。どうやら、先ほど鳴り響いた笛の音も、彼女が吹いたものだったらしい。

長い音と短い音を組み合わせて何度か吹き鳴らしてから、彼女はクラリッサを見た。

「回収班を呼んだ。外国の『お客人』のほうは、すでに確保している。――クラリッサ。あなたは以前から、格闘術の心得がある、若くてイキがよくて、上流階級にも通じる立ち居振る舞いを身につけた部下が欲しい、と言っていたな」

クラリッサが、にこりと笑う。

「ええ、そうよ。私の部下はふたりともすごく優秀だけど、近接戦闘はまるでダメなんだもの」

「人間には、向き不向きというものがあるのだ。それで……欲しいのか？　クラリッサ」

ひどく抽象的な問いかけに、クラリッサは笑みを深めてうなずく。

「そうね。すごく、欲しいわ」

なんだか内輪の話になってきたようだと察し、アシュレイはそっとその場を離れようとした。

「待ちたまえ」

「ぐぇっ」

クラリッサと会話をしていたヘンリエッタが、振り返りもせずにアシュレイの襟首《えりくび》を掴《つか》んで引き戻す。アシュレイは一瞬、息が詰まって涙目になった。

「何をするんです？　痛いじゃないですか」

「うむ、すまん。だが私は、目的を達成するためには、手段を選ばない人間なんだ」

先ほどから思っていたが、このヘンリエッタという少女は、かなり変わっている。表情が乏《とぼ》しいだけに、言動の風変わりさが一層顕著《けんちょ》だ。

なんだか不安になってきたアシュレイに、それはそれは麗《うるわ》しい笑みを浮かべたクラリッサが言う。

「ねぇ、アシュレイ。あなた、うちに来ない？」

「…………はぃい？」

# 第二章　ご主人さまに、会いました

短期の勤め先で、大捕《おおと》り物《もの》があった日から一週間後の午後。

アシュレイはスターリング商会の代表、エルドレッド・スターリングの私邸、ドリューウェット・コートにやってきていた。ちなみに交通手段は、クラリッサが手配してくれた馬車である。

なんでも先の大捕《おおと》り物《もの》は、商会の代表であるエルドレッドが直々に指揮する部隊が担当していたのだという。

その部隊は、戦闘ありの仕事をこなす要人警護チームと、彼らのフォローをするメイドチームで構成されている。もっとも、メイドチームのメンバーにもそれなりの『強さ』が要求されるという。

エルドレッドが部隊を作ったのは最近のことで、メイドチームといっても、その構成員は今のところ三名のみ。要人警護チームこそ商会の若い精鋭たちが揃っているが、メイドチームはなかなか人材が揃わないらしい。

（まぁ……ハイ。傭兵《ようへい》というのは、普通は男性のお仕事ですし。わたしだって、スターリング商会が女性の構成員も募集しているとは、知りませんでした）

そして、なぜかこのたびアシュレイは、メイドチームのリーダーであるクラリッサから『うちに来ない？』と勧誘されてしまったのだ。

新しい仕事を紹介してもらえるのは、正直嬉しい。

しかし、アシュレイは戦闘の経験などほとんどないド素人《しろうと》。幼い頃から近接戦闘技術を学んできたが、それはもちろんプロの手際には程遠い。当然ながら、自分の職場の候補として傭兵《ようへい》部隊を想像したことなど、一度もない。

尻込みをしていたところ、クラリッサが『とにかく一度、うちのボスに会ってみて！』と強くすすめてきたので、つい応じてしまった。

けれど、やはりとんでもなく場違いな気がする。

招かれた応接間を見回しながら、改めてアシュレイはそう思う。

あまり派手ではないものの、一目で上質なものだとわかる調度品が揃っている。

スターリング商会代表の邸宅なのだから、豪華なものだろうと想定していたが、本当にどちらを見てもお高そうなものばかりだ。下手《へた》に触ると家具に指紋を残してしまいそうで、ちょっぴり怖い。お金の香りが漂《ただよ》う空間というのは、貧乏人にとっては威圧的なものなのだ。

落ち着かない気分で、この屋敷の主《あるじ》――エルドレッド・スターリングを待つ。

聞くところによると、彼はまだ二十四歳の青年らしい。

そして、クラリッサとヘンリエッタ曰《いわ》く『見た目は悪くないし、財力も権力も社会的地位もあるのに、そこはかとなく不憫臭《ふびんしゅう》が漂《ただよ》う苦労人』なのだという。

大陸中に繋がるネットワークを誇る商会の代表を務める相手に対し、随分な言いようである。

そのとき、開け放たれていた応接間の扉を軽く叩く音がした。アシュレイが慌てて立ち上がって姿勢を正すと、穏やかそうな風貌《ふうぼう》の執事が「主《あるじ》が参ります」と伝えてくれる。

（うぅ……緊張のしすぎで、気持ちが悪くなってきました）

そうしてアシュレイは、吐き気をこらえながらスターリング商会代表と面会を果たしたのだが――

（……へ？）

「お待たせしてすまない。エルドレッド・スターリングだ」

落ち着いた声で挨拶《あいさつ》をしてきた彼に、アシュレイは見覚えがあった。それだけでなく、わずかながら言葉を交わしたことすらある。

見上げるほどの長身に、スッキリと整えられた褐色《かっしょく》の髪。鋭《するど》い目つきの瞳は、琥珀《こはく》色《いろ》。謹厳実直《きんげんじっちょく》を絵に描いたような、端然とした佇《たたず》まいの青年である。

初対面の相手には、少々威圧感を与える容貌《ようぼう》かもしれない。しかしアシュレイは、彼が優しい人物であることを知っていた。

(まさかの、あのとき黒猫を助けてあげたお兄さんー!)

——動揺のあまり、アシュレイは叫びそうになったが、なんとか踏みとどまる。危なかった。

一方、エルドレッドはまったく動じた様子はない。

どうやら彼は、先日の出会いのことを覚えていないようだ。

それはそうだろう。彼にとってアシュレイは、ほんの少し言葉を交わしただけの通りすがりなのだから。

エルドレッドは、あのとき彼女が『こんな雇い主の下で働けたなら、どんなにいいだろう』と思った人である。クラリッサがアシュレイを勧誘してくれた理由がなんにせよ、ここは彼女の厚意に最大限感謝しよう。今さらではあるが、精一杯気合いを入れて、この面接に臨《のぞ》むことにする。

エルドレッドにソファを勧められ腰かけたアシュレイは、背筋を伸ばして向かいに座る彼を見た。

「はじめまして、スターリングさま。アシュレイ・ウォルトンと申します。このたびは、貴重なお時間をいただきありがとうございます」

「こちらこそ、突然の申し出を受けていただき感謝する。それから、先日私の部下が、危ないところをきみに助けてもらったと聞いている。そちらについても、改めて礼を言わせていただきたい」

　危ないところ、と言われても、まったく心当たりがない。

　クラリッサに襲いかかった連中を倒したことは、完全によけいな手出しだった。アシュレイは、困って首を傾《かし》げた。

「スターリングさまにお礼を言われるようなことなど、わたしは何もしておりません」

　エルドレッドが小さく笑みを浮かべる。何やら、面白がっているような雰囲気だ。

「いいや。きみはたしかに、あの屋敷で私の部下を救っている。本人も、もしきみがいなければ大怪我をしていたに違いないと申告していた。当時は、潜入捜査の最中だったため、きちんとした礼もできずに申し訳なかったと言っている。今度、改めて本人が挨《あい》拶《さつ》するだろう」

（潜入捜査の最中……？）

アシュレイが男たちを成敗したとき、クラリッサは女王さまモードで鞭《むち》を振るってい
た。まるで立場を隠していなかったあの時点での出来事を、『潜入捜査の最中』とは言
わないだろう。
つまり、エルドレッドが言っているのは、クラリッサの件ではないということか。
しかし、そうなると――
（おぉ？）
アシュレイは、思わず目を瞠《みは》ってエルドレッドを見た。
「スターリングさま。もしや、あのお屋敷で『ディーン』と呼ばれていた従僕の方も、
あなたの部下なのですか？」
エルドレッドが笑みを深める。
「その通りだ。あの従僕の本名は、ジェラルディーン・ファーナム。私の大切な部下で
あり、メイドチームの一員だ。彼女を救ってくれたこと、心から感謝する、ウォルトン
嬢。もし今後、何か困ったことがあったら遠慮なく言ってくれたまえ」
「…………はい？」
なんだか今、とても面妖《めんよう》なことを聞いた。
たしかにアシュレイは、窓から落ちてきた灰皿が、従僕姿の人物にぶつかりそうになっ

たところに居合わせた。咄嗟《とっさ》にその人物の腕を引き、災難から逃《のが》れられたのを喜び合ったことを覚えている。

しかし、その相手はとんでもない美少年だった。美少年というのは、男性のことだ。それにもかかわらず、エルドレッドが今、件《くだん》の従僕を『彼女』と言ったということは……。

状況を整理し終えて、アシュレイはおそるおそる彼に問う。

「あの……わたしが知っている『ディーン』という方は、とてもきれいな顔立ちをした、男性のように見えたのですが……」

「あぁ。本人もそれを自覚していて、ああいった際には従僕姿になるのだよ。なんでも、あの格好をしていると、若いメイドたちが進んで情報提供をしてくれるため、大変効率がいいそうだ」

爽やかな笑顔の美少年従僕は、乙女心を弄《もてあそ》ぶ男装の麗人だった。

ちょっぴり世知辛《せちがら》い気分になったが、たしかに従僕姿のジェラルディーンにほほえみながら質問されたら、純情可憐な少女たちは進んで答えてくれそうだ。

使えるものは、なんでも利用する。その心意気は、立派なものだ。

つまり、エルドレッドの部隊のメイドチームに所属する三名は、超絶美女のクラリッサ、拳銃つかいのヘンリエッタ、男装の麗人ジェラルディーンということか。
「それに、ジェラルディーンはああ見えて、針仕事がとても得意でね。メイドチームが着る服にそれぞれの武器を仕込めるよう、その都度改造してくれるのだ」

「改造……ですか？」

首を傾《かし》げたアシュレイに、エルドレッドがうなずく。

「いずれわかる。——さて、ウォルトン嬢。そろそろ、本題に入らせてもらいたいのだが、その前にひとつ詫《わ》びねばならない。きみをこの屋敷に招くにあたり、私はきみの経歴や現在の状況について、一通り調べさせてもらった。不愉快なことだろうが、ご寛恕《かんじょ》いただきたい」

エルドレッドが真摯《しんし》に詫《わ》びる。たしかに、誰かに自分のことを調べてまわられるのは、あまり気持ちのいいことではない。

だが、スターリング商会ほどの組織のトップが、人員の勧誘に際して相手の身上調査をするのは当然だろう。

（ちょっとびっくりしましたけれど、そもそもわたしには、調べられて困るようなことなど何もありませんし。……あぁ、誇るものが何もないのも、バレバレということですか）

アシュレイは父が亡くなるまで、ウォルトン家に集《つど》う人々の世話ばかりをして生きてきた。そのため、世間知らずのアシュレイにできるのは掃除、洗濯、料理くらいのものである。

彼女には、クラリッサたちのようにエルドレッドの部下として役に立てるスキルが、何もない。

それを知られたということは、彼に雇ってもらうのは無理だろう。

しょんぼりと肩を落としたアシュレイに、エルドレッドが少し慌てた様子で言う。

「いや、この調査は我《わ》が商会が勧誘をする際に必ず行《おこな》う、定型的なものだ。きみのプライベートについては、ほとんど関知していない」

ほとんど、という言葉と、『それでは何を知られたのだろう』ということが若干《じゃっかん》気になるが、アシュレイは気を取り直して彼を見た。

「了解しました。それはその、必要な調査なのですよね？」

「あ……ああ。やはり安全管理上、最低限の情報収集は必要なのだ」

アシュレイの様子を見て、エルドレッドはほっとしたように息をつく。彼は思いのほか、気を遣うタイプのようだ。

それから彼は、まっすぐにアシュレイの目を見て言った。

「ひとつ聞かせてもらいたい。きみは、きみに武術を教えた師が何者なのか、知っているかね？」

「え？　あ、はい。若い頃、ご夫婦で義勇軍《ぎゆうぐん》に参加されたことがあるとうかがっています」

数十年前、この国が隣国との戦《いくさ》に明け暮れていた頃、民衆たちは自分たちの生活を守るべく、その手に武器を持って立ち上がった。彼らは、自《みずか》らを『義勇軍《ぎゆうぐん》』と称し、国境を越えてくる異国の兵士たちと勇敢に戦ったという。

アシュレイに武術のいろはを教えてくれたご老体は、そんな勇気ある者たちの一員だったのだ。

彼は大変お似合いの連れ合いとふたり、近所の子どもたちと遊びながら武術の心得を伝授する日々を過ごしている。とても羨《うらや》ましい夫婦だ。

なるほど、とエルドレッドが苦笑する。

「私も、きみの経歴に関する調査報告を受けたときに、はじめて知ったのだがな……きみの師は、かつて私の父を指導したこともある、大変な強者《つわもの》だ。クラリッサの報告からして、きみは彼の教えを相当受けているのだろう」

その言葉に、アシュレイは戸惑う。

「よく……わかりません。わたしはただ、おじいさんの言う通りにしていただけなので」

幼い頃のアシュレイは、ひたすら『お父さまは、わたしが守るぞ、がんばるぞ』という心意気で、ご老体の指導についていった。

（……そういえば、今になって思えば、『壁に垂らした縄を、腕の力だけで上りきれ』や、『投げたナイフが百回同じところに当たるまでは、寝るでない』というのは、子どもには少々ハードな訓練だったような気がします）

過去の苦行を思い出し、遠くを見たい気分になったけれど、そのおかげで今のアシュレイがあるのである。改めて師に感謝を捧《ささ》げていると、エルドレッドが言う。

「ウォルトン嬢。私はきみを育ててみたい」

アシュレイはハッと顔を上げる。すると、彼の琥珀色《こはくいろ》の瞳と視線が絡んだ。

「私は、ご覧の通りの若輩者《じゃくはいもの》だ。信用できる部下も、まだまだ少ない。もちろん、きみが望むならという条件付きではあるが――私はきみに、どんなことがあっても信じられる部下になってもらいたいと思っている」

心臓が、大きく音を立てる。掠《かす》れそうになる声で、アシュレイは問うた。

「わたしで、いいのですか？　スターリングさま」

「きみは若く健康な体と、咄嗟《とっさ》のときに他人のために動ける心を持っている。それ以外に必要なものは、すべてこれから私が教えよう。――私は、きみが欲しい」

まっすぐな目と声に、胸の奥がざわめく。心臓がどきどきして、自分を見つめる彼の姿がなぜだか輝いて見える。

このトキメキに、アシュレイは覚えがあった。

これは――アレだ。

武術の師と仰《あお》ぐご老体が、血気盛んな若者を相手取り、見事に技を決めたときと同じ高揚。

その雄姿を見た近所の少年は、たしかこう叫んでいた。

――イカすぜ、じーさん！　ちょーカッコイイー！

（スターリングさまのお年ですと、やっぱり『イカすぜ、お兄さん！』でいいのかしら？　兄さん？　兄ちゃん？　いえ、もっとズバンといい感じの呼び方があったはず……っ）

悶々《もんもん》と悩んだアシュレイは、ふと脳裏に浮かんだ言葉に、思わず両手を打ち鳴らしそうになった。

（そうよ！　――イカすぜ、アニキ！　ちょーカッコイイー！　あぁぁああ、スターリングさま！　あなたさまのことを、今後は密かに心のアニキと呼ばせていただきます！）

アシュレイは、興奮して弾《はず》みそうになる声をどうにか抑え、口を開く。

「ご指導、よろしくお願いいたします」

深々と一礼すると、エルドレッドが満足げにうなずいた。

「こちらこそ、よろしく頼む。今後、私のことは、エルドレッドと呼ぶように。こちらもきみのことは、アシュレイと呼ぶ」

「了解しました、エルドレッドさま！」

心のアニキ認定をした雇い主に、アシュレイは気合いを入れていい子のお返事をする。

（この若さで、スターリング商会を率《ひき》いる商魂のたくましさ。おそらく、ご本人もかなりの武闘派。――繊細《せんさい》な芸術家たちに入れこんだ挙句《あげく》、さっさと天に召されてしまったお父さまとは、本当に真逆の方ですね！　エルドレッドさま！）

父親の生活能力の低さで大変苦労してきたアシュレイは、エルドレッドに対し、大変高めの好感を抱《いだ》いていた。彼の部下になれてとても嬉しい。

その上、これで明日の食事を心配する必要がなくなるのだ。寄る辺のない不安が払《ふっ》拭《しょく》されて、アシュレイはなんだか泣きたい気分になった。


雇用関係を結ぶことに合意が取れたところで、エルドレッドは今後のことについて、いろいろと説明してくれた。

ここドリューウェット・コートは、スターリング家の本邸とは別に、エルドレッドが個人的に所有している屋敷なのだという。そして、使用人たちの住む西棟の一室を、アシュレイのために用意してくれるそうだ。

ちなみにこの屋敷には女性だけでなく、厨房《ちゅうぼう》で働く料理人や従僕などの男の使用人もいる。彼らは東棟で寝起きしているらしい。

そのほかにもこまごまとした事柄を一通り説明すると、彼は最後にアシュレイを見て言った。

「これから、きみには住みこみで働いてもらうことになる。あとで荷物は運ばせるが……何か、質問はあるかね？」

住みこみとは、ますますありがたい。必要なものは、当座の着替えと洗面道具といったところか。

しかし、これからしばらく実家の屋敷を空《あ》けるとなると、やはり大切なものは持ち出しておくべきだろう。

今のウォルトン家には、金目のものはほとんどない。

――否《いな》、ひとつしかない、というのが正しい。

ウォルトン子爵家の当主であることを示す、豪奢《ごうしゃ》な金の指輪だ。爵位を与えられた際に国から授《さず》かったものである。

あればかりは、国の許可がなければ所有者の変更ができないため、売り払うことができなかった。

そこでふと、アシュレイは気になることを思い出し、エルドレッドに問う。

「エルドレッドさま。ひょっとして、メイドチームのみなさまは、異国の文字を使った手紙で秘密のやり取りをしていらっしゃるのでしょうか？」

驚いた顔で、エルドレッドが問い返す。

「なぜ、きみがそれを知っている？」

確証はなかったのだが、どうやらアタリらしい。こういう勘は、結構当たるのだ。アシュレイは、笑って答えた。

「先のお屋敷で働いていたとき、ゴミかと思って拾った紙に異国の文字が書いてあったので、つい読んでしまったのです。手紙の差出人のイニシャルが『J』となっていて、どなただろうと思っていたのですが……あれは、ジェラルディーンさんだったのですね』

エルドレッドが、小さく笑う。

「なるほど。きみは、異国の言葉も理解できるのか」

「少しだけです」

そういえば、とアシュレイは首を傾《かし》げる。あのときジェラルディーンは、一体誰に宛《あ》てて手紙を書いていたのだろう。

（たしか、屋敷で出されるお食事が足りない、という不満に対するお返事を書かれていたのですよね。……クラリッサさんやヘンリエッタさんが、お腹を空《す》かせて文句を言うというのは、ちょっと想像しにくいです）

不思議に思っていると、エルドレッドが笑みを含んだままの声で言う。

「私は、本当にいい拾い物をした。――アシュレイ。きみが、私の部下となることを選んでくれてよかった。ありがとう」

突然、礼を述べられて、アシュレイはひどく動揺した。

「あ、いえ、あの、こちらこそ、ありがとうございます！」

慣れない事態に遭遇《そうぐう》し、アシュレイはわけのわからないテンションになってしまう。

先ほどから、心臓がしょっちゅう飛び跳ねるものだから、落ち着かないことこの上ない。

そんなアシュレイを見て、エルドレッドがほほえましそうに目を細める。

「きみは、貴族の令嬢にしては随分と反応が素直だな」

彼女に貴族としての振る舞い方を叩きこんでくれたのは、幼い頃に屋敷にいた老齢の執事とメイド頭《がしら》だ。彼らの指導があまりに厳しかったため、当時はしょっちゅう逃げ出していたものだった。

こんなことなら、もっとまじめに彼らの言うことを聞いておけばよかった。

「不調法で、申し訳ありません。以後、気をつけます。エルドレッドさまの部隊では、貴族のご夫人やご令嬢の護衛などもなさるのですか？」

アシュレイが所属することになるのは、スターリング商会のトップが率《ひき》いる部隊だ。先日の大捕《おおと》り物《もの》も王宮の依頼だったようだし、やはり上流階級からの仕事が多いのだろう。

もし貴族の令嬢や夫人の護衛依頼が多いなら、女性で構成されるメイドチームの出番もかなりあるに違いない。アシュレイにとって、自《みずか》らの作法については気になるところである。

「そうだな、貴族のご夫人や令嬢の護衛を承《うけたまわ》ることもある。きみの反応が素直だと言ったが、不調法だとは感じない。そのままで大丈夫だ」

エルドレッドの返事に、アシュレイはほっとした。そこで、ふとまた気になることがあり、口を開く。

「大変不躾《ぶしつけ》な質問なのですけれど……エルドレッドさまに、ご懇意にされている貴族のご令嬢はいらっしゃいますか？　ウォルトン子爵家は、今の貴族社会であまりよく思われておりません。たとえ部下という立場であっても、その娘であるわたしがあなたのそばにいては、ご不快になる方もいらっしゃるのではないかと心配なのですが……」

彼女の問いかけに、エルドレッドは――なぜか、死んだ魚のような目になった。そして、ふっと窓の外を見つめて言った。

「いや、すまない。そんな心配は無用だ。懇意にしている貴族令嬢はいないよ。それに私は、貴族の令嬢に限らず、我《わ》が商会に護衛を依頼できるほど裕福な家庭で、何不自由なく育ったお嬢さんというのが、どうにも苦手でね。その理由について、きみもいずれ必ず耳にすることだろうから、今のうちに話しておこう。最初から説明すると、話が少々長くなるのだが、構わないか？」

「は……はい」

アシュレイはぎこちなくうなずいた。

それから告げられた事実は、十七歳の少女には、かなり衝撃的なものだった。

「実は私は、三カ月ほど前に結婚をする予定だったのだ。しかし式の一週間前に、婚約者がよその男と駆け落ちをした」

「か……駆け落ち？」

思わず復唱したアシュレイに、エルドレッドはうなずく。

「あぁ。彼女は、ドハーティ公爵家のご令嬢だったのだが……元々、平民の私に嫁《とつ》ぐのが大層不満だったようでね。顔合わせのときから、結局一度も話をしたことがない」

（うわぁ……）

公爵家といえば、貴族の中で最も高貴な一族だ。

蝶よ花よと育てられた公爵家のご令嬢が、爵位を持たない平民のスターリング家に嫁《とつ》ぐというのは、耐えられないことなのかもしれない。いくらスターリング家が、王族並みの勢力を誇っているとしても、貴族のプライドの高さは天井知らずだ。

（でも、豪華な三食におやつと昼寝、温かなベッドと新しい衣服が、完全保証されているのだもの。そのご令嬢も、細かいことなんて気になさらずに、ありがたくエルドレッドさまに嫁《とつ》げばよろしかったのに）

アシュレイにとって『貴族の誇り』は、人生においてまったく重要ではない。

美味《おい》しく食べられもしなければ、燃やして暖を取ることもできないものなど、貧乏暮らしには無用の長物《ちょうぶつ》なのである。

「私としても、この国の上流階級との太いパイプが得られるとはいえ、そんな花嫁は遠慮したかった。しかし、彼女との縁談は父と公爵家の間で交わされた契約で、私にはいかんともしがたいことだ。――父を背後から鈍器で殴りたくなったのは、生まれてはじめてだったよ」

そこでエルドレッドは、一度息をついた。

「そういうわけで、私は半ばあきらめて契約を履行しようと考えていた。だが、公爵令嬢の様子を見た我《わ》が家のメイドたちが、『あんな高慢ちきで頭の悪いお嬢さんを、奥方さまと呼んでお仕《つか》えするなんて、まっぴらごめんです』と言い出してね」

「……はい？」

アシュレイは目を丸くした。エルドレッドは重々しくうなずき、続ける。

「覚えておきたまえ。これからきみの先輩となる三名は、とても優秀だ。その高い能力は、私の婚約騒ぎの際にもいかんなく発揮されてね。彼女たちは、私に公爵令嬢との結婚を望む意思がないことを確認すると、あっという間にとある計画を立てた」

一度言葉を切ったエルドレッドは、ひとつ息をつくと、改めて口を開いた。

「そして『平民に下げ渡される悲劇の令嬢と、彼女に恋い焦《こ》がれる伯爵子息との、運命的な出会いから秘密の逢瀬《おうせ》。最終的には手に手を取っての逃避行』までを、見事にプロデュースしてくれたのだよ」

なんだか、頭がこんがらがってきた。アシュレイは拳《こぶし》でこめかみをぐりぐりと押しながら、エルドレッドに確認する。

「ええと……つまり、エルドレッドさまの婚約者さまの駆け落ちは、こちらのメイドチームによって計画・実行されたものだということですか？」

「いかにもその通りだ。もちろん世間的には、件《くだん》の伯爵子息がすべて手配したものだと思われているがね。駆け落ちした本人たちも、我《わ》が家のメイドたちが一から十までお膳《ぜん》立《だ》てしていたことは、まるで気づいていなかっただろう。頭脳担当のヘンリエッタ曰《いわ》く、『陳腐《ちんぷ》なラブストーリーは、展開がベタであるほど、裏があると疑われないものなのです』ということだ」

拳銃を持っていた銀髪のヘンリエッタは、メイドチームにおける頭脳担当であるようだ。そう言われると、彼女があれほど流暢《りゅうちょう》に異国語を操っていたことも納得できる。

アシュレイは、幼い頃に聞き覚えた異国語はおおむね聞き取れるし、読める。けれど、話したり書いたりするのは少ししかできない。

それにしても、周囲に存在を意識させず、完璧に目的を遂行《すいこう》するなんて——彼女たちの優秀さが、ちょっと怖い。

若干《じゃっかん》腰の引けたアシュレイに、エルドレッドは続けて言う。

「私が本邸から今の屋敷に移ると決めたとき、父に言われたのだ。自分の手で、信用できる部下を育てられるようになるまでは、一人前とは言えぬ、と。執事をはじめとする年配の数名は、目付け役として本邸から送られてきた者たちだが……。今のところ、新しく雇い入れた者は、すべて私が選んで連れてきている」

なるほど、とアシュレイはうなずく。

「一から育てるならば、若いうちから——ということですか」

それで、素人《しろうと》同然のアシュレイもエルドレッドに拾ってもらえたということか。

彼の話に納得しつつ、アシュレイは密かに誓う。

どうあれ、自分はこれからエルドレッド・スターリングのもとで働くのだ。そして彼は、信用できる部下を求めている。

（あやうく路頭に迷いかねなかったわたしを、こうして拾ってくださったご恩は、決して忘れません。わたしはこれからこのご恩を、エルドレッドさまの忠実な部下となることで、お返しさせていただこうと思います！）

そうは言っても、主従関係は一朝一夕《いっちょういっせき》で成《な》るものではない。アシュレイをエルドレッドが信用してくれるようになるまでには、相当の時間が必要だろう。

しかし、千里の道も一歩から。こつこつと真面目に働いていれば、いつかは彼に認めてもらえる部下になれるかもしれない。否《いな》、必ずなってみせる。

決意を固めたアシュレイは、ぐっと両手の指を握りしめた。

そこでふと、信頼関係の構築には、まず互いに理解し合うことが肝心だ——と、武術の師であるご老体が言っていたことを思い出す。

理解し合うためには、まずは会話をすることが大切なのだ、とも。

ここはひとつ、もう少し会話を続けてみることにしよう。そう考えたアシュレイは、エルドレッドを見た。

「ところで、エルドレッドさま。あなたは、異国でお仕事をすることもあるのですか？」

「ああ。私はスターリング商会の代表ではあるが、実質的に組織を取り仕切っているのは、母なのでな。彼女の指令があれば、父も私も部隊を率《ひき》いてどこにでも行く」

アシュレイは、不思議議に思って首を傾《かし》げる。

エルドレッドの母親が、スターリング商会の実質的なトップであることは少々意外だが、納得できなくもない。常日頃から外で働く男性陣よりも、細やかな気配りのできる女性のほうが、内向きの仕事に適していることもあるだろう。……まぁ、その仕事の内容が『傭兵《ようへい》部隊の編成・配備』というのが、なんとも物騒ではあるが。

しかしたしか、エルドレッドはまだ二十四歳だと聞いたはずだ。

彼の父親が実務に入れるほど健勝なのであれば、父親がスターリング商会の代表を務めるのが普通なのではないか――

「今さらなのですが、なぜまだお若いエルドレッドさまが、スターリング商会の代表を務めていらっしゃるのでしょう？　お父さまは、まだお元気でいらっしゃるのですよね？」

そんな彼女の疑問に、エルドレッドが再び死んだ魚のような目になった。

（え……何？　わたし、またエルドレッドさまの聞かれたくないことを、うっかり尋ねてしまったのかしら⁉）

見た目と肩書が大変イケているアニキなエルドレッドは、どんよりとした瞳でどこか遠くを見ながら言った。

「いや……大した理由ではない。以前は父が商会の代表をしていたのだがね。いろいろな付き合いの場に顔を出さなければならないことを嫌った父に、無制限一本勝負で負けた私が、その面倒な立場を押しつけられただけだ」

「お……お疲れさまです」

面倒だからという理由で商会の代表を引退する人なんて、アシュレイは聞いたことがない。

どうやら、エルドレッドの父親は、大変フリーダムな人柄のようだ。おそらく、今までエルドレッドは、アシュレイには想像もつかないほど苦い経験をしてきたのだろう。

方向性は完全に真逆だが、やはり父親のせいでものすごく苦労をしてきたアシュレイは、ちょっぴり親近感を抱《いだ》いた。

　つい、しみじみと憐憫《れんびん》の眼差《まなざ》しを向けてしまう。そんな彼女に、小さく息をついたエルドレッドが言う。

「すまない。愚痴《ぐち》になってしまったな」

「いいえ、そんなことはないですよ。いつかお父さまに勝って、スターリング商会代表の座をお返しできるといいですね！」

　心からのエールを向けた彼女に、エルドレッドが虚《きょ》を衝《つ》かれた顔になる。

「父に……勝つ？　オレが？」

（おや。一人称が『私』から『オレ』になっていらっしゃいますよ、エルドレッドさま。ひょっとして、そちらが素《す》ですか？）

　そんなことを思いながら、アシュレイは彼の問いかけに答える。

「以前、おじいさん――武術の師匠が、言っていたのですけれど。勝とうと思わない人間は、一生勝てないそうですよ」

　彼女の師は、本を読んだこともない無筆のご老体だけれど、ちょくちょく胸に残る言葉を伝えてくれる。きっとそれらは、彼の豊かな人生経験から得たものなのだろう。

「それは……考えたこともなかったな」

　エルドレッドはふむと考えこむように視線を下げる。

そのとき、アシュレイはふと当たり前のことに気がついた。

「あら？　でも、エルドレッドさまが真剣勝負でお父さまに勝ったら、それこそ順当な代替わりの時期だということで、結局商会代表の座を押しつけられることになりそうですね」

「〜〜っおまえなぁ！　上げて落とすのが早すぎるだろーが！　落差が激しすぎて、一瞬で心が折れたわ！」

エルドレッドが、両手の拳《こぶし》で勢いよく膝を打つ。そして、その格好のまま固まった。

先ほどまでの落ち着いた振る舞いとは正反対で、アシュレイは目を丸くする。

そしてわずかな沈黙のあと、ぼそっと口を開く。

「……あの、エルドレッドさま」

「黙れ、アシュレイ」

「はい」

アシュレイは、主《あるじ》の命令に従った。

束の間、その場に沈黙が下り、彼はため息とともにうなだれる。

ややあって、エルドレッドがのろりと顔を上げた。サイドに流していた髪を、ぐしゃりと片手でかきまぜる。額《ひたい》に乱雑に落ちた前髪の奥で、琥珀色《こはくいろ》の瞳がきらりと光った。

そこには今までとは違う、ふてぶてしい光が宿っている。

「あーもう、めんどくせぇ。……お客さまにお知らせしまーす。エルドレッド・スターリングの商会代表モードは、終了いたしましたー」

荒っぽく気だるそうに言うエルドレッドに、アシュレイは若干《じゃっかん》動揺しながら答えた。

「エルドレッドさま。わたしはスターリング商会のお客さまではなく、あなたの部下です」

「冗談に真顔で返すな、悲しくなるだろうが」

先ほどまでの紳士然とした様子が嘘のように、エルドレッドが少年じみた仕草で唇を尖《とが》らせる。それから彼は、無造作に足を組むとにやりと笑い、アシュレイを見た。

「まぁ、いいや。どうせ、部隊の連中といるときのオレは、いつもこんな感じだからな。おまえも、さっさと慣れろよ」

つまりエルドレッドは、商会の代表としてのソトヅラと、素《す》の顔を使い分けているらしい。そして素《す》の彼は、こんなふうに少年っぽくてやんちゃな要素が強いのだろう。

驚いたが、嫌悪感を覚えるほどではない。アシュレイは「はい」とうなずいてから、素朴な疑問を口にした。

「やはり、先ほどの商会代表モードというのは、相当お疲れになるのですか？」

エルドレッドが、うんざりとした顔になる。

「親父が、この若さのオレに商会代表の座を丸投げして、逃げ出す程度にはな」

なるほど、とアシュレイはうなずいた。

「無責任でガッカリな父親を持つと、その皺《しわ》寄せを被《こうむ》る子どもは大変苦労するのですよね……」

「わかるか⁉　アシュレイ！」

がばっと体を起こしたエルドレッドに、アシュレイは「ふふふ……」と乾いた笑みをこぼす。

「未婚の没落貴族の娘が庇護者《ひごしゃ》を失った場合、修道院に入って神の妻となるのが一般的です。わたしにはほかに、母が娼婦だったせいか、金持ちの愛人になる選択肢もありましたが、そのどちらも選びたくなかったので、掃除婦として働いて生活費を稼《かせ》いできました。なんにしても、半年前に父が亡くなってからのことは、あまり思い出したくないですね」

「……なんか、スマン」

エルドレッドが、へにょりと眉を下げる。

「とはいえ、ある意味人生の勉強になりました。貴族男性の中に、父を亡くしたばかりの娘に『愛人にしてやるから感謝しろ』と言い放てるような、色欲の肥大した方々が大勢いらっしゃると知ることができましたので。もしよろしければ、今後貴族の方々とお仕事をなさる上で何かの参考になるかもしれませんし、当時のことを細大漏《さいだいも》らさずまとめて報告させていただきます。いかがなさいますか？」

「お願いだから、そういうことを真顔で言うのはやめてくれるかな!?」

アシュレイの申し出に、エルドレッドはくわっとわめく。

その様子は、先ほどまでの落ち着いた大人っぽい姿とはかけ離れていた。前髪が下りているだけなのに、見た目の印象もまるで変わっている。

今の――素《す》の彼は、かなり直情的というか、溌剌《はつらつ》とした雰囲気の青年だ。

エルドレッドは、自分に与えられた役割をきちんと果たすため、落ち着いた『スターリング商会の代表』モードを会得したに違いない。あの完成度に至るまでに、どれほどの努力をしたのだろう。

彼の苦労を思うと、なんだかほろりとしてしまう。

アシュレイがしんみりしていると、エルドレッドはバツが悪そうに目を逸《そ》らした。そして、大きな手で自分の頭をがしがしと掻く。

「あー……いや。怒鳴って悪かった。さっきも言った通り、おまえの生まれ育ちについては、こっちでも一通り知っている。苦労、したんだな」

「いいえ。幸いわたしは五体満足ですし、こうして新しいお仕事にも恵まれました。この年で修道院でのお祈り三昧《ざんまい》な生活というのは、かなり遠慮したかったので、本当にありがたく思っています」

ちなみに、アシュレイの中に『金持ちの愛人になる』という人生の選択肢はない。断固として拒否させていただく。

「おう。おまえが修道院で余生を過ごすとか、もったいなさすぎて笑えてくるわ」

そう言うと、エルドレッドは不敵に笑う。

「なんにせよ、おまえはもうオレの部下だ。……もういっぺん、言っておくぞ。オレは、おまえの信頼が欲しい。覚悟しておけ、アシュレイ。オレは欲しいもんは、どんな方法を使っても手に入れる」

アシュレイは、困惑する。

「あの……エルドレッドさま。わたしがあなたを信頼しているかどうかというのは、何か意味があることなのでしょうか？」

「当たり前だろうが。自分を信じてねぇ部下なんざ、怖くて使えねぇよ」

そういうものなのか。アシュレイはよくわからないなりに、彼の言葉を呑みこんだ。

エルドレッドの望み通り、彼の信頼に足る部下となるには、こちらも彼を信じなければならないらしい。

「了解しました。鋭意努力いたします」

「いや、努力すんのはオレのほうだから」

苦笑した彼が言うが、やはりよくわからない。

アシュレイが彼を信じるか否《いな》かというのは、彼女自身の問題だ。そして、アシュレイは彼の部下として生きると決めた。主《あるじ》であるエルドレッドが『信じろ』というなら、その命令に従うだけだ。それ以上のことをする必要はないはずである。

不思議に思って見つめる彼女に、エルドレッドが笑う。

「ま、その辺はおいおいな。……つうか、同じ貴族の娘でも、あやうくオレの嫁になるところだったお嬢ちゃんとおまえは、全然違うな」

「何不自由なく育てられた公爵令嬢と、没落子爵の娘を比べること自体が、間違っていると思います」

「そうか？」と首を捻《ひね》ったエルドレッドに、アシュレイは問う。

「そういえば、エルドレッドさまの元婚約者という方は、一体どのようなご令嬢だったのですか？」

先輩となるメイドチームの言を借りるなら、『高慢ちきで頭の悪いお嬢さま』ということだが――

エルドレッドは、少し考えるようにしてから答えた。

「見た目は清楚可憐なお嬢さま、中身は年中発情期のメスザル」

「は……?」

目を丸くしたアシュレイに、彼は再び首を捻《ひね》る。

「いや、それはサルに失礼ってもんか。とにかく、周り中の男が自分をちやほやして女王さまみたいに扱ってくれないと、とんでもなく不機嫌になってな。ちょっと見目のいい男がいたら、そいつに決まった相手がいても関係なく、色目を使う。世界が自分を中心に回っていると勘違いしているような、かなり痛々しいお嬢ちゃんだったよ」

アシュレイは、半目になった。

「エルドレッドさま。そこまで頭の悪い女性と比べられるのは、さすがに不愉快です」

「あ、スマン」

謝罪が軽い。エルドレッドはひょいと肩を竦《すく》めてから、腕を組んで言う。

「まぁ、はたから見ているぶんには、『うわぁ、暇なお貴族サマたちが、またなんか愉快なことをやってるよ。笑えるー』くらいな感じだったけどさ。見るたび違う男連中を侍《はべ》らせて、平然とふざけたことを言っちまうんだ――『わたくし、こんなにたくさんの殿方に好かれてしまってどうしましょう。みなさん、わたくしのために争わないでくださいな』みたいなセリフをな。そんなお嬢ちゃんが自分の嫁になるのかと思うとなぁ……ちょっと、世を儚《はかな》みたくなったりもしたわけよ」

「それは、ツライですね……」

エルドレッドの男らしく低い声で、痛々しい勘違い女のセリフを再現されるのは、思いのほか精神が削られた。地味にダメージを受けてうつむいたアシュレイに、エルドレッドが「そうだろう」とうなずく。

「うちの連中のおかげで、そんなことにはならなくて済んだわけだけどな。婚約している間、家でお嬢ちゃんが待っている日なんかは、決まって胃が痛くなったもんだ。ひどいときは、うちの男連中の部屋に泊まらせてもらったりしてなぁ……。ああいうタイプの女とは、もう二度と関わりたくねぇわ」

アシュレイは同情をこめて、エルドレッドを見た。

そうこうしている間に、執事が面会時間の終わりの時刻が近づいていると伝えにくる。

雇用契約の話はまとまったため、アシュレイは荷物をまとめに一度自宅へ戻ることになった。明日の朝一番に、改めてこのドリュー＝ウェット・コートにやってくることを約束する。

エルドレッドは、自宅まで馬車を出してくれると言ったが、さすがにそれは遠慮した。アシュレイはドリューウェット・コートを出て、大通りを走っていた辻馬車《つじばしゃ》に乗りこんだ。座席に座り、揺られながら考える。

（三度目の正直、と言います。三人目の雇い主がエルドレッドさまだというのは、とても幸運なことではありませんか。つまり、今までのわたしのちょっぴり不憫《ふびん》な就職事情は、エルドレッドさまの部下になれたことで、帳消しだということにしましょう。人生、終わりよければすべてよしなのです！）

彼女の取り柄は、何があっても物事を前向きに考えられることである。

そのため、自分の職業が『メイド』や『掃除人』といった平和的なものではなく、『傭兵《ようへい》』という物騒なものになったことについては――とりあえず、気にしないことにした。

人生において、すべてが思い通りにいくことなんて、ないのだから。

# 第三章　信頼の在処《ありか》

翌朝、アシュレイは小さな旅行鞄《かばん》ひとつを手に、新しい職場の門の前でその素晴らしさに改めて圧倒されていた。

エルドレッド・スターリングの私邸、ドリューウェット・コート。

そこは、正面に四階建ての壮麗な本棟、その左右から奥に向かって二階建ての棟が連なる、非常に美しい建物だ。左右の棟は、使用人たちの居住区だという東棟と西棟だろう。

屋敷の前にある広大な前庭は、美しく手入れされた芝と、幾何学《きかがく》模様に配された花壇や噴水が実に見事だ。敷地全体を囲う鉄柵が屋敷の奥まで続いているところを見ると、裏庭は前庭よりも広いのかもしれなかった。

正門前から本棟の前まで続く大きな道のほかに、東棟外側を迂回《うかい》する馬車道も整備されている。きっと、厩舎《うまや》があるのは東棟の奥なのだろう。東棟に暮らしているのは男性の使用人だと言っていたから、彼らが馬の世話をしやすいようにしているのかもしれない。

（これだけ大きいと、掃除のし甲斐がありそうです。……おや？）

門番に挨拶《あいさつ》をしてすぐに、見覚えのある顔がやってくる。すらりと背の高い美少年――ではなく、メイドチームの一員だという、ジェラルディーンだ。

今日の彼女は、青を基調としたシンプルな従僕服を着ている。やはりどこからどう見ても、金髪の王子さまだ。

ジェラルディーンは足早にやってきて、門番に会釈《えしゃく》をする。そして、アシュレイに笑いかけてきた。

「おはよう！　きみが、新しい仲間のアシュレイ・ウォルトンさんだね？　ボクは、メイドチームの服飾担当、ジェラルディーン・ファーナム。よろしく！」

華やかな見た目で、優雅に挨拶《あいさつ》するジェラルディーンに、アシュレイは感嘆する。

思わず見とれて返事ができずにいると、ジェラルディーンは弾丸のような勢いで話しかけてきた。

「うわぁ、クラリッサたちから話は聞いていたけど、本当に可愛い女の子だったんだねぇ。この間会ったときは、年配女性の格好をしていたから、全然気がつかなかった。きみがドリュー＝ウェット・コートに来てくれて、とても嬉しいよ。それから、この間は助けてくれてありがとう。あのときは仕事中で、ろくにお礼もできなかったから気になっていたんだ。今度、気合いを入れてきみに似合う服を作らせてもらうから、楽しみにしててね！」

見事な肺活量である。アシュレイは感心しながら、言葉を選んだ。

「えぇと……おはようございます、ジェラルディーンさん。こちらこそ、またお会いできて嬉しいです。今日から、お世話になります」

年代の近い女の子と話す機会が乏《とぼ》しいアシュレイは、たどたどしく答えつつ、ジェラルディーンをまっすぐ見る。

（なるほど、ジェラルディーンさんは素《す》のときでもボクっ子なのですね。彼女がメイド服ではなく、従僕服を着ているのも、深く考えてはいけないのでしょうか）

たしかに美少年顔のジェラルディーンには、メイド服よりも従僕服のほうが似合いそうではある。にこにこと笑いながら、ジェラルディーンが言う。

「ジェラルディーンさん、って言いにくいだろ？　ボクのことは、ディーンでいいよ。ボクも、アシュレイって呼んでいい？」

「はい。もちろんです、ディーン」

ジェラルディーンが、嬉しそうにほほえむ。

アシュレイは、ときめいた。ジェラルディーンの王子さま系美少年フェイスは、年頃の乙女にとって相当の武器になるに違いない。

「クラリッサとヘンリエッタも、きみが来るのを楽しみに待っていたんだよ。ただ、エルドレッドがスターリング商会の本邸に呼ばれちゃってね。夜中にならないと、帰ってこないんだ」

「そうなのですか。お忙しいのですね」

うん、とジェラルディーンがうなずく。そして彼女は、少し気まずそうに口を開いた。

「クラリッサたちもね、張り切ってきみの部屋の準備をしていたんだけど……。さっき、張り切りすぎたヘンリエッタが、お腹を空《す》かせて倒れちゃったんだよ」

「はい？」

目を丸くしたアシュレイに、ジェラルディーンが小さく苦笑する。彼女は、屋敷の中を案内するから、と促《うなが》して歩き出す。

アシュレイも並んで歩きはじめると、ジェラルディーンが問うてくる。

「アシュレイは、ヘンリエッタとはもう面識があるんだよね？」

「はい。先日の捕《と》り物《もの》のときに、少しですがお話しさせていただきました」

メイド姿で拳銃を扱うヘンリエッタの姿は、クラリッサの女王さまスタイルと同じくらいにインパクトがあった。

「あのね、アシュレイ。ヘンリエッタは、ものすごくよく食べるんだ。大体、ボクらの三倍くらいかな。それに、ちょっと激しい運動をしたりすると、すぐにお腹が減って動けなくなっちゃうんだよ」

それは、思春期真っ盛りの青少年たちに負けないレベルの食欲だ。しかしヘンリエッタは体の線が細い少女だと記憶している。彼女の体のどこに、それだけの食べ物が入るのだろう。

「三倍……ですか」

おののきながらつぶやいたアシュレイに、ジェラルディーンは真顔で応じる。

「うん。――あのね、アシュレイ。ヘンリエッタは、本当に賢いんだよ。きっと普段から、ボクらの十倍くらい、いろんなことを考えているんじゃないかな。だからそのぶん、たくさん食べなきゃならないみたい」

「はぁ……」

たしかに、考え事をしていると、大して動いていなくてもお腹が減るものだ。

ヘンリエッタは頭脳担当だというし、脳によるエネルギー消費が人一倍顕著《けんちょ》なのかもしれない。

そう考えたところで、アシュレイは先の職場でジェラルディーンが書いていた手紙の内容を思い出す。つい、ぽんと両手を打ちそうになった。

（あぁ！　あのときディーンが手紙を書いていた相手は、きっとヘンリエッタさんだったのですね！　わたしたちの三倍も食べなければ体が持たないというなら、たしかにあのお屋敷で出されていた食事の量では、お腹が減って仕方がなかったに違いありません。……苦労されたのですね、ヘンリエッタさん）

貧乏暮らしの長いアシュレイは、空腹の辛さをよく知っている。ヘンリエッタの表情が乏《とぼ》しいのは、もしかしたら表情筋を使うエネルギーを節約しているからなのかもしれない。

（ディーンに、あの手紙のお相手はヘンリエッタさんだったのかを確かめてみたいところですが……。勝手に手紙を読んでしまったことを本人に告白するというのは、ちょっと気まずいです）

ここはおとなしく沈黙を選ぼう、とアシュレイが日和《ひよ》っていると、ジェラルディーンが苦笑する。

「何もないときなら、ヘンリエッタもきちんと自己管理をしているんだけどね。ただ、今日は新しい仲間が来るって浮かれていたし、朝からエネルギー補給を忘れて動き回っちゃったんだと思う。ついさっき、いきなりバッタリ倒れたんだ。今は、クラリッサが飴を食べさせて、面倒を見てる。あ、あとできみにも飴の瓶が支給されるだろうから、もしヘンリエッタが屋敷のどこかで行き倒れているのを見つけたら、とりあえずそれを食べさせてあげて。そのうち、勝手に動き出すから。考え事に夢中になったりすると、突然エネルギー切れを起こして倒れることもあるけど、あまりびっくりしないでね」

「……了解しました」

アシュレイが新しい職場で最初に学んだのは、頭がよすぎるばかりに時折人事不省《じんじふせい》に陥《おち》るという、非常に面倒くさい同僚の対処法だった。

それからアシュレイは、ジェラルディーンの案内で、西棟に足を踏み入れた。

西棟は、二階建てのシンプルなつくりの建物だ。きっと、昔は大勢のメイドたちがここで暮らしていたのだろう。

そこでアシュレイに与えられたのは、長い廊下のちょうど真ん中辺りにある一室である。白い扉を飾る金属プレートに、ガーベラの花の意匠《いしょう》が彫りこまれていた。

こぢんまりとした部屋だが、内装は若い女性向けらしく明るい雰囲気で、心地よくまとめられている。

主な設備はシャワールームと洗面台、そしてクローゼット。小さな書き物机と丸椅子には、さりげなく草花の意匠《いしょう》が施《ほどこ》されており、とても可愛らしい。ベッドの枕元に置かれているランプも、シンプルなものながら、質がいいのが見て取れた。

ジェラルディーンは室内の様子をチェックしてから、振り返る。

「クローゼットの中に、以前作ったメイド服を入れておいたから、ひとまずそれを着てくれるかな。荷ほどきが終わったら、採寸させてね。ちゃんときみに合った制服を作るから。何か要望があったら、そのときに言って。よほど高価な素材が必要な装備じゃない限り作れるよ」

「装備？　ですか？」

なんのこっちゃ、と首を傾《かし》げるアシュレイに、ジェラルディーンは軽く目を瞠《みは》った。

それから、ひょいと肩を竦《すく》め、いたずらっぽく笑ってみせる。

「ここは、貴族のお屋敷じゃないんだよ、アシュレイ。……まぁ、もちろん昔は、どこぞの貴族さまの持ち物だったんだけど。何年か前に、スターリング商会の代表になったばかりのエルドレッドが、ドリューウェット・コートを買った。それはね、ここがこの辺りで一番『貴族らしい』建物だったかららしいよ」

こんな立派な屋敷を、二十歳そこそこの青年がひょいと買ってしまえるとは――スターリング商会の代表というのは、相当もうかるようだ。

それにしても、エルドレッドが『貴族らしい』という基準で自分の私邸となる建物を選ぶとは、少々意外である。なんとなくだが、彼はもっと実用的な理由で動く人物だと思っていたのだ。

そんなことを考えていると、ジェラルディーンが続ける。

「エルドレッドはこのお屋敷を、自分の部隊の訓練に使っているんだよ」

「……はい？」

こんな立派な屋敷で傭兵《ようへい》部隊の訓練をするとは、どういうことなのだろう。きょとんとしたアシュレイに、ジェラルディーンは続けた。

「スターリング商会に来る依頼の中に、貴族の要人警護がある。そのほとんどすべてを、商会代表のエルドレッドの部隊が請《う》けているんだ。そのときには、立派なお屋敷の中で護衛対象を守らなければならない場面も、当然出てくるからさ」

「ええと……つまり？　エルドレッドさまは、貴族の要人警護というお仕事をつつがなく遂行《すいこう》するための訓練の場として、このお屋敷を購入なさった――ということですか？」

その通り、とうなずくジェラルディーン。

アシュレイは驚き、少し呆れた。そしてちょっぴり同情する。これほど豪華でバカでかいお屋敷を造り上げた建築家たちは、まさか自分たちの作品が傭兵《ようへい》部隊の訓練場にな

ると は、想像したこともなかっただろうな——と。

とりあえず、エルドレッドがこのドリューウェット・コートを買った理由は、この上なく実用的なものだったわけだ。アシュレイが彼に抱《いだ》いた印象は、さほど外れていないということだろう。

ふむふむ、と納得していると、ジェラルディーンが楽しげに言う。

「話を戻すよ、アシュレイ。メイド服って、要人警護チームのフォローをするにはうってつけなんだけど、やっぱりいざというときにはちょっと動きにくいんだよね。だから、クラリッサもヘンリエッタも、スカートの下にインナーズボンを穿《は》いているんだ」

アシュレイは、大きく目を見開く。

（なんと……！　メイド服姿でも、下着が見えることを気にせず足技も使えるようになるのなら、それはとても画期的だと思います！）

アシュレイが、武術の師であるご老体から教わった技の中には、足を使ったものがたくさんある。スカートを穿《は》いていると下着が見えてしまうことが心配で、今まであまり使ってこなかったが、その心配がなくなるのはありがたい。

……まぁ、彼女がそういった足技を披露《ひろう》する機会は、来ないかもしれない。けれど、『やれるけどしない』と『したくてもできない』の間には、ものすごく深く大きな溝があるのだ。

そういえば、あの大捕り物《おおとりもの》の際、クラリッサもヘンリエッタも、どこに隠していたのかわからない武器を手にしていた。彼女たちの鞭《むち》や拳銃が、一体どこから出てきたのだろうと不思議に思っていたが――

「あの大捕り物《おおとりもの》の際、クラリッサさんもヘンリエッタさんも、とても素早く武器の出し入れをしていらっしゃいました。もしかして、おふたりが着ていらっしゃるメイド服にも、何か工夫がされているのですか？」

「そうだよ。スカートのサイド部分に工夫をしてね。ポケットの中にあるリボンを引っ張ると、大きく開くようになっている。それで、インナーズボンに装備している武器の出し入れができるようになっているんだ」

彼女たちのメイド服には、随分素敵な工夫が施《ほどこ》されているようだ。アシュレイは、目をきらめかせてジェラルディーンを見た。

「わたしは今のところ、特に装備したい武器はないのですが、インナーズボンはぜひ作っていただきたいです！」

「え、そうなの？　クラリッサは鞭《むち》のほかにも、小型のナイフを装備してるよ。ヘンリエッタは……拳銃のホルスターと弾入れのほかに、小さな小物入れをたくさんつけてくれ、って言われたんだけど。あれ、何を装備してるのかなぁ」

爆薬かな、それとも毒かな、とジェラルディーンが首を捻《ひね》る。どちらにしても、爽やかな王子さま系美少女が、朗《ほが》らかな口調で言う単語ではない。

冷や汗を垂らしながら、アシュレイは言った。

「いえ、わたしは基本的に、その辺にあるものを武器として戦う術《すべ》しか学んでおりませんので……。何よりも、動きやすさを重視していただければ、ありがたいです」

武器というのは結構値が張るものだ。

貧乏育ちのアシュレイが師から学んだのは、身近にあるものをなんでも武器として戦う術《すべ》である。ちなみに今のところ、一番使いやすいと感じているのは、柄《え》の長いホウキだ。

アシュレイの主張に、ジェラルディーンは納得したようにうなずく。

「そうかぁ。……じゃあ、きみのメイド服には動きやすいよう、もう一工夫してみようかな」

彼女からその『一工夫』の内容を聞いたアシュレイは、再び目をきらめかせた。

「それは、ぜひお願いします！」

「うん、了解。って言っても、まずはインナーズボンが先だよね。それに、はじめての作業だから少し時間がかかっちゃうかもしれないし……。まずは、クラリッサたちと同じタイプのを一着、ちゃちゃっと作っちゃうよ。それでいいかな？」

「もちろんです！　よろしくお願いいたします！」

それから、ジェラルディーンは屋敷内でのルールをこまごまと語り、ヘンリエッタの様子を見てくると言って、部屋を出ていった。

途端にしんとした室内をぐるりと見回し、なんとなくベッドに腰かける。そのまま、ぽふん、と背後に倒れると、真っ白な天井が目に入った。

（今日から、ここがわたしの居場所か……）

エルドレッドが与えてくれたこの部屋を、心からそう思えるようになるには、もう少し時間が必要だろう。それでも、誰もいないウォルトン家の屋敷に帰る日々に戻りたいとは思わない。

アシュレイは、父が亡くなってからずっと、誰にも頼らずひとりで生きてきた。

彼女にとって、同年代の他愛ない会話ができる同性の同僚がいるというだけでも、ものすごく嬉しいことなのだ。

（仲よくなれると、いいな）

そんなことを考えながら、アシュレイはゆっくりと目を閉じた。

＊＊＊

その日の夜、夢を見た。ずっと昔、アシュレイが幼い頃の夢だ。

娘をそっちのけにして、芸術家のたまごたちにかまける父親に、アシュレイは何度も声をかける。

――お父さま、それは何？

あぁ、アシュレイ。これは、ミスター・エインズワースの描いた風景画だよ。

胸が痛くなるほど美しいだろう？　彼はいずれ必ず、当代最高の画家として世間から認められるよ。

そのときには、おまえの肖像画を描いてもらおうね。

――お父さま、何をしているの？

すまない、もう夕飯の時間か。今行くよ。

この間の集まりで、ミスター・バジョットの作った詩が、あまりに見事でね。

彼の感じている世界とは、一体どのようなものなのだろうと考えていたら、つい時が経つのを忘れてしまった。


——お父さま、あの人は誰？

彼は、ミスター・ジェファーソン。素晴らしい音楽家で、歌い手だ。

彼の歌を聞くたび、天の国に招かれたようだと感じるよ。こうして毎日彼の歌を堪能できるなんて、私たちは本当に幸せ者だね。


——お父さま、どうしたの？

アシュレイ。おまえの瞳は、母さまと同じ色だね。南の海よりも美しい、至高の青だ。まったく、どれだけ見ていても飽きないよ。

……でもね、アシュレイ。気をつけなさい。世の中には、美しいものを手に入れるためなら、何をしても構わないと思っている者がいるのだから。


——お父さま、何を言っているの？

おまえの母さまは、本当に美しい人だからね。

『太陽の歌姫』、オーレリア。彼女の瞳をオーレリア・ブルーと呼ぶ崇拝者《すうはいしゃ》たちは、今もこの国に星の数ほどいるだろう。

おまえは、髪の色以外は本当に母さまにそっくりだ。彼らにおかしな興味を持たれることのないよう、気をつけなければいけないよ。

——お父さま、わたしはお母さまには似ていないわ。

私の可愛いアシュレイ。私の愛したオーレリアの娘。

私は、おまえの母さまを幸せにしてあげられなかった。本当に、すまない。

——お父さま、どうしてそんなことを言うの？

おまえから、母さまを奪ってしまった。母さまさえ私たちのそばにいてくれれば、それだけで幸せだったのに。

——お母さまなんて、いらないわ。素敵な画家も、詩人も、音楽家もいらないの。お父さまがいてくれれば、わたしは幸せよ。……お父さまは、幸せじゃないの？

——ねぇ、お父さま。

——どうして、何も答えてくれないの……？

＊＊＊

朝を迎えて目を覚ましたアシュレイは、ぼんやりと瞬《まばた》きをする。生ぬるい雫《しずく》が目尻からこぼれ落ちていった。

泣きながら目を覚ますのは、久しぶりだ。何か、いやな夢でも見ていたのだろうか。そんな気がするが、まったく思い出せない。

胸の奥、心臓の音がやけに速い。そこにはたしかに温かな血が流れているはずなのに、ひどく冷たく、重く感じる。

（うぅ……。今日は、栄《は》えあるスターリング家でのお仕事はじめだというのに……）

きちんと睡眠は取ったはずなのに、頭が鈍《にぶ》く痛んで気持ちが悪い。

昨日は結局、エルドレッドは戻ってこなかった。

しかし、在宅中の仲間たちが新入りの歓迎会を開いてくれたのだ。男性陣はかなり酒を飲んでいた。

未成年のアシュレイは、もちろん飲酒はしていないので、この気持ち悪さとは無関係だ。

それなのに、もしかしたら二日酔いというのはこんな感じなのだろうかと思うほど、気分が悪い。

アシュレイはのろのろとベッドを出て、ひとまずシャワーを浴びることにした。熱い湯で体をさっぱりさせると、背中の半ばまで伸びた髪をタオルで丁寧に拭いていく。

そうして濡れた髪がおおむね乾く頃には、起き抜けのいやな気分はだいぶ薄れていた。父が亡くなった直後は、よくこんなふうに泣きながら目を覚ましていたものだ。外で働きはじめた頃からは、そんなこともなくなっていたのだが――

（……ふんぬっ）

ぱぁん、と両手で勢いよく頬を叩く。結構、痛かった。

だが、今はのんきにテンションを落としている場合ではない。新入りとして、せめて基本の挨拶《あいさつ》くらいは、明るく朗《ほが》らかにしなければならないのだ。

朝っぱらからどんよりめそめそした顔を晒《さら》すなど、もってのほかである。

ひりひりと痛む頬を、ひとしきりむにむにと引っ張ったり伸ばしたりしているうちに、ようやくいつもの自分が戻ってきた。気合いを入れることに成功したようだ。

アシュレイは新しいシャツと下着の上に、昨日支給されたばかりの制服を着る。

時計を見ると、起床時間まで余裕があった。少し散歩をさせてもらおうと、アシュレイは建物の外へ向かう。

彼女の起居する西棟の出入り口は、ふたつある。本棟との接続部分にひとつ、そしてもうひとつは裏庭に面する最奥だ。メイド仲間たちの居室は、アシュレイの部屋より本棟側に配置されている。

そのためアシュレイは、扉を開閉する音で同僚を起こしてしまわないように、彼女たちの部屋から最も離れた裏庭側の扉を開いたのだが――

その直後、彼女はびしっと固まった。

(あー……なるほど。このお屋敷がエルドレッドさまの部隊の訓練施設だと教わった時点で、こういった事態は想定してしかるべきでした)

――ドリューウェット・コートの、広大な裏庭。それは美しい枝ぶりの木々と可愛らしい花たちが、絶妙なバランスで配置される、見事なものである。

そこは今、プロテクターを装備した男たちの戦場となっていた。

ただし、エルドレッドを筆頭に、十名ほどいる彼らが揃って身につけているのは、みなやたらと仕立てのよさそうな礼服である。

なんというか……ものすごく、シュールだ。

アシュレイが固まって戦場を凝視《ぎょうし》していると、それに気がついたエルドレッドが声をかけてくる。

「よう、アシュレイ。随分早いな」

「おはようございます、エルドレッドさま。みなさんこそ、こんなに朝早くから訓練をされているのですね。驚きました」

それに、みなさんが礼服をお召しになっていることも――とは言わないでおく。

戦闘服といえば、普通はもっと無骨《ぶこつ》で、機能性を重視したものだろう。

しかし、エルドレッドの部隊の主な仕事は、貴族階級から依頼される要人警護。いかにも『護衛でございます』というものものしい格好は、許されないケースも多いのかもしれない。

今朝のエルドレッドが着ているのは、白のシャツにダークグレーのウエストコート、トラウザーズ。ネクタイとシャツの襟元《えりもと》が緩められ、中の黒いアンダーシャツがのぞいている点を除けば、実に見事な紳士ぶりだ。

目の前の光景にやっと慣れてきたアシュレイは、エルドレッドに問いかける。

「エルドレッドさまは、訓練に参加なさらないのですか？」

「あぁ。今は、次の仕事で使うメンバーの選考中。なかなか面倒そうな案件なんで、調子のいいやつ以外は連れていきたくないんだ」

そうなのですか、とアシュレイはうなずく。

アシュレイがエルドレッドと会話をしている間も、彼の部下たちは一瞬も気を緩めることなく、訓練に励んでいる。どうやら今は、メンバーをふたつに分けてチーム戦をしているようだ。

彼らの激しい格闘の様子に、アシュレイは思わず目を奪われる。

（おおぉー……！　あのスマートなデザインの礼服のどこから、あんなにたくさんのナイフが出てくるのでしょうか！　クラリッサの鞭《むち》もびっくりの手品っぷりです！）

先日見たクラリッサの戦闘姿を思い出しながら、アシュレイは内心唸《うな》った。ちなみに昨日、クラリッサとヘンリエッタに挨拶《あいさつ》したとき、それぞれ敬称は抜きで名前を呼んでいいと言われている。

それはさておき、彼らが着ている礼服も、ジェラルディーンが作ったものなのだろう。スタイリッシュなデザインだというのに、機能性も高いらしい。

エルドレッドの部下たちは隠し持っていた武器を次々に取り出し、流れるような動きでそれらを操っている。その迫力は、師と仰《あお》ぐご老体の訓練でも目にしなかったほどのものだ。

しかし、これほど迫力ある戦闘が行《おこな》われているというのに、非常に静かである。任務の最中に騒ぎを大きくしないための配慮なのだろうか。

アシュレイがそんなことを考えている間にも、エルドレッドの部下たちは庭園を縦横《じゅうおう》無尽《むじん》に駆け巡《めぐ》る。

彼らはみな、昨夜の歓迎会でかなり酒を飲んでいたはずだ。二日酔いでもおかしくないのに、そんな様子は微塵《みじん》も感じられない。

アシュレイは、感心してつぶやいた。

「すごいですねぇ……。みなさん、あれくらいのお酒では、腕が鈍《にぶ》ったりはしないのですね」

「いや、全員かなりグロッキー気味だぞ？　貴族からの依頼だと、仕事の最中に付き合いでどうしても飲まなきゃならねぇ場面ってのがあるからな。その訓練も兼ねてんの」

けろりと応じたエルドレッドに、アシュレイはぎこちなく顔を上げる。

「あの……エルドレッドさま。それは、この訓練が終わった途端、みなさんは盛大に吐く可能性が高いということでしょうか？」

「安心しろ、アシュレイ。水飲み場まで持たなかったやつは、敷地二十周のペナルティだ」

どうやらエルドレッドは、思っていたよりも部下に対して容赦のないアニキだったようだ。

彼の部下たちへの同情の気持ちはあるが、この美しい裏庭が人間の吐瀉物《としゃぶつ》で汚される危険は少ないとわかり、アシュレイはひとまずほっとする。

そんな彼女に、エルドレッドがにやりと笑う。

「それに今は、おまえが見ているからな。連中も、新人の前でみっともねぇ姿を晒《さら》すような真似はしないと思うぜ」

「なるほど、先輩のプライドというやつですね」

そういったささやかな、けれど決して譲《ゆず》れないプライドならば、アシュレイも少しは理解できる。

武術の師である老人のもとに、自分よりあとからやってきた子どもたちの前では、彼女もついつい格好つけてしまったものだ。

(やたらと突っかかってくる男の子たちに対しては、師匠も手加減しなくていいと、お許しをくださっていましたし……。今から思えば、あの頃の経験が先日の大捕《おおと》り物《もの》で役に立ったのかもしれません)

師のもとでの経験がなければ、あのときも咄嗟《とっさ》に体が動かなかった可能性もある。

慣れというのは大事だな、としみじみしていたアシュレイに、エルドレッドが笑いを含んだ声で言う。

「なんだったら、おまえもまざってみるか？」

いまだにあちこちで格闘が行《おこな》われている裏庭を、親指で示された。

状況が許すならその提案に応じたい気持ちはあったが、残念ながら今は少々問題がある。アシュレイは少し考えてから口を開く。

「エルドレッドさま。いくつか確認したいことがあるのですが、よろしいでしょうか？」

「おう。なんだ？」

朗《ほが》らかに答えるエルドレッドに、アシュレイは問う。

「メイド仲間の先輩の中で、実戦で使えるレベルの対人格闘スキルを持っているのは、クラリッサだけだと聞きました。彼女も、エルドレッドさまの部隊の方々と戦闘訓練をすることがあるのでしょうか？」

エルドレッドはアシュレイの推測をあっさりと肯定した。

「ああ。あいつの腕は、相当なモンだぞ。おまえもそのうち手合わせすることになるだろうから、楽しみにしておけ」

アシュレイは、素直にうなずいて続ける。

「はい。では、次の質問です。その際、彼女はやはりメイド服で訓練に臨《のぞ》むのでしょうか？」

「まぁ、そうだな。大抵は、仕事先で着るメイド服と同じ型のモンをジェラルディーンが作って、それを着て訓練してるぞ」

　なるほど、と納得し、アシュレイはエルドレッドを見上げた。

「それでは、最後の質問です。わたしが現在着ているのは、そういった戦闘タイプではないメイド服です。それをご理解いただいた上で、エルドレッドさまはわたしに今、みなさんの訓練にまざってみないかと、お誘いくださったのでしょうか？」

　エルドレッドが、きょとんとする。

「あぁ。何か、問題があったか？」

「はい。このメイド服に、クラリッサたちが身につけているようなインナーズボンは、残念ながら装備されておりません」

　そう言った途端、エルドレッドがびしっと固まった。

　どうやら、彼はこの事実に気づかないまま、アシュレイを誘っていたらしい。

　だらだらと冷や汗を流しはじめた彼に、アシュレイは言う。

「仮に今、わたしがこのメイド服のままみなさんの訓練に合流した場合、大変見苦しいことになってしまうと思います。何より、わたしは命があやうくなるほどの非常事態でもない限り、他人様に下着を晒《さら》すような真似はしたくありません。なので、せっかくのお誘いではありますけれど、今回は辞退させていただきたく――」

「……あああぁあああっ！　スマン！　オレが悪かった！　悪かったから、今の失言をクラリッサに言うのだけは勘弁してくれ！」

エルドレッドが地面に這《は》いつくばらんばかりの勢いで謝罪する。

失言というより、セクハラ発言な気がするが、わざとではなかったようなので流しておく。

「了解しました。今回の件については、他言無用《たごんむよう》ということにいたしますね」

「あー……うん。そうしてくれると、助かる」

エルドレッドは深々とため息をつくと、がしがしと髪を掻きながら顔を上げた。そして、ひどく気まずそうに口を開く。

「悪かったな、アシュレイ。うちの連中は、普段から万が一に備《そな》えて、ジェラルディーンが作ったモンを装備しているからよ。おまえもてっきり、そうだとばかり思いこんでたわ」

「……素朴な疑問なのですが、エルドレッドさま。今までのお仕事中に、『万が一』という事態が起こったことはあるのでしょうか」

若干《じゃっかん》びくびくしながら向けた問いかけに、エルドレッドが少し考えこむ。

「どうだったかな……。あぁ、一度だけあったぞ。以前任務先で、ヘンリエッタが偶然、護衛対象への襲撃を企《くわだ》てた犯人と遭遇《そうぐう》したことがあってな。そいつは、母親と同じ銀髪の娘を襲っては、記念に髪を刈り取っていく変態野郎だったんだが……ヘンリエッタは、その変態の心をたった五分の言葉責めで、完膚《かんぷ》なきまでに叩き潰したんだよ」

「はぁ。それは、さすがですね」

感心したアシュレイに、エルドレッドは「そうだろう」と真顔で応じる。

「で、現場に駆けつけた部下の証言によると――泣きながら建物の四階の窓から飛び降りようとする犯人と、それを止めようとするヘンリエッタとの修羅場《しゅらば》だったらしい」

「修羅場《しゅらば》、ですか」

思わず復唱する。エルドレッドは、重々しくうなずいた。

「ああ。オレはその話を聞いたとき、しみじみ思った。たった五分の言葉責めで、変態野郎を発作的に自殺へ走らせたヘンリエッタが、自分たちの味方でよかった、と」

「たしかに」

優秀すぎる頭脳というのは、使い方次第では立派な凶器になるらしい。ちょっと、怖くなってきた。

エルドレッドが、ぽりぽりと頬を掻く。

「ただ、おまえも聞いただろう？　ヘンリエッタは頭脳担当で、力仕事は任せられねぇ。

部隊の連中が到着したのを見て、気が抜けたのもあるかもしれんが……あいつ、その場で人事不省《じんじふせい》に陥《おちい》ったんだよ」

「……それで、どうなったのですか？」

どうやらヘンリエッタのエネルギー切れは、いつでもどこでも発動するようだ。

「犯人が飛び降りようとしていた窓から、ヘンリエッタが転落した」

え、と固まったアシュレイに、エルドレッドは続けて言う。

「装備品の命綱で窓の外にぶら下がったまま、腹の虫を鳴らし続けるあいつを回収するのは、ものすごく大変だったらしいぞ」

「……そうなのですか。それにしても、修羅場《しゅらば》だったにもかかわらず、きちんと命綱を使用していたヘンリエッタの冷静さは、とても素晴らしいと思います」

そうだな、とエルドレッドがうなずく。

「なんにせよ、おまえもいろいろとあいつらから話を聞いて、納得できる服を作ってもらえ。オレたちと違って、おまえらの格好はどんなゴツい装備でも隠し放題だからな」

「了解しました、エルドレッドさま」

そんなことを話しているうちに、起床時間が近づいてきた。

見ると、エルドレッドの部下たちの訓練も、おおむねけりがついている様子である。

エルドレッドは、ぱん！　と大きく両手を打ち鳴らした。

その途端、裏庭のあちこちで戦闘モードに入っていた部下たちが、ふっと体の力を抜く。

「よし、今朝はここまで！　吐きたいやつは、水飲み場まで全力疾走！」

全員が、一斉に駆け出した。……彼らの素晴らしい根性は、実に見習うべきものだ。

アシュレイが敬愛に値《あたい》する先輩たちの背中を見送っていると、ふとエルドレッドが真顔になってこちらを見た。

「あー、アシュレイ？　そういや、昨夜親父に会ったときに言われたんだけどよ。おまえ、本当にうちに来てよかったのか？　なんだかんだ言ったところで、おまえはウォルトン子爵家の最後のひとりだ。正直、貴族の誇りってのはオレにはよく理解できないんだが……。そう簡単に、捨てられるものでもないんだろう？」

「……はぁ」

今さらながらの問いかけに、アシュレイはつい間《ま》の抜けた声をこぼす。そして少し考え、口を開いた。

「エルドレッドさま。……わたし、嬉しかったんです。あなたが、きみを育ててみたいと言ってくださったとき」

一昨日《おととい》、この屋敷の応接間で再会したとき、エルドレッドが当たり前のような顔で言ったことを、アシュレイははっきりと思い出す。これからも、きっと忘れることはないだろう。

『心から感謝する、ウォルトン嬢』

『もし今後、何か困ったことがあったら遠慮なく言ってくれたまえ』

『私は、きみが欲しい』

――あんなふうにまっすぐに言葉を向けられると、胸の奥がむずむずして、それからじんわりと温かくなるものだなんて、知らなかった。

頼っていいのだと許されることが、心が震えるほど嬉しいものだなんて、誰も教えてくれなかった。

どんなカタチでも、自分が誰かに必要とされることを、アシュレイは今まで想像したことすらなかったのだ。

おまけに、エルドレッドはアシュレイの信頼が欲しいと言った。

あまりにも予想外のことばかりを彼が口にするから、そのときは自分がどう感じているのか、よくわからなかったけれど――

(たぶん、とても嬉しかったんです。エルドレッドさま)

――だから、たとえどんな小さなことでも、彼の役に立ちたいと思った。あんな喜びを、アシュレイにくれたひとはいなかったから。

アシュレイが顔を上げると、エルドレッドの琥珀色《こはくいろ》の瞳が太陽の光を浴びて、鮮《あざ》やかな金色に輝いている。とても、きれいだ。

何かに背中を押されるように、アシュレイはぽつりと言葉をこぼす。

「わたしは……今まで生きてきて、誰かに必要とされたことがなかったので」

たしかに父は、アシュレイのことを可愛がってくれた。彼女が、父の愛した母の娘だったから。

母と同じ色の瞳を褒め称《たた》え、娘に愛した女性の面影《おもかげ》を求め続けた。

アシュレイは父を愛していたけれど、父は『母の娘』であること以外を彼女に求めたことは、一度もなかった。母はもう、父の手の届かないところへ行ってしまったのに――最期《さいご》まで、父が愛していたのは母だけだったのだ。

アシュレイ自身が誰かに愛され、必要とされたことは、生まれてから一度もなかった。

エルドレッドが、低い声で問うてくる。

「……ウォルトン子爵が亡くなるまで、子爵家を切り盛りしていたのは、おまえだったんだろう？」

「はい、そうですね」

だったら、と彼は目を細めた。

「子爵にとって、おまえは必要な人間だったんじゃないのか」

アシュレイは、思わず苦笑する。

「エルドレッドさま。父は、生まれも育ちも生粋《きっすい》の貴族だった男性ですよ？　彼にとって、家の中がきちんと片付いていることも、決まった時間に食事が出てくることも、ごく当たり前のことでしかありません。それについて何かを思ったり——ましてや、感謝したりするようなことではなかったんです」

もし父が貴族ではなかったなら、そういった『当たり前のこと』が、アシュレイの懸命な努力の上に成り立っていたのだと気づいたかもしれない。

そして、彼女自身を必要だと認識することも、もしかしたらあったのかもしれなかった。

けれど、父は結局のところ、どこまでも優雅にしか生きられない貴族だったのだろう。

子爵家の内情になど目をくれることはなく、お気に入りの芸術家たちとともに、世俗から遠く離れた美しいばかりの世界で、楽しそうに笑っていた。

「……エルドレッドさま」

彼の金色の瞳が、まっすぐに自分を見ている。

「わたしは、自分が無価値な人間であることを知っています。血の繋がった父親でさえ、わたしは心を慰《なぐさ》めることも、命を救うこともできなかった」

父が流行《はや》り病《やまい》に冒《おか》されたとき、高価な薬や、栄養のある食べ物を充分に買うだけの金が残っていれば、彼は死なずに済んだだろう。

……エルドレッドの言う通り、子爵家の財政を管理していたのは、アシュレイだ。彼女がもっとしっかりしていれば――父が芸術家たちに援助する金銭の額を抑えさせていれば、彼はきっと今も生きていられた。

父が他界したとき、アシュレイは自分がたったひとりの大切な人さえ救えない、無価値な人間であることを思い知ったのだ。

「それなのにあなたは、そんなわたしの信頼が欲しいとおっしゃった。その上で、信用できる部下としてのわたしが欲しいと。……わたしには、わかりません。なぜ、あなたがあんなことをおっしゃったのか。わたしには、何もないのに」

だから、とアシュレイは続ける。

「あなたを信じろとおっしゃるのなら、わたしはこれから何があろうと、あなたのすべてを信じます。あなたを頼れと命じられるなら、あなたの助けが必要だと判断した場合には、迷わず頼りましょう。……それで、いいのですか？」

エルドレッドは、アシュレイの信頼が欲しいと言った。

そうすれば、彼にとって信頼に足る部下だと認められるから、と。

「本当にそれだけのことで、あなたはわたしを必要としてくださるのですか？　エルドレッドさま」

今のアシュレイが彼に捧《ささ》げられるものは、彼への心からの信頼だけ。ほかには何もない。

「……アシュレイ」

エルドレッドの声が、少し掠《かす》れていた。

彼女を見つめる、鮮《あざ》やかな黄金の瞳。その奥に、今まで見たことのない炎が揺らいでいる。

やっぱり、きれいだ。太陽と同じ、光の色。

ずっと見つめていると、その灼熱《しゃくねつ》に焼き尽くされそうで怖くなる。それなのに、美しすぎて目を逸《そ》らせない。

「あぁ。……今は、それだけでいい」

一度わずかに目を伏せたあと、エルドレッドはゆっくりと笑みを浮かべた。甘く穏やかな、優しい笑顔だ。

「ただなぁ、アシュレイ。オレは、欲張りなんだ。だからそのうち、もっと違うものも寄越せって、おまえに言うようになると思う。けど、今はそれだけでいいよ。……おまえは、オレを信じていろ」

「エルドレッドさま……？」

なぜだろう。背筋が、ぞわりとした。

怖い。違う、怖くない。今ここに、自分が恐れるものなんて何もないはず――

「アシュレイ」

どこまでも優しい声で、エルドレッドが言う。

主《あるじ》が、自分の名を呼んでいる。それだけのことに、歓喜で胸が震えた。

「言っただろう？　覚悟しとけ、って。……オレは、欲しいもんはどんな方法を使っても手に入れる。それを、おまえが自分から寄越すって言ってんだ。みすみす、逃がしてやるつもりはねぇよ」

頭の奥で、警鐘が鳴る。

自分は今、何か、とても愚《おろ》かなことをしているのではないだろうか。

目の前の黄金の獣《けもの》から逃げろと、本能が叫ぶ。

それなのに、嬉しい。胸が痛んで泣きたくなるほどに嬉しい。

相反する感情の渦《うず》に、目眩《めまい》がする。

けれど――

「わたしは……あなたに、必要ですか？　エルドレッドさま」

――それらの感情すべてを呑みこむほどの激しさでこみ上げた渇望《かつぼう》に、アシュレイは抗《あらが》えなかった。

今、手を伸ばせば、ずっと欲しくてたまらなかったものに手が届く。

その誘惑は、あまりに強烈で甘すぎた。

アシュレイの問いに、エルドレッドがまったくためらうことなく笑って答える。

「ああ。オレは、オレを信じているおまえが欲しいよ」

だから――と、彼は軽く腰をかがめて言う。

「信じろ、アシュレイ。オレは、これから何があろうと、絶対におまえを捨てたりしない。……大丈夫だ。オレが生きている限り、おまえがひとりになることだけは、絶対にない」

息が、止まるかと思った。金色の瞳から、目が離せない。

エルドレッドが甘い笑みを深める。

「そんで、オレにもおまえを信じさせろ。おまえが生きている限り、オレを信じてるやつがこの世界にひとりいるんだ、ってな」

「……はい。エルドレッドさま」

アシュレイは、主《あるじ》の命令にうなずく。

よし、とエルドレッドは目を細め、ぴしりと人差し指を立てる。

「それじゃあ、おまえがめでたくオレの部下になったところで、最初の命令。今後は、オレのことをエルドレッド、もしくはレッドと呼ぶように。さま付けとか、ガラじゃねえんだよ」

「了解しました、エルドレッド」

言われてみれば、この屋敷の面々はみな彼のことを、敬称をつけずに名前で呼んでいた。一足飛びに愛称まで許可してきたのは、懐《ふところ》の広い冗談だろう。

アシュレイが素直に応じると、彼は嬉しそうにわしゃわしゃと彼女の髪をかきまぜる。乱暴な、とあきれたけれど、不思議といやな感じは少しもしない。

エルドレッドが、にやりと笑う。

「なぁ、アシュレイ。おまえ、これから覚えることが山ほどあるぞ」

「はい。ご指導、よろしくお願いいたします」

彼の部下として働く道を選んだのだから、それくらいは覚悟の上だ。

しかし、エルドレッドは「そういう意味じゃねぇよ」と言って、彼女の額《ひたい》に指先で触れた。

「それじゃあ、まずは基本のキな。――おまえは、もうちょっと自分のことを大事にできるようになりなさい」

「……はい？」

意味がわからない。首を傾《かし》げたアシュレイに、エルドレッドは真顔で言う。

「オレはな、アシュレイ。自分の部下を粗末に扱われるほど、腹が立つことはねぇんだ。……わかったか？　たとえおまえ自身でも、おまえを粗末にすることは許さない」

彼の指先が触れたところが、熱い。

けれど、熱いと感じるのはそれだけではなくて――

「おまえはもう、オレの部下なんだ。そのおまえが無価値だなんて、二度と言うな。不愉快だ」

エルドレッドの気迫に気圧《けお》される。あまりの熱に、息が苦しい。

……なのに、なぜだろう。嬉しくて、ぞくぞくする。

アシュレイは、ゆるりとほほえんだ。

「了解、しました。エルドレッド」

怒りは、熱を孕《はら》むもの。アシュレイはその熱さを、このときはじめて理解した。

世の中は本当に、彼女の知らないことでいっぱいだ。

# 第四章　初仕事だそうです

アシュレイはこのたびめでたく、エルドレッドの部隊の構成員としてメイドチームに所属することになった。

しかし、服飾担当のジェラルディーンがインナーズボンを作ってくれるまで、戦闘訓練に参加できない。それまでの間は、おとなしくメイド業に勤《いそ》しむことになった。

エルドレッドの部隊に仕事——貴族の護衛依頼が入っていないとき、メイドチームの面々は、普通にドリューウェット・コートのメイドとして働いているのだという。

メイドチームは外へ仕事に出る際、特殊な事情がない限り、護衛対象のそばに控《ひか》えるメイドとして派遣される。その際、不自然にならないようにするためには、普段からメイドとして働いているのが一番だ、ということらしい。

日常生活がそのまま訓練になるとは、実に効率的である。

（まぁ、掃除は得意ですし。これほど立派なお屋敷だと、掃除もやり甲斐があって、嬉しいです）

仕事はじめの本日、アシュレイはクラリッサの指示に従いながら、黙々と掃除に励んでいた。

ちなみにクラリッサによる『メイドの心得指導』も、アシュレイの新しい制服ができてからでなければ、はじめられないらしい。メイドの心得が、戦闘訓練と同じ扱いというのは、なんだかシュールだ。

（ディーンには、ひとまず一刻も早くインナーズボンを作ってもらいたいところですが……。彼女に新しく作っていただく制服も、今からとても楽しみです）

そんなことを考えながら、アシュレイが掃除しているのは、本棟正面玄関ホールである。

このドリューウェット・コートは、基本的にエルドレッドの部隊の訓練施設として使われている。そのため、普段使うスペース以外は、あまりこまめに掃除していない。

しかし、ごく稀《まれ》に急な客人がやってくることもある。そういった不測の事態に備《そな》え、正面玄関と応接間、そして客間の中でも豪華な部屋は、日常的にきちんと手入れをしているそうだ。

ちなみに、個人のプライベートルームは、エルドレッドでさえ掃除は自己責任で行《おこな》っているのだという。

それを聞いたとき、アシュレイは感動した。

世の中に、身の周りのことを自分でできる男性が存在するというのは、知識としては知っていた。だが、今までそんな立派な男性を、実際に見たことはなかったのだ。

それなのに、この屋敷では当たり前のように、みな自分のことは自分でやっている。なんと素晴らしい。

（とはいえ、共用部分だけでも、かなりの広さがあるわけですけれど。……うーん、こういう立派な階段の手すりを見るたび、腰かけて滑り下りたくなるのは、わたしだけなのかしら）

一通り掃除を終えた階段を見上げ、さて次の現場へ向かいましょう、と気合いを入れ直したときである。

「……おまえが、アシュレイ・ウォルトンか」

「ふぉうあ⁉」

突然、背後から声をかけられ、アシュレイはその場で跳びあがった。階段の掃除をしている間、この正面玄関には彼女のほかに誰もいなかったはずである。

慌てて振り返ると、ぎょっとするほど近くに男性がいた。一体どこから湧いて出たのだろう。

背が高い。エルドレッドより、少し小さいくらいだろうか。それでも、世の中の男性陣の平均身長は、かなり上回っていると思う。

年齢は、二十代半ばから後半、といったところに見えた。

短く整えた黒髪と、ダークグリーンの瞳が、白皙《はくせき》の肌によく映《は》えている。シンプルな礼服に包まれた体躯《たいく》は、一見して随分細身だ。顔立ちは整っているが、男らしさをあまり感じさせない、中性的な美人である。

……これは、ぜひ一度、王子さま系美少女のジェラルディーンの隣に、並んでみていただきたい。そこだけ、とてもきらびやかな空間になりそうだ。

しかし、とアシュレイは思い直す。

見覚えはないが、アシュレイのことを知っているからには、彼はおそらくスターリング商会の構成員。となれば、彼が『実は、脱いだらすごいんです』というタイプである確率は、相当高いのではなかろうか――

（……いやいやいやいや。今は初対面の男性の肉体美に、希望的観測交じりの思いを馳《は》せている場合ではなくてね？）

驚きのあまり、かなり思考がおかしな方向に飛んでいた。

アシュレイは思い直し、先ほどから黙りこんでいる青年を見返す。

「はい。昨日からこちらでお世話になっております、アシュレイ・ウォルトンと申します。失礼ですが、どちらさまでいらっしゃいますか？」

「俺は、ユリシーズ・シェリンガム。エルドレッドの部隊の副長だ。……なるほど。それが、オーレリア・ブルーの瞳か。たしかに、娼婦が客の気を引くには、いいエサになりそうな代物《しろもの》だな」

アシュレイは、目を瞠《みは》る。それから軽く会釈《えしゃく》し、口を開いた。

「はじめまして、ユリシーズさま。たしかにわたしの瞳は母と同じ色をしております。母は今も貴族社会で少々知られた存在だということも、一応は存じております。ですが、残念ながら、母が使うような男性を誘惑する手管《てくだ》を、わたしは何ひとつ身につけておりません。そればかりか、見知らぬ男性に必要以上に接近された場合、相手の急所を蹴り上げたくなります。なので、もしわたしをハニートラップに使おうと思われているのでしたら、それはぜひともご遠慮させてくださいませ」

ユリシーズは、眉ひとつ動かすことなくうなずいた。

「ふむ。さすがに、『太陽の歌姫』の娘というだけはある。なかなか、立派な肺活量だ」

「お褒めいただき、ありがとうございます」

——コイツ、気に食わない。

にこにこと笑みを浮かべたまま、アシュレイは心の中でユリシーズに向かって舌を突き出した。

彼女の瞳が母親譲《ゆず》りの『オーレリア・ブルー』と呼ばれる色であることも、その母親が娼婦を生業《なりわい》としていたことも、本当のことだ。

しかし、それらの事実を当人に突きつけ、『いいエサになる』などと言うのは、どう考えても失礼である。他人の身体的特徴をあげつらうことも、親の職業を引き合いに出して相手を揶揄《やゆ》することも、まっとうな大人ならば決してしないはずだ。

つまり、ユリシーズ・シェリンガムは、まっとうな大人ではない。

そんな相手に尽くすべき礼儀など、アシュレイは持ち合わせていないのだ。

「それで、ユリシーズさまはわたしに何かご用なのでしょうか？　こちらも暇なわけではございませんので、ご用がないのでしたら、失礼させていただきます」

冷ややかに告げた彼女に、ユリシーズはわずかに目を細めた。

「用がなければ、わざわざ話しかけるわけがないだろう。阿呆《あほう》か、おまえは」

「いい年をして、いちいち喧嘩腰でしかものを言えないのですか？　そんなことで、よく部隊の副長を務めていらっしゃいますわね」

さすがにそろそろ、笑顔をキープしている頬の筋肉が引きつりそうだ。

アシュレイは必死で自分を抑える。口喧嘩というのは、先にキレたほうが負けである。

落ち着け、落ち着け、と自分に言い聞かせながら、相手の出方を待つ。

するとユリシーズは表情を変えないまま、間髪《かんはつ》を容《い》れずに応じる。

「本当のことを言われたくらいで、いちいち相手に噛《か》みつくな。鬱陶《うっとう》しい」

「諫言《かんげん》、いたみいります。それで、ユリシーズさまは、わたしになんのご用なのでしょう?」

喧嘩を売られているようにしか思えないが、ここで応戦するのは得策ではないだろう。

残念ながらアシュレイの口喧嘩の経験は、近所の少年たち相手にしかなかった。彼らには常に完勝をおさめてきたが、それらの経験は、相手が立派な成人男性の場合、役に立つとは考えにくい――

(……いや、立派な成人男性は、年下の女の子に喧嘩を売ってきたりしないからね!)

一体なぜこんなことになっているのか、つくづくわけがわからなくなってきた。

「新人がどんな素材なのか、確認しに来ただけだ。どうやら、類は友を呼ぶというのは本当らしいな。まったく、メイドチームの連中は、どいつもこいつも面倒くさい連中ばかりだ」

「……はぁ。さようでございますか」

たしかに、アシュレイの先輩メイドたちは揃いも揃って個性的だ。何しろ、鞭《むち》を持った女王さまを筆頭に、あらゆる意味で普通とは言い難《がた》いメンバーである。

彼女たちの上官を務めるのは、さぞ面倒くさいだろう。

……そう考えると、メイドたちを率《ひき》いる立場にあるエルドレッドやユリシーズが、なんだかものすごく大変な苦労人であるような気がしてきた。多少口が悪いことくらい、可愛いものかもしれない。

そう考えて、アシュレイは意識革命に成功した。もう少し広い心で、口の悪い上司と向き合おうと決意する。

アニキなエルドレッドは、あまり細かいことは気にしなさそうな感じだし、彼の副長を務めているだけでも、きっと大変なのだろう。

アシュレイは、非常にまったりした気持ちでユリシーズを見た。

「そういうことでしたら、ほかに何かご質問はございますか？　お気に入りの下着に関することと以外でしたら、なんでも答えさせていただきますが」

「……若い娘が、そういった冗談を口にするものではない。少しは慎《つつし》みを持て、バカモノが」

ユリシーズは、はじめて不快げに眉根を寄せた。アシュレイは、おや、と目を丸くする。そして思わず口を開いた。

「昨夜、酔っ払ったエルドレッドの部下さんたちに、下着の柄や素材だけでなく、サイズや使用感まで尋ねられたのですが……。やはり、これらは部隊の活動に不要な情報だったのですね。失礼いたしました」

「よし。あいつらは、あとでシメておく」

ユリシーズは何やらお怒りの様子だ。

そんな彼に、アシュレイは首を傾《かし》げた。

初対面の相手を娼婦の娘呼ばわりするのは平気なくせに、下着の話題を振ったくらいで目くじらを立てるとは——ユリシーズの基準が、よくわからない。

少し考え、アシュレイはユリシーズに問う。

「あの……ユリシーズさま。ひとつ、お尋ねしてもよろしいでしょうか」

「なんだ」

彼の眉間にはまだ皺《しわ》が寄っていたが、さほど威圧感はない。

「……職業に、貴賤《きせん》はあると思いますか？」

「なんだ、それは？　食うために必要でしていることに、貴《とうと》いも卑《いや》しいもあるか」

思い切り、『何を阿呆《あほう》なことを言っていやがる』という顔をされた。

……どうやら彼にとって、『娼婦の娘』というのは、卑《いや》しむものではないらしい。ということは——

（……ハイ。わたしは別に、喧嘩を売られていたわけではなかったのですね）

『娼婦が客の気を引くには、いいエサになりそう』というのは、失礼極まりない言葉だとは思うが、アシュレイを貶《おとし》めるための発言ではなかったようだ。

彼女は、勝手な被害妄想に陥《おちい》っていた少し前の自分が、ものすごく恥ずかしくなった。

とはいえ、世間一般的に娼婦というのは、あまり褒められた職業ではないとされている。アシュレイは、周囲から軽蔑《けいべつ》の眼差《まなざ》しとともに『卑《いや》しい娼婦の娘が』と言われたことが、数えきれないほどあった。そのたびに不愉快な気持ちになり、相手の品性を疑ったものだ。

ユリシーズがどういう意図で言ったにせよ、人前でそういったことを口にしないほうがいいのではないだろうか。

アシュレイは、深呼吸をしてユリシーズを見上げた。

「ユリシーズさま。これは、あくまでもわたしの個人的な感情によるものなのですが……わたしは母のことが大嫌いなので、彼女との関係を話題にされるのは、大変不愉快です。なので、今後はできるだけ控《ひか》えていただけると嬉しいです」

ユリシーズが、その口の悪さと失言で世間からどう思われようと、アシュレイの知ったことではない。

しかし、今後も娼婦の――というより、『太陽の歌姫の娘』呼ばわりされ続けたら、多大なストレスでハゲそうな予感がする。この若さでハゲたくないアシュレイは、シンプルに自分の要望を主張した。

ユリシーズは、束の間沈黙したあと、口を開く。

「……クラリッサなら、今のやり取りの最中に、十度は鞭《むち》を振るっていただろうな」

「はい？」

いや、と軽く首を横に振った彼が、腕組みをして続ける。

「おまえは、あの傍若無人《ぼうじゃくぶじん》な女王さまよりも、遥かに冷静だという話だ。途中で殴りかかられるか、泣かれるかくらいは覚悟していたんだが……」

相変わらずの無表情ながら、どこか感心したように言うユリシーズに、アシュレイは半目になった。

「あの、ユリシーズさま。ひょっとして、あなたはわたしを怒らせようとして、先ほどからいろいろとおっしゃっていたのですか？」

「あぁ、そうだ。無礼を詫《わ》びよう。すまなかった」

すまないと思っているとはまったく感じられない口調で謝られた。

当然ながら、少しも嬉しくない。

「普通の娘なら、『娼婦の娘』と言われれば、侮辱《ぶじょく》されたと感情的になって怒るものだ。泣きわめいたっておかしくない。だが、おまえはそういった反応を示さなかった。これだけ図太い神経の持ち主なら、訓練前の素人《しろうと》だろうと問題ない。エルドレッドは、いい拾い物をしたな」

「……何が、問題ないというのでしょう？」

なんだかいやな予感がする。そんなアシュレイに、ユリシーズはどこまでも淡々と言う。

「来週末から入っている仕事に、おまえも参加してもらう」

「は？」

彼の言葉を、アシュレイは咄嗟《とっさ》に理解し損ねた。間《ま》の抜けた声をこぼし、目を丸くする。

「さっき依頼主から追加の要請があって、思いのほか女手が必要になりそうなんだ。いずれ、エルドレッドから正式に命令が行くだろう。ではな」

とんでもないことを告げ、ユリシーズはさっさとどこかへ行ってしまった。

（ええと……？）

広々とした玄関ホールにひとり取り残されたアシュレイは、額《ひたい》に手を当て、眉根を寄せる。

仕事というのは、おそらくスターリング商会に入った貴族の護衛依頼に違いない。商会代表のエルドレッドの名前で受けるのだから、さぞ高額な仕事料が支払われるのだろう。

そんな、スターリング商会のメンツが懸《か》かっている大仕事に、いまだメイドの心得さえ教わっていないアシュレイにも参加せよ――と、あの性格と口の悪い副長さまはのたまったのか。彼は冷静沈着そうな見かけによらず、随分とチャレンジ精神に満ち溢《あふ》れた御仁《ごじん》であるらしい。

アシュレイは、そっとため息をついた。

（まぁ、どんなお仕事にせよ、素人《しろうと》にもできる程度のことしか任せられないのでしょうし……。むしろ、そうじゃなかったら、ものすごくマズいです）

副長であるユリシーズが『素人《しろうと》のアシュレイを使っても大丈夫』と判断したのなら、責任は彼にある。アシュレイはただ、与えられた仕事に真面目に取り組めばいいだけだ。

とりあえず今は、命じられた場所の掃除を済ませなければならない。

いくらユリシーズがわけのわからないちょっかいを出してきたからといって、指定された時間までに請《う》け負《お》った仕事を終わらせられないなど、あってはならない失態だ。

さっさと頭を切り替えたアシュレイは、再び気合いを入れ直し、次の掃除現場へ向かった。

多少想定外のことが起こったくらいのことで作業を止めていては、このばかでかい建物の掃除などやっていられないのだ。

＊　＊　＊

その日の午後、アシュレイはエルドレッドから呼び出されて、彼のプライベートルームへ向かった。その際、持ってくるようにと指示されたものがあったので、不思議に思いながらもそれをエプロンのポケットに入れた。

エルドレッドの部屋の前で、つやつやとした扉をノックをすると、すぐに「入れ」と声が返ってくる。

アシュレイは扉を開け、入室した。

「失礼します、エルドレッド。お呼びとうかがいましたが……午前中に、ユリシーズさまから聞いたお仕事の件についてでしょうか？」

「あー……おう。ホントは、そうじゃなかったんだけどな。それも増えたから、まとめて話しちまうかー、ってところだ」

執務机につくエルドレッドは、後頭部をがしがしと右手で掻きながら言う。

てっきり、ユリシーズが話していた仕事のことだとばかり思っていたアシュレイは、少し戸惑う。

それに、この部屋はどことなく落ち着かなかった。

彼のプライベートルームは、本棟の最上階にある。部屋そのものが元々広く、天井が高いが、置かれているものが極端に少ない。

立派な執務机と椅子にソファ、それに鍵のかかるタイプの大きな書棚。それらはみな、どっしりと重厚なつくりで、建物と同じくらいの歴史を感じさせる。

一方、書棚の反対側の壁に設《しつら》えられている棚は、実用的でシンプルなものだ。

そこに整然と並べられているのは、さまざまなタイプの武器や防具。中には、どうやって使うのか、まるで想像できないものもある。

そちらにちらりと視線を送ったとき、エルドレッドが「まあ、かけてくれ」とソファを示す。

武器や防具にものすごく興味を引かれたが、主《あるじ》に促《うなが》されては従わざるを得ない。アシュレイが黙って腰を下ろすと、エルドレッドが小さく笑う。

彼女の向かいのソファに腰かけながら、彼は言った。

「そっちの棚が気になるなら、あとで見せてやろうか?」

どうやら、彼はアシュレイの視線の先を、しっかり見ていたらしい。自分の子どもじみた反応が恥ずかしくなり、彼女は慌てて首を横に振る。

「いえ、結構です」

「アシュレイ。別に、遠慮しなくてもいいんだぞ」

やけに柔らかな口調で言われて、アシュレイは背筋がぞわりとした。

気持ちが悪いわけではない。

ただ、落ち着かない。強いて言うなら、恐怖に近い感覚。

なぜだか闇雲《やみくも》に逃げ出したくなる衝動をこらえ、彼女は改めてエルドレッドを見る。

「……大丈夫、です。お話を、聞かせていただけますか」

「そうか？　なら、まずは元々の用件からな。――アシュレイ。伝えたものは、持ってきたか？」

その問いかけにうなずき、アシュレイはポケットから手のひらサイズの小箱を取り出す。

小箱の蓋《ふた》を開き、中身が見えるようにしながら、彼女は言った。

「こちらの指輪が、ウォルトン子爵であることを示す、唯一の品です」

重厚感のある黄金の台座中央に、真っ赤なルビーが嵌《は》めこまれている。その周囲を飾るのは、小粒ながら燦然《さんぜん》と輝くダイヤモンドだ。

「ふぅん……意外とゴツいもんなんだな。それ、手に取って見せてもらってもいいか？」

アシュレイはうなずくと、立ち上がって彼に指輪を手渡す。

「どうぞ。エルドレッドは、こんなものに興味があるのですか？」

「こんなものって……おまえ、こりゃあ結構な値打ちモンだぞ？　純度の高い金で、石もこの大きさだ。それに、これだけ細工も見事なら、涎《よだれ》を垂らして欲しがるヤツもいるだろう」

アシュレイは、困って首を傾《かし》げた。

「そうおっしゃいましても……。売ってお金に換えられるわけでもないのですから、わたしにとっては、重くて厄介なだけの代物《しろもの》です」

「そりゃまぁ、そうだな」

爵位の在処《ありか》を示す指輪は、国の許可がなければ所有権を移せない。

父が病《やまい》に倒れたとき、どうにかしてこの指輪を換金できないものかと思ったのだが、あまりに煩雑《はんざつ》すぎる法律の壁を前に、あきらめざるを得なかった。

子爵だった父が亡くなった今、彼の唯一の血縁者であるアシュレイが、この指輪の仮の所有者となっている。しかし、今後彼女が結婚しないまま天寿をまっとうした際には、完全に所有者不在となる品物だ。

　そのときに正しい手続きを踏むならば、国に返納されることになるのだろうが――

「……よく考えたら、今のうちにその無駄に豪華な指輪を潰してコッソリ売り払っても、誰にもバレないような気がしてきました」

「うん、アシュレイ。気持ちはものすごくよくわかるが、ちょっと落ち着こうか？　それはもし見つかったら、王家に対する反逆罪と取られてもおかしくないヤバさだからなー」

　アシュレイが半ば以上本気でつぶやいたせいか、エルドレッドは若干《じゃっかん》顔を強張《こわば》らせている。アシュレイは、素直にうなずいた。

「はい、エルドレッド。わたしも、命は惜《お》しいです」

「よしよし。……それで、だ。つまりおまえは、この指輪に対して特に思うことはないんだな？」

　質問の意図がよくわからず、アシュレイは戸惑う。

「はぁ。ときどき、それが同じ重さの金貨に化《ば》ければいいのに、と思うことはありますが」

　そうか、とエルドレッドがうなずく。

　彼は、指輪の箱の蓋《ふた》を閉めると、それを軽く掲げてみせた。

「じゃあ、アシュレイ。こんな指輪は、さっさと国に返しちまおうか」

「……え？」

きょとんとした彼女に、エルドレッドは笑って言う。

「これでもオレは、スターリング商会の代表だからな。この国のお偉いさんにも、多少知り合いがいる。そいつらに話を通せば、面倒な手続きについてもだいぶ融通《ゆうずう》をきかせてくれると思うぞ」

あまりに思いがけないことを提案され、アシュレイは言葉を失った。

ウォルトン子爵家の当主であることを示す指輪を、国に返す。

それは、つまり――

「なぁ、アシュレイ。この指輪がある限り、おまえは結局どこまでいっても『ウォルトン子爵令嬢』の肩書から逃げられねぇ。おまえが、どうにかして子爵位を世に残したいって思っているんなら、話は別だけどな。そうじゃねぇなら――この指輪がなくなれば、おまえはもっと、自由になれる」

「……自由」

ぽつりとつぶやいた彼女に、エルドレッドが笑みを深める。

「あぁ、そうだ。自由だ。……欲しくないか？　アシュレイ。貴族としてのしがらみなんて何ひとつない、自由な人生。それがどんなものなのか、今まで想像してみたことはないか？」

誘うような低い声に、アシュレイはぎこちなく首を横に振った。

「ありま、せん。そんな……考えた、ことも」

「じゃあ、考えてみろ。おまえが生まれ育った屋敷も、新しい持ち主が現れれば、きちんと手を入れてもらえる。今は荒れ放題の領地も、人が暮らせる場所になるかもしれない。……ほかには？　おまえがウォルトン子爵家の最後のひとりであることで、気にかかっていることは、ほかにあるか？」

わからない。突然そんなことを言われたって、すぐに答えられるはずがない。

アシュレイはうつむいて、ふるふると首を横に振るばかりだ。

そんな彼女に、エルドレッドはゆっくりとした口調で言う。

「アシュレイ。おまえはもう、充分がんばったよ」

「……っ」

アシュレイは思わず、顔を上げる。

エルドレッドの琥珀色《こはくいろ》の瞳と、視線が絡んだ。

「もう、充分だ。これ以上、おまえが子爵家の重荷を背負う必要なんてない。……答えは、今すぐじゃなくていい。おまえが納得できるまできちんと考えて、それから決めろ」

大丈夫だ、と告げながら、彼の指先がアシュレイの頬に触れた。

「おまえがどちらを選んでも、オレはおまえの意思を尊重する。……まぁ、正直に言うなら、そんなクソ重たいだけのモンは、さっさと放り捨ててほしいとこだけどな」

エルドレッドに強張《こわば》っていた手を持ち上げられ、手のひらに重みがのる。

のろりと視線を落とすと、指輪の箱がいつもよりも存在を主張しているように感じた。

「なぜ……ですか？　エルドレッド」

「ん？　何が？」

素知らぬふうに笑う彼に、アシュレイは問う。

「なぜ、あなたは……会ったばかりのわたしに、こんなによくしてくださるのですか？」

「そう言われてもなぁ。……なーんか、甘やかしてやりたくなっちまったんだよね」

エルドレッドは笑みを浮かべ、アシュレイの瞳をのぞきこんでくる。

また、だ。また——背筋が、ぞわりとざわめく。

……怖い。なぜだか、体が震えるほど怖くてたまらない。

それなのに、逃げられない。

わからない。どうして自分は、逃げたくない、なんて——

「……甘えていいんだ、アシュレイ」

優しく囁《ささや》く声に、時間が止まったような気がした。

「言っただろう？　オレには、おまえが必要だ。オレは絶対に、おまえをひとりにしたりしない。何があろうと、オレだけはおまえの味方をしてやる。……アシュレイ。オレには、甘えてもいいんだよ」

琥珀色《こはくいろ》の瞳の奥に、金色の炎が揺らいでいる。

「わたし、は……」

アシュレイの声が、掠《かす》れる。

「もちろん、仕事のときは別な？　オレ、公私混同はしない派だから。でも、そうじゃないときは、甘えていいよ。つーか、甘えて。そんで、オレにもおまえに甘えさせて」

「……え？」

目を見開いたアシュレイに、エルドレッドはいいことを思いついたと言わんばかりに明るく笑う。

「だったら、平等だろ？　スターリング商会の代表なんざやってると、甘やかしてくれる相手がいねぇんだよ。でもオレだって、たまには誰かに——おまえに、甘えたい」

思いがけないことを言われて、アシュレイは理解が追いつかない。

「え、と……え？　あなたを、甘やかす……？　って、どうすればいい、ですか？」

完全に混乱しながら問うと、エルドレッドが少し考える顔になる。それから彼は、困った様子で眉を下げた。

「しまった、わからん。おまえ、なんか思いつくか？」

「……申し訳ありません、エルドレッド。立派な成人男性の甘やかし方というのは、わたしの知識の中にはありません」

そうか、とうなずき、エルドレッドはにやりと笑う。

「じゃあ、せいぜいがんばれよ、アシュレイ。オレはこれから、全力でおまえを甘やかすからな。早くオレの甘やかし方を考えつかないと、一方的に甘やかされるだけになるぞ」

アシュレイは、おそるおそる彼に問うた。

「あの……エルドレッド。あなたがわたしを甘やかさない、という選択肢は……」

「ないな！」

エルドレッドはものすごくきっぱりと断言する。

理不尽だと思うのに、どうすれば現状を打破できるのかわからない。

そもそも、アシュレイは物心ついた頃から、誰かに甘やかされた記憶がない。

経験値がゼロの人間に、いきなりこんなわけのわからない応用問題をクリアしろとは、無茶ぶりにもほどがある。アシュレイは途方に暮れてしまう。

その様子を見て、エルドレッドはわずかに目を細めた。それからひとつうなずき、あっさりと話題を変える。

「じゃあ、次は仕事の件だ。……大丈夫か？　アシュレイ。話についてこられるか？」

「……人の頭の中をぐちゃぐちゃにした張本人がおっしゃることではないと思いますが。……はい。どうにか、ついていけると思います」

つい、じっとりと睨《にら》みつけながら言うと、エルドレッドが愉快そうに笑う。

「よし。――ユリシーズから少し話を聞いてるだろうが、来週末から入ってる仕事に、おまえも参加してもらう。と言っても、とにかく女手がたくさん必要になったってだけの話だ。危険なことはまずないはずだから、安心しろ」

エルドレッドが、右手の人差し指でローテーブルを軽く叩く。

「大体、貴族連中ってのは、それぞれ子飼いの護衛を揃えているもんだからなぁ。連中がオレたちをわざわざ雇うのは、スターリング商会の徽章《きしょう》をつけた護衛がいるだけで、客たちが――特に、外国の客が安心するからなんだとよ」

スターリング商会の徽章《きしょう》は、月桂樹《げっけいじゅ》の冠《かんむり》が刻まれた盾を、翼を広げた鷲《わし》と後足で立ち上がった狼が両側から支えているデザインだ。構成員たちはみな、その徽章《きしょう》を何かしらの形で身につけている。

今、エルドレッドは襟元《えりもと》にそれを留めていた。そのスタンダードなタイプのほかに、アームバンドの留め金や、ペンダントヘッドに加工されているものなどがあるらしい。

なるほど、とアシュレイはうなずいた。

たしかに、スターリング商会は、下手《へた》な貴族の名よりもよほど広く知れ渡っている。彼らが護衛として配備されていれば、それだけで客人は心強いに違いない。

それに、スターリング商会は契約にあたり、相当シビアに相手の財政状態を調査するという。もしかしたら、彼らとの契約を締結できるということそのものが、上流階級ではステイタスになっているのかもしれない。

「そうなのですか。では、メイドとしてお屋敷に潜《もぐ》りこむわたしたちも、徽章《きしょう》をつけるのですか？」

アシュレイの問いかけに、エルドレッドがうなずく。

「あぁ。メイドチームの連中が、潜入捜査以外の仕事に入るときには、チョーカータイプのやつを装備することになっている。それさえつけていれば、よほど世間知らずのガキでもない限り、おまえたちにちょっかいを出すような阿呆《あほう》はいねぇはずだぞ」

あまりに急な話だったので、アシュレイのチョーカーはまだないという。

徽章《きしょう》の管理をしているスターリング家の本邸に、急いで発注してくれたらしい。二、三日中にはこちらへ届くそうだ。

「で、今回の仕事について。なんでいきなり、おまえにまで動員をかけるほど女手が必要になったか、なんだが――」

一度小さく息をついたエルドレッドが、少しうんざりした様子で説明する。

元々、彼らが請《う》けていた仕事の内容は、来週末からイシャーウッド侯爵家で行《おこな》われるパーティーの会場警備及び、外国の賓客《ひんきゃく》数名に対する要人警護だった。

しかし、昨日の夜になって、依頼人のイシャーウッド侯爵が、要人警護の追加依頼をしてきたのだという。

「それが、今年十六歳になるイシャーウッド侯爵のご令嬢、エスメラルダ・イシャーウッドなんだとさ」

追加依頼の内容に、アシュレイは首を傾《かし》げた。

パーティーの主催者であるイシャーウッド侯爵が、外国からの賓客《ひんきゃく》に対する警護を依頼してくるのは、よくわかる。外国の賓客《ひんきゃく》に万が一のことがあれば、国際問題に発展しかねないからだ。

しかし、侯爵家の令嬢ならば、専属の護衛がきちんとついているはずだ。それなのにわざわざ警護を依頼するというのは、まったく意味がわからない。

そんな彼女の疑問を、エルドレッドは察したのだろう。苦笑を浮かべ、軽く肩を竦《すく》めてみせる。

「まぁ……なんだ。これがもしかしたら、オレのせいかもしれなくてだな」

「はい？」

なんだそれは、と目を丸くした彼女に、エルドレッドは続けた。

「ほら。三カ月前に、オレの嫁さんになる予定だったドハーティ公爵家のお嬢ちゃんが、駆け落ちした話をしただろう？　まぁ、実際に逃避行をお膳立《ぜんだ》てしたのは、うちのメイドチームの連中だったわけだけどよ」

そう言って、エルドレッドはため息をつく。

「あの一件が、上流階級の夢見るお嬢ちゃんたちの間で、随分美化されて噂になってるみたいでなぁ。それが、おかしな流行を作っちまったようなんだ。そのせいで、年頃の娘を持つ貴族連中が、揃って頭を抱えているらしい」

「……あの、エルドレッド。それはつまり、現在我《わ》が国の貴族のご令嬢方の間で、駆け落ちに対するふざけた憧れが蔓延《まんえん》しているばかりか、実際に行動に移してしまいそうな方さえいらっしゃる――ということでしょうか？」

おそるおそる確認すると、エルドレッドが半笑いを浮かべてうなずく。

「まぁ……有力貴族のみなさまのお悩みが、ご令嬢の駆け落ちかぶれだというのなら、いっそ平和で結構なことかもしれませんね」

「ほんと、それな」

ふたりは、真顔でうなずき合った。

アシュレイは、なんとも言い難《がた》い脱力感を覚えながら、エルドレッドを見る。

「それで……その、エスメラルダさまには、婚約者がいらっしゃるのですか？」

「いいや。婚約者はまだ決まっていないらしい。候補者だけは、かなりの数いるそうだけどな。大体、今回の駆け落ち騒動に感化されたご令嬢ってのは、家族以外の男とはろくに話をしたこともないような、生粋《きっすい》の箱入り娘がほとんどみたいだ」

なるほど、とアシュレイは苦笑した。

貴族の女性は、婚姻までは純潔であることが絶対とされている。また、結婚式の当日まで、一度も婚約者と会話をしたことがないという者も、珍しくないと聞く。

そんな彼女たちが、男性に対して一種の夢を見てしまうのは、仕方がないことなのかもしれない。

しかし、そういった乙女の夢による男性像は、実際の男性とはかけ離れたものだと相場が決まっている。特にその男性が、簡単に駆け落ちに走るような考えなしであるなら、なおさらだ。

アシュレイはしみじみとつぶやく。

「血気盛んな男性というのが、若く美しい女性を見ると下半身の衝動が暴走しがちになることなど、エスメラルダさまはきっとまるでご存じないのでしょうね。彼らがお酒を飲むと非常にやかましく鬱陶《うっとう》しい生き物になることや、ときに汗臭さを通り越して獣《けもの》臭さを発するようになることなども、おそらく想像すらできないのでしょう」

「……ウン？」

エルドレッドは顔を引きつらせた。しかし、アシュレイは昔のことを思い出して少々アンニュイな気分になっていたため、まったく気がつかない。そして、ため息をついた。

（このところうちの実家は人の出入りが少なかったからか、近所の男の子たちが、たまに屋敷の裏庭に忍びこんでいたんですよね。しかも何をするかと思えば、成人男性向けの雑誌の交換会……。おかげで、男性の女性に対する妄想というのがどのようなものなのか、よけいな知識がついてしまいました）

たまに窓の外から漏れ聞こえる会話の内容も、ばっちり頭に入っている。アシュレイは『男の子というのは、もしかしたら女の子よりもずっと乙女チックで、夢見がちなイキモノなのかもしれないな』と、生温かい笑みをこぼしたものだ。

気を取り直し、アシュレイはエルドレッドに問う。

「それでイシャーウッド侯爵は、ご令嬢がおかしな真似をなさらないよう、近くで監視する人員を新たに要請してきたのですか？」

「……おう。男の護衛じゃぁ、そばについているのにもさすがに限度があるからな」

アシュレイは首を傾《かし》げた。

「ですが、エルドレッド。そういうことでしたら、ご令嬢に付き添いのメイドを、常につけていればよいだけなのではありませんか？」

貴族令嬢の突飛な行動を抑止するというのは、普通にメイドの仕事のひとつだ。ならば、イシャーウッド侯爵家のメイドがその任を務めれば、充分なのではないだろうか。

そんなアシュレイの疑問に、エルドレッドが首を横に振る。

「いや。今回のパーティーは、かなり大きな会場を使うことになっている。その上、招いた客人の数も、身分の高さも相当だ。生《は》え抜きの信頼できるメイドを、令嬢のそばで遊ばせていられる余裕はないらしい」

信用できる有能な使用人は、どこの屋敷でも簡単に確保できるものではないのだろう。

「かといって、侯爵家に勤める若く不慣れなメイドでは、ご令嬢にあっさり逃げられてしまいかねない、ということですか……。それで、スターリング商会に警護を依頼した、と」

「あぁ。おまえたちは基本的にふたり一組で、令嬢の護衛としてそばについてもらう。——今回の仕事は、パーティー開催期間の一週間だ。ローテーションはクラリッサに一任するから、あいつの指示に従ってくれ」

「了解しました」

どうやら、アシュレイの初仕事は、貴族令嬢の護衛という名目の、夢見る少女のお守りであるようだ。

（いずれはエスメラルダさまのような方々も、そんな夢を見ることもなくなるのでしょうけれど……。取り返しのつかないことが起きてしまってからでは、遅すぎますものね）

そっと嘆息《たんそく》したアシュレイは、そこでふと素朴な疑問を覚えた。

エルドレッドは、今回の件について『オレのせいかもしれない』と言っていた。けれど、どちらかといえば、彼の婚約者だった公爵令嬢の影響なのではなかろうか。

——三カ月前、愛する伯爵子息と駆け落ちした彼女は、今どこでどうしているのだろう。

そのとき、エルドレッドが尋ねてきた。

「アシュレイ。ほかに、何か質問はあるか？」

「……いえ。今のところ、特にありません」

件《くだん》の公爵令嬢の現状が、少し気になってはいる。だが、それについてエルドレッドに尋ねるつもりはなかった。彼の人生にとって無価値な人間のことなど、わざわざ思い出してもらう必要はないだろう。

にこりとほほえんだアシュレイに、エルドレッドが軽く眉根を寄せる。そして、今までより低い声でたしなめるように言った。

「おい。聞きたいことがあるなら、ちゃんと聞けよ？　アシュレイ」

アシュレイは、きょとんと目を丸くする。

「なぜ、そんなことをおっしゃるのですか？　エルドレッド」

「……ん？」

首を捻《ひね》ったエルドレッドが、困惑した様子で言う。

「いや……おまえが、何か聞きたそうにしてた気がしたんだが」

たしかに、アシュレイは彼の元婚約者について小さな疑問を抱いていた。しかし、それは彼に尋ねるべきものではないと判断した。

つまり現状、彼女にはエルドレッドにこれといって質問したいことはない。

きちんとそう答えたのに、なぜ彼は重ねて確認するようなことを言うのだろう。

不思議に思いながら、アシュレイは首を傾《かし》げる。

「よくわかりませんが、わたしは今回のお仕事について、これ以上お尋ねしたいことはありません。――といいますか、なにぶんはじめてのことばかりなもので、何がわからないのかもわからない、と申し上げたほうが正しいかもしれません」

しょんぼりと肩を落とした彼女に、エルドレッドが苦笑する。

「そりゃあ、そうだな。……なんだ？　オレ、勘が鈍《にぶ》ったか？」

後半、彼がぼそぼそとつぶやいた言葉は、アシュレイにはよく聞こえなかった。

「エルドレッド。今、なんとおっしゃったのですか？」

「あー……いや。なんでもねぇ。――ジェラルディーンには、おまえ用のスターリング家のメイド服制作を一旦止めさせた。イシャーウッド侯爵家のメイド服を、先に用意するように言ってある。クラリッサに装備の相談をして、できるだけ早めに完成させるように伝えろ」

どうやら、アシュレイのスターリング家の制服ができあがるのは、もう少し先のことになりそうだ。

いずれにせよ、インナーズボンだけは最優先で作ってもらえるよう、ジェラルディーンに頼んでおくべきだろう。動きやすささえ確保してもらえれば、大抵のことはどうにかなる。

「了解しました」

「そうは言っても、今回のおまえの仕事は、夢見るお嬢さまの見張り役だ。そう気負うこともねぇとは思うが……」

そこで一度言葉を切って、エルドレッドは表情を改めた。

「いいか、アシュレイ。オレたちは今回の仕事に、おまえがまったくの素人《しろうと》だとわかった上で連れていく。もし万が一、ヤバいと思ったときには、迷わず逃げろ。おまえの最優先事項は、おまえ自身の安全確保だ。わかったな」

「……ハイ」

少し間《ま》を空《あ》けてうなずいたアシュレイに、エルドレッドが顔をしかめる。

「おい。今の間《ま》はなんだ？」

「エルドレッドのご命令は理解しましたし、それが妥当であると納得もしました。ですが、たまにわたしは、考えるより先に行動してしまうことがあるのです。そういった場合には仕方がないからあきらめよう――と考えておりましたら、少々お返事が遅れてしまいました」

エルドレッドが、ひくっと口元を引きつらせた。一拍置いて、くわっとわめく。

「簡単にあきらめるんじゃねぇっての！　……あーもう、やっぱりおまえを連れてくの、やめとくかなぁ!?」

彼の言葉には、本気でそうしかねない雰囲気がある。

少し考え、アシュレイは言った。

「申し訳ありません、エルドレッド。善処いたしますので、今回のお仕事に参加させていただけませんか？　素人《しろうと》判断なのですが、これほどユルいお仕事というのも、なかなかないのではないかと思うのです」

率直な彼女の主張に、エルドレッドが肩を落とす。

「……おう。それについては、まったくもって同感だ。同感なんだが……っ。なんだろうな、この厄介ごとがばんばん湧いて出そうな、いやーな感じは！」

「はぁ。そういうことなのでしたら、今回のお仕事にわたしが参加するのは、やめておいたほうがいいのかもしれませんね」

ころころと意見を変えるアシュレイを、エルドレッドが半目になって見る。

「うん。そのココロは？」

「わたしは、あなたのすべてを信じると申し上げたはずです。エルドレッド。あなたの勘が、わたしを参加させるべきではないと告げているなら、わたしはそれに従います」

彼女にとって当たり前の考えを淡々と口にする。

するとエルドレッドは、のろのろとローテーブルに突っ伏して片腕で頭を抱えた。一体、どうしたのだろうか。

「あの……エルドレッド。わたしは、また何かおかしなことを言ってしまったのでしょうか？」

アシュレイには一昨日《おととい》、何回か彼の目を死んだ魚のようにさせてしまった前科がある。そんなつもりはなくとも、相手に不快な思いをさせてしまうことはあるのだ、と学んだばかりだ。

しかし、彼女が謝罪の言葉を口にするより先に、エルドレッドが低くぼそぼそとした声で言う。

「おかしいか、おかしくないかで言ったら――いや、うん。なんでもない。オレは世間の常識よりも、自分の欲望を優先させる派なんです」

なんだか、さっぱり意味がわからない。

アシュレイの主《あるじ》は、思いのほか自己完結が激しいタイプだったようだ。エルドレッドは何やらひとりでうなずいたあと、やたらと甘ったるい笑顔で彼女を見る。

（うぅ……っ）

また、背筋がぞわっとした。エルドレッドの、この笑顔は苦手だ。

アシュレイは思わず顔をしかめそうになるのを、ぐっとこらえる。

「いいよ、アシュレイ。おまえに、オレを信じろって言ったのは、オレだからな。……今回の仕事には、おまえも連れていく。これは、オレの判断だ。多少厄介ごとが起きたとしても、全部こっちでカバーする。おまえの経験値を上げるためには、もってこいの案件だ」

「はい。ありがとうございます」

礼を述べるアシュレイを見つめたまま、エルドレッドが立ち上がる。

「……なぁ、アシュレイ。そこまでオレを信じてくれるなら、一個だけ約束してくんねぇかな」

「約束――ですか？　何をお約束すればいいのでしょう？」

問い返した彼女に、エルドレッドが真顔で言う。

「おまえは、オレの大事な部下だ。他人に傷つけさせるな。オレは、おまえに傷がつくところなんて、絶対に見たくない」

ぞわりと鳥肌が立つような感じがして、アシュレイは息を呑む。

また――だ。

「いいな？　誰にも、おまえを傷つけさせるな。おまえを傷つけようとするやつを、黙って許したりするな。おまえが誰かに傷つけられたりしたら、オレが泣いてやるからな」

「エルド、レッド?」

掠《かす》れた声で呼びかけた彼女に、エルドレッドが言う。

「それなりの社会的地位にある二十四歳の男の、マジ泣きだ。死ぬほど鬱陶《うっとう》しいし、めちゃくちゃ恥ずかしいぞ。人生の黒歴史、間違いなしだな」

「やめてください、うっかり想像しただけで、ものすごくいたたまれません」

だろう、と偉そうに言って、彼は続けた。

「だったら、誰にもおまえを傷つけさせるな。わかったか?」

「……善処、します」

生きていれば、誰にも傷つけられないなんて不可能だ。

そんなことは、エルドレッドもわかっているのだろう。彼は幼い子どもに言い聞かせるような、ゆっくりとした口調で言う。

「それでも、もし誰かに傷つけられたら——痛くて苦しいことがあったら、でもいい。そんときは、どんなに小さなことでも、絶対オレのところに来い。ひとりで、何もかも抱えこんだりするな。オレが全部聞いてやるから、ちゃんと吐き出せ」

「……はい」

アシュレイは、こくんとうなずいた。

自分の姿を捉《とら》えて離さない金色の瞳が、きれいだ。

「大丈夫だ、アシュレイ。言っただろう？　オレは、絶対におまえをひとりにしない、って」

優しく甘やかしてくれるエルドレッドの声に、背筋だけではなく心臓まで騒いでざわめく。

体が震える。怖い。

いや、違う。これは――

「おまえを傷つけるやつは、オレの敵だ。絶対に、許したりしやしねぇよ」

――全身が震えるほどの歓喜、だ。

# 第五章　夢見るお嬢さまだと聞いていました

アシュレイの記念すべきはじめての仕事先——イシャーウッド侯爵家の本邸は、王都中央区の一角にあった。

明日から絢爛《けんらん》豪華なパーティーが開催されるとあって、門は開かれたままになっており、馬車がひっきりなしに行き交っている。

そんなイシャーウッド侯爵家に、スターリング商会の面々は今朝から現場入りしていた。

現在のメイドチームは全員、イシャーウッド侯爵家の簡素なメイド服を着ている。紺色のワンピースに白のエプロン、ヘッドドレス。それに、踵《かかと》の低いローファーという没個性の装《よそお》いだ。

……金髪碧眼の王子さま系美少年ヅラのジェラルディーンがメイド服を着ると、微妙に倒錯的《とうさくてき》な香り漂《ただよ》う魅力《みりょく》があった。

アシュレイたちメイドチームは、現在、離れの一室に集まっている。パーティー期間の終了時まで、メイドチームの待機場所として提供された部屋だ。ゆったりとした室内の中央には、大きな円卓が置かれている。

彼女たちはそこで、護衛対象であるエスメラルダ嬢との面会を前に、先方からの呼び出しを待っていた。

そんな中、メイドチームのリーダーであるクラリッサは、真剣に最終チェックをしている。ちなみにエルドレッドたちほかの要人警護チームも、屋敷のあちらこちらで最終確認をしているところだ。

メイドチームの今回の仕事は、簡単な給仕をしながらパーティー会場を監視すること。そこに突如『侯爵令嬢の駆け落ち防止』などという、面倒くさい仕事が追加されてしまった。

そのため、メンバーのローテーションを調整せねばならなくなり、クラリッサは随分苦労したらしい。多くの書きこみがされた予定表をめくる彼女は、今も眉間に皺《しわ》を寄せている。

「まったく……。世間知らずで苦労知らずのお嬢ちゃんは、これだからイヤになるわ。自分のわがままひとつで、周りの人間にどれだけ迷惑をかけると思っているのよ。少しは、想像力を働かせたらどうなのかしら」

おそらく、今回の件で一番割を食ったのは、クラリッサだろう。愚痴《ぐち》をこぼす彼女に、ヘンリエッタは持ちこんだ大型リュックの中身をチェックしつつ、すかさずツッコむ。

「クラリッサ。現在、一部の貴族令嬢たちの間で流行中の『駆け落ちは素敵な恋の香り』という残念な妄想の元凶となったのは、私たちの行動だと言えなくもないのだ。そうやって他人事のように言うのは、どうかと思う」

「は？　何を言ってるの、ヘンリエッタ。あの脳内お花畑のお嬢ちゃんとお坊ちゃんが手に手を取って駆け落ちしたのは、あのふたりが決めたことでしょ？　アタシたちに、なんの責任があるっていうのよ」

クラリッサは、予定表から視線を上げもせずに反論する。

とりあえず、この国の法律に『駆け落ち教唆《きょうさ》』という罪名は存在しなかったはずだ。もし彼女たちの暗躍が外部に漏れたとしても、罪に問われることはないだろう。……道義的な責任がどうなるのかは知らないが。

アシュレイは、円卓を囲んで左隣の席に座っていたジェラルディーンに、こっそり問う。

「あの、ディーン。みなさんは、一体どうやって件《くだん》の公爵令嬢に駆け落ちを促《うなが》されたのですか？」

実は、エルドレッドの話を聞いたときから、当時の彼女たちの働きがとても気になっていたのだ。少なからずわくわくしていたアシュレイに、ジェラルディーンが笑って答える。

「それは話すとものすごく長くなるから、今度時間のあるときにね」

「……そうですか。残念です」

アシュレイは、しょんぼりした。

ドリューウェット・コートに入ってからというもの、毎日いろいろなことがありすぎて、アシュレイは同僚たちとほとんどおしゃべりできなかった。

特に、いつも西棟の二階にある研究室にこもっているヘンリエッタとは、食事時くらいしか顔を合わせていない。本当はとても話しかけたかったが、頭脳担当のヘンリエッタに対してフランクに声をかけるきっかけを、アシュレイは掴《つか》めなかった。

まさか、武術の師の教えをもとに『ハイ、そこの可愛いお嬢さん。ここはひとつ、お互いの理解を深めるために、わたしと無制限一本勝負をしてみませんか？』と誘いをかけるわけにもいくまい。

そのためアシュレイは、今回の仕事中に、もう少し彼女たちと親しく話ができるようになれたらいいな、と密かに思っている。

そのとき、「そういえば」と言いながら、ヘンリエッタがアシュレイを見た。

「アシュレイ。今回のパーティーの招待客の中に、おそらくきみの知人がいるぞ」

「……そうなのですか？　ヘンリエッタ」

意外なことを言われ、アシュレイは首を傾《かし》げる。

彼女が物心ついたときにはすでに、ウォルトン子爵家は没落の一途を辿っていた。貴族階級——しかも、侯爵家のパーティーに招待されるような人物など、まるで覚えがない。

困惑する彼女に、ヘンリエッタは淡々と言う。

「まぁ、もしかしたら、同姓同名の別人かもしれんがな。ただ、パーティーの招待客名簿の中に、きみに関する報告書で見た名があった」

アシュレイは、目を丸くした。

「ヘンリエッタ。まさかあなたは、そんな細かなことまですべて記憶しているのですか？」

「ああ。私は基本的に、一度見たり聞いたりしたことは忘れないんだ」

当然のように返された答えに、アシュレイは唖然《あぜん》とする。

たしかに、ヘンリエッタは頭脳担当だと聞いていた。だがまさか、そこまで非常識な頭脳の持ち主だとは思っていなかったのだ。

「そうなのですか。ですが、わたしの知人の中に、これほど立派なパーティーに招待されるような方はおりません。あなたのおっしゃる通り、同姓同名の別人ではないでしょうか」

「名簿で見たのは、ザカライア・ソールズベリーという男性なのだが……」

名前を出されて、アシュレイは再び首を傾《かし》げた。

自分に関する報告書を読んだヘンリエッタが言うのだから、その人物はアシュレイが今まで知り合った人々の中にいるのだろう。

しかし残念ながら、『ザカライア・ソールズベリー』という名の男性のことを、さっぱり思い出せない。アシュレイは自分の記憶力の乏《とぼ》しさに、遠い目になった。

とはいえ、非常識な頭脳を持つヘンリエッタと、脳の出来で勝負するほうが愚《おろ》かなことだろう。アシュレイは、素早く開き直った。

「お気遣いありがとうございます、ヘンリエッタ。ただ、わたしはそのソールズベリーさまについて、まるで心当たりがありません。もし本当に知り合いだったとしても、あまり親密な間柄ではなかったのでしょう。顔を合わせることがあっても、きっと気がつかないのではないかと思います」

それなりの親交があった相手であれば、アシュレイもさすがに名前くらいは覚えているはずだ。そうではないということは、さほど多くの時間をともに過ごした相手ではないということだろう。

なるほど、とヘンリエッタがうなずく。

「そういうことであれば、それほど気にすることもないかもしれないな。——何はともあれ、このパーティー期間が終わったときに、ここの令嬢が処女のままでこの屋敷の中にいれば、我々の仕事は問題なく遂行《すいこう》されたということだ。気楽にいこうじゃないか」

すちゃっと片手を上げて言う彼女に、ジェラルディーンが不思議そうな顔で言う。

「珍しいね、ヘンリエッタ。いつも確信があることしか言わないきみが、そんなふうにはっきりしないことを言うなんて」

「そうか？ 私はこれでも、人間という生物の持つ曖昧《あいまい》さや揺らぎというものを、心から愛している。先のことをすべて見通せる人生など、結末の約束された物語と同じだ。そんなものに、なんの魅力《みりょく》もありはしないだろう」

ヘンリエッタがいきなり、ポエミーなことを言い出した。やはり、頭のよすぎる人間というのは、普通の人間には理解しがたい感性を持っているのかもしれない。

アシュレイが感心したとき、クラリッサがばさりと予定表を円卓の上に放った。

「人生の結末なんてどうでもいいけど、約束の時間を守らない人間は、アタシはキライよ！ まったく、いつまで待たせるつもりなのかしらね！」

彼女の言う通り、棚に置かれた時計を見れば、約束の時間はとうに過ぎている。エスメラルダ嬢と面会する予定なのに、一向に呼び出しがかからない。

アシュレイは、誰にともなく問う。

「依頼人のみなさまというのは、いつもこんなふうにこちらを待たせるものなのですか？」

即座にスパンと答えたのは、リーダーのクラリッサだ。

「そんなことはないわよ。スターリング商会の看板は、そんなに安いものじゃないもの。ただ、若くて怖い物知らずな貴族の中には、いまだにこっちを『野蛮《やばん》な平民風情《ふぜい》が偉そうに』って見てくる連中もいるからねぇ……」

なるほど、とアシュレイはうなずいた。

「エスメラルダさまは、駆け落ちに憧れを抱くような、少々思慮に欠けたご令嬢のようですし。もしかしたら、そういった残念な若い貴族の一員なのかもしれませんね」

「たぶんね。……まったく、面倒くさいったらないわ」

アシュレイは、ぶつぶつとぼやくクラリッサの様子を見て、首を傾《かし》げる。

「あの、クラリッサ。どうしてそんなに、楽しそうな顔をしているのですか？」

口では文句を言っているふうなのに、クラリッサはその美しいアメジストの瞳をものすごく楽しげにきらめかせていた。

彼女はぱっと振り返ると、にやぁと笑う。

「アシュレイ。実はアタシ、プライドばかり高くて頭の空《から》っぽな若い貴族で遊ぶのが、『ウィンダミア』のレモンタルトよりも大好きなの！」

『ウィンダミア』というのは、王都で有名な高級菓子店の名である。しかし残念ながら、貧乏育ちのアシュレイは、お菓子にあまり詳しくない。

「……はぁ。そのレモンタルトというのは、ドリューウェット・コートで出てくるお菓子よりも美味《おい》しいのでしょうか？」

アシュレイが、今までで最も美味《おい》しいと思ったお菓子は、ドリューウェット・コートの厨房《ちゅうぼう》担当の者たちが作ってくれたものだ。見た目も味も大変素晴らしく、あれ以上のお菓子があるなど、ちょっと想像できないくらいである。

アシュレイの問いかけに、クラリッサは少しの間黙ったあと、くっと眉根を寄せる。

「あのね、アシュレイ。素敵なお菓子というのは、どちらがより美味《おい》しいだとか、そういった次元で存在しているものではないの。ただそこにあるだけで人を幸せにしてくれるものよ。それらに無粋な順位付けをするなんて、とても愚《おろ》かで浅はかなことだわ」

「そうなのですか」

据《す》わった目つきで見つめられ、アシュレイはひとまずうなずいた。

なんだかよくわからないが、とりあえずクラリッサの言うレモンタルトも美味《おい》しいのだろう。

そこで、ヘンリエッタがクラリッサに言う。

「クラリッサ。お菓子というのは、みな大量の砂糖が使われているだろう。私にとっては大変ありがたいものだが、味にそんなに違いがあるものか？」

「黙りなさい、罰《ばち》当たり」

どうやら、空腹になると倒れてしまうヘンリエッタにとって、甘いお菓子は単なる糖分の補給源に過ぎなかったようだ。もったいない。

そんなことをだらだらと話していたとき、控《ひか》えめなノックの音がした。ようやく面会の準備が整ったのだろう。

クラリッサが応じると、外開きの扉がゆっくりと開く。

現れたのは、アシュレイたちとさほど変わらない年頃のメイドだった。

栗色の髪と瞳、そばかすの散った丸い頬が愛らしい、小動物めいた雰囲気の少女だ。

どこか疲れた顔をした彼女は、ひどく恐縮した様子で勢いよく頭を下げる。

「お……っ、お待たせしてしまい、申し訳ありませんでした！　スターリング商会のみなさま！　エスメラルダお嬢さまのお覚悟が——ではなく、お支度がどうにか整いましたので、どうぞこちらへお越しくださいませ！」

（……お覚悟？）

メイド少女の言葉に、アシュレイは首を傾《かし》げた。

お嬢さまが警護担当者と会う支度に、一体なんの覚悟が必要なのだろうか。

クラリッサが立ち上がり、頭を下げたままの少女に言う。

「顔を上げてくださいな。わたくしは、スターリング商会所属のメイド、クラリッサ・ガーディナーと申します。あなたのお名前を教えていただけますか？」

クラリッサの営業モードは、実に素晴らしかった。

メイド少女は驚いたように顔を上げると、クラリッサの美貌《びぼう》を目《ま》の当たりにし、一瞬で顔を赤くする。

「は……はいっ！　あっ、あたしは、エスメラルダお嬢さま付きのメイド、エイミー・コベットといいます！　エイミーと呼んでください！」

「はい。エイミーさんですね。それでは、今日からパーティーが終わるまでの八日間、どうぞよろしくお願いいたします」

優雅に一礼したクラリッサに、エイミーが「ほわぁ」と感嘆の声をこぼす。

気持ちはわかる。営業モードのクラリッサの所作は、本当に驚くほど洗練されているのだ。

アシュレイも訓練中にはじめて目にしたとき、エイミーと同じようにぽかんとしてしまった。さすがは、スターリング商会の女王さまである。

（あぁ……エイミーさんの瞳が『なんて素敵なお姉さまなの！』と言っています。キラキラです。……これから彼女の前で、クラリッサが鞭《むち》を使うことがないといいのですが）

いたいけな少女の憧れは、できれば最後まで美しいままにしてあげたいものだ。

キレたクラリッサが高笑いをしながら鞭《むち》を操る無敵の女王さまになることなど、この可愛らしい少女が知る必要はない。

それからエイミーの案内で、メイドチームは屋敷の南棟へ向かった。イシャーウッド侯爵家の女性陣――侯爵夫人と令嬢は、王都にいる間は、おおむねそこで起居しているのだという。

とはいえ、侯爵夫人はパーティーの支度に奔走《ほんそう》しているため、このところは深夜にならなければ戻らないらしい。

イシャーウッド侯爵家の娘は、エスメラルダだけ。彼女には年の離れた弟がひとりいて、そちらは侯爵家の後継者として、屋敷の東棟で養育されているそうだ。

長い廊下を歩きながら、エイミーがちらりと背後を振り返った。なぜか、びくついた表情でジェラルディーンを見ている。たしかに今のジェラルディーンは『女装した美少年』にしか見えないが、穏やかな容貌《ようぼう》の彼女に対し、そんな反応をする少女は珍しいのではないか。

不思議に思っていると、そんな一同の視線を感じたのだろう。エイミーが恐縮しきった様子で口を開いた。

「不躾《ぶしつけ》で申し訳ありません。その、そちらの背の高い金髪の方は、メイド服よりも従僕服のほうがお似合いになりそうだと思ってしまったものですから」

正直な物言いにジェラルディーンが苦笑し、クラリッサがにこやかに応じる。

「どうぞ、気になさらないでくださいな。みなさま、よくそうおっしゃいますもの」

そうなのですか、とうなずいたエイミーが、小さな声で言う。

「あの……クラリッサさん。実は、ただいまエスメラルダお嬢さまは、精神的に少々不安定になっておりまして……」

「まぁ。そうなのですか?」

クラリッサが営業スマイルを維持したまま相槌《あいづち》を打つ。

彼女にうなずきを返し、エイミーはそっとため息をついた。

「はい。そのためみなさまには、ご迷惑をおかけしてしまうかもしれません。ただ、お嬢さまが何か失礼なことをおっしゃったとしても、一通り聞き流せば、ひとまず落ち着いてくださるはずですので……申し訳ありませんが、できればそのようにお願いいたします」

「……聞き流してしまって、構わないのですか？」

主《あるじ》の言うことを聞き流せとは、メイドにあるまじき言いようだ。クラリッサが、珍しく困惑した様子である。

エイミーは、乾いた笑みを浮かべて答えた。

「なんと申しますか……いえ、たぶん大丈夫だと思います……たぶん。ええ、きっと」

なんだか、自分自身に言い聞かせているような口ぶりだった。

まぁ、クラリッサは貴族のお嬢さまが何を言ったところで、きっと『愉快な遊びのネタが増えた』くらいにしか思わないだろう。自分たちのリーダーが、大変頼りがいのある人物だというのは、ありがたいことである。

そうして、エイミーに案内されてたどり着いたのは、南棟の一階にある応接間だ。

離れを出てから、一体何度角を曲がったのかも覚えていない。この迷路のような構造の建物を迷わず歩けるだけでも、すごいことだと思う。

アシュレイが感心しながらエイミーを見つめていると、彼女は少し背伸びをして扉のノッカーを鳴らした。

「お嬢さま。スターリング商会のみなさまをお連れいたしました」

ややあって、室内から「どうぞ」と答えが返ってくる。エイミーはほっとした様子で振り返り、扉を開ける。

応接間は、ピンクと白の薔薇《ばら》を中心とした花々で飾られていた。

その中央で、少女が優雅な礼を取る。彼女が、イシャーウッド侯爵令嬢だろう。

彼女が身につけているのは、今すぐパーティーに参加できそうな豪奢《ごうしゃ》なドレスだ。袖口とスカート部分の裾にはたっぷりとレースがあしらわれ、華やかな刺繍《ししゅう》の施《ほどこ》された布地には、大きなコサージュやリボンがこれでもかとばかりにつけられている。

室内に飾られた薔薇《ばら》と同じ、ピンクとベージュを基調としたそのドレスは、一般的に可愛らしいと言われるものだろう。

しかし、アシュレイはそのドレスのデザインや色彩よりも、ほかのことが気になった。

(お……重そう……)

そのドレスは、着ることを想像しただけでうんざりするほど重そうだったのである。

世の中の裕福な貴族のご令嬢というのは、普段からこんな重そうなドレスを着ているのだろうか。だとしたら、彼女たちの筋力は相当鍛《きた》えられているに違いない。

そんなアシュレイの不躾《ぶしつけ》な視線に気づいた様子もなく、令嬢が口を開く。

「スターリング商会のみなさま、ようこそいらっしゃいました。わたくしは、エスメラルダ・イシャーウッドと申します。このたびは……この、たびは……っ」

（……ん？）

なんだか、エスメラルダの様子がおかしい。

ドレスアップしたレディというのは、人前では常に優雅にほほえんでいるはずなのだが――

「……っいやぁあああぁぁーっ！　どうして、殿方《とのがた》がいらっしゃいますの!?　しかも、そんなメイド服を着て……っ、いやー！　けがらわしい！　あっちへ行ってー！」

突然パニックを起こしたエスメラルダが、絶叫した。

アシュレイたちは、黙って金髪碧眼の王子さま系美少女のジェラルディーンを見る。

遠いところを見ているジェラルディーンの肩を、ヘンリエッタがぽんと叩く。

「メイド服を着ているときに男性と間違われるのは、はじめてだな。ディーン」

「……こんな初体験、全然嬉しくないよ。ヘンリエッタ」

どんよりと表情を曇《くも》らせたジェラルディーンは、さておくとして――

あきれた様子で監視対象とそのメイドを見ているクラリッサに、アシュレイは声をかける。

「クラリッサ。このご様子ですと、ひょっとしてエスメラルダさまは、男性がとても苦手な方なのでしょうか?」

「まぁ……『けがらわしい』ときたからね。きっと、そういうことなんでしょ」

クラリッサが、うんざりとした顔でうなずく。

しかしそうなると、今回の仕事の前提条件が、大変おかしなことになりはしないだろうか。

「お嬢さまが男性を苦手だという場合は、男性とふたりきりになることが前提となる駆け落ちに、あまり憧れたりしないのではないかと思うのですが……」

「ええ。アタシもそう思うわ。……なのにどうしてアタシたちが、こんなアホらしい仕事を押しつけられる羽目《はめ》になったのかしらねぇ」

クラリッサが、すぅっと目を細める。

(あ。コレは、ヤバいやつです)

彼女の横顔に、キレる一歩手前の危《あや》うさを感じた。

この豪華極まりない応接間で、クラリッサに鞭《むち》を使われるのは、さすがにまずい。

アシュレイは、慌ててエスメラルダたちを振り返る。

するとそこでは、メイドのエイミーがエスメラルダを説得していた。

「大丈夫です、お嬢さま！　あの方は、見た目は素敵な王子さまですが、間違いなく女性だとうかがっております！」

「あんなに凛々《りり》しくて素敵な王子さまが、女性であるわけがないじゃないの！　女装趣味だけど！　女装趣味の、残念すぎる王子さまだけど！」

……エイミーとエスメラルダの会話を聞いて、ジェラルディーンの瞳がますますどんよりと濁《にご》っていく。そちらのフォローはヘンリエッタに任せておこう。

アシュレイは思い切って、護衛対象とそのメイドに声をかけた。

「落ち着いてください、おふたりとも。今すぐ、落ち着いていただけなければ――」

ポケットの中から、最少額の小さな銅貨を取り出し、人差し指と親指の間で立ててふたりに見せる。そしてアシュレイは、その貨幣を指の力だけでぐにゃりと曲げた。

「――力尽くで黙っていただくことになりますが、よろしいですか？」

エスメラルダとエイミーがおとなしく口を閉じて、勢いよく首を上下に振る。

アシュレイは、ほっとした。

「ありがとうございます。エスメラルダさま。エイミーさん。――あぁ、クラリッサ。おふたりにご質問があるのでしたら、どうぞなさってくださいな」

「……アシュレイ」

腕を組んだクラリッサが、楽しげに笑う。

「あんたって、思っていたよりも頼もしいのね。よくやったわ」

「え？　あ……ぇと、ハイ。……ありがとうございます」

クラリッサに褒められた。嬉しい。

アシュレイが大変ほこほこした気分でいると、突然クラリッサの腕がにゅっと頭上に伸びてきた。そのまま、頭をぽふぽふと撫でられる。

「あの……クラリッサ？」

「……よし」

なんだかよくわからないが、クラリッサは満足した様子でうなずいた。そして、手と手を取り合っている侯爵令嬢とそのメイドを振り返る。

再びにっこりと営業スマイルを浮かべ、クラリッサは問う。

「それでは、順番に確認させていただきますわね。――エスメラルダさま。あなたは、男性に対して苦手意識をお持ちなのですか？」

「あ……あの……」

居心地が悪そうに視線を泳がせるエスメラルダの代わりに、エイミーが答える。

「クラリッサさん。少々言い訳がましくなるのですが、お嬢さまにもいろいろと事情がありまして……」

「まぁ。どういった事情なのでしょう？」

軽く首を傾《かし》げ、クラリッサが問い返す。

青ざめた顔を強張《こわば》らせている主《あるじ》をちらりと見てから、エイミーは口を開いた。

「あれは、先月の半ばのことでした。――エスメラルダさまが屋敷の図書館で偶然手にされた本が、その……世界名作全集のカバーケースに入れられた、成人男性向け雑誌の束《たば》だったのです」

しん、と沈黙が下りる。

なんとも言い難《がた》い空気の中、エイミーは低く抑えた声で続けた。

「しかも、あたしにはよくわからないのですが、何やら大変ハードな内容のものだったそうで……。床に散らばったそれらに描かれた挿絵をいくつか見ただけで、エスメラルダさまは卒倒してしまったのだそうです」

「……ぁ……あんな……っ」

エスメラルダの瞳に、ぶわっと涙が浮かぶ。

「世の中の殿方《とのがた》が、あんなおぞましいものを、喜んで見ていらっしゃるなんて……っ」

……彼女が見てしまったという雑誌には、一体どんな内容が描かれていたのだろうか。

若干《じゃっかん》、気にならないでもなかったけれど、知らないままでいたほうが、今後の人生を幸せに生きていけそうだ。己《おのれ》の防衛本能に従ったアシュレイは、それ以上深く考えることをやめた。

エイミーが、肩を落として小さな声で言う。

「とりあえず、メイド頭《がしら》はその雑誌の持ち主であった従僕たちを特定しました。報告を受けた奥方さまは直接、厳重注意をしたのち、彼らの前でそれらをすべて焼却処分なさったのです」

密かに隠していた成人向け雑誌を若い女性に見られた上、女主人と上司に叱責されたのち、燃やされるとは――

(……まぁ、自業自得《じごうじとく》というものですね)

いずれにせよ、蝶よ花よと育てられたエスメラルダにとって、トラウマになるレベルでえげつない内容だったのは、たしかなようだ。いまだに涙目の彼女は、エイミーに縋《すが》りつくようにしてぷるぷると震えている。

クラリッサが、ひとつ息をついて口を開く。

「エスメラルダさま。それほど男性が苦手になられたあなたが、なぜお父君から、駆け落ちを心配されるような事態になっていらっしゃるのでしょう？」

「こ……これほど、大事になるとは思っていなかったのです……！　わ、わたくしはただ、ほかにお慕いする殿方《とのがた》がいることにしておけば、パーティーで婚約者候補の方々を遠ざける理由になるかと思って……っ」

涙まじりに訴《うった》えるエスメラルダの言葉を、エイミーが補完して語りはじめる。

先月の一件以来、エスメラルダは不用意に男性が近づくと、パニックを起こすようになってしまった。今のところ、その事実を知っているのは、いつも彼女のそばにいるエイミーだけだ。

そこで問題となるのが、今度のパーティーである。エスメラルダには婚約者候補が山のようにいて、社交の場では挨拶《あいさつ》しなくてはならないのだという。

「中でも、有力候補とされている方々が、三名いらっしゃるのですが……みなさま、イシャーウッド侯爵家にとって友好な関係を築いていかなければならない家の後継者です。彼らに向かって、エスメラルダさまが『けがらわしい』などと叫ぼうものなら、今後あちらの家との関係がめちゃくちゃになってしまいます」

メイドが説明を終えたところで、エスメラルダは両手の指をきゅっと握りしめながら言う。

「わたくしは、イシャーウッド侯爵家の唯一の女子です。いつか、この家を継ぐ幼い弟のためにも、力ある家の殿方《とのがた》に嫁《とつ》がなければならないのは、わかっています。ですが……っ、今すぐに『殿方《とのがた》のそばに近づいても平気になる』というのは、わたくしにはとても無理なのです……！」

そのため、彼女たちは一計を案じ、巷《ちまた》で流行している『貴族令嬢の駆け落ちかぶれ』の噂を利用することにしたそうだ。

男性に近づいても悲鳴を上げなくて済むよう、訓練をする時間が欲しい。

エスメラルダはそう望み、エイミーの協力のもと実行に移した。

「あれ以来、今年三歳になる弟を手はじめに、殿方《とのがた》に近づく努力をして参りました。けれど、きちんとしたご挨拶《あいさつ》ができる年齢の殿方《とのがた》を前にすると、どうしても……あのときに見てしまった、おぞましい雑誌のことを思い出してしまって……」

エスメラルダの顔が青ざめる。どうやら、件《くだん》の雑誌を再び思い出してしまったようだ。

そんな主《あるじ》を痛ましげに見て、エイミーが口を開く。

「今回のパーティーがはじまる明日までに、エスメラルダさまの症状がよくなれば……と思っていたのですが。そうこうしている間に、侯爵さまがエスメラルダさまの駆け落ちかぶれを信じ、予想以上に危機感を抱いてしまいまして……。このような事態になった次第です」

実際に会うまでは、エスメラルダのことを夢見るお嬢さまかと思っていたが、とんでもない。

蓋《ふた》を開けてみれば、彼女の事情は思いのほかヘビーだった。

たしかに、エスメラルダのトラウマを今すぐ克服しろというのは、あまりに酷だ。先ほどの様子を見ても、彼女のパニックは本物だった。

ジェラルディーンは、黙っていればどこから見ても立派な王子さま系美少年である。

それでも間違いなく女性なので、男くささはかけらもない。もちろん、エスメラルダを怯《おび》えさせる要素――男性が女性に向ける、性的なものを含んだ関心など、あるはずもない。

それなのにエスメラルダは、あそこまで我を忘れてしまった。これが本物の男性が相手だったなら、もっと大変なことになるのかもしれない。

（今回、スターリング商会が請《う》けたお仕事の目的は、イシャーウッド侯爵家のパーティーを無事に成功させることなのですよね……。だったら、パーティー会場でよけいな騒ぎを起こさないためにも、エスメラルダさまの護衛任務に移行したほうが無難なのではないでしょうか）

この件についてどう判断するかは、エルドレッドの仕事である。これからクラリッサが報告に行って、状況を説明するのだろう。

考えようによっては、エスメラルダのトラウマがジェラルディーンの存在で確認できたのは、幸運だったと言える。

こちらが何も知らないまま、彼女がパーティー会場でパニックを起こしたなら、誰にとっても大変不幸なことになっていたに違いない。

そのとき、ヘンリエッタが片手を上げてエスメラルダに問う。

「失礼、エスメラルダ嬢。私は、スターリング商会所属のメイド、ヘンリエッタ・ソーンダイクという。ひとつお尋ねしたいのだが……その状態で、明日からのパーティーにはどうやって参加するつもりだったのだろう？　会場には、主催者の令嬢であるあなたとの会話を求める男性が、それこそ山のようにいるはずではないのか」

「はい。もういっそのこと、パーティーに参加せずともよくなるよう、その辺の階段の最上段から足を踏み外してみようかと……」

エスメラルダが、ふふふと虚《うつ》ろな笑みをこぼす。

彼女は、かなりギリギリの精神状態だった。さすがに、気の毒になってくる。

一拍置いて、ヘンリエッタが応じる。

「……それは、打ちどころが悪ければ命を落としかねないので、ぜひやめていただきたい」

それまで何か考えているふうだったクラリッサが、軽くうなずいて口を開く。

「そちらの諸々《もろもろ》の事情、おおむね了解いたしました。エスメラルダさま、ご安心くださいませ。あなたが今回のパーティーを無事に乗り切れるよう、わたくしたちが全力でサポートさせていただきます」

トップのエルドレッドの判断を仰《あお》いでいないにもかかわらず、クラリッサは宣言した。

アシュレイがそんな勝手な真似をしていいのだろうかと思っていると、ヘンリエッタはゆるりと腕組みをして口を開く。

「こういった問題について、男性陣の理解を求めるのは難しいからな。我々の判断で動いたほうが、間違いは少ないだろう。まぁ……とはいっても、エルドレッドに報告しておくべきだが――」

そう言って、彼女は再びエスメラルダに問うた。

「エスメラルダ嬢。我々は、あなたの言いぶんを疑っていない。しかし、我々のトップは男性だ。無垢な貴族令嬢であるあなたが、件《くだん》の雑誌のせいでトラウマを抱えることになってしまったと告げても、なかなか理解できないかもしれない。そこで、もし可能であれば教えていただきたいのだが、あなたの見てしまった雑誌のタイトルを覚えているだろうか？」

ヘンリエッタが、全力でエスメラルダのトラウマを抉《えぐ》りに行った。

そんな雑誌のタイトルなど、たとえ覚えていたとしても口に出したくもないだろう。

アシュレイは思わず非難の眼差《まなざ》しを向けてしまったが、ヘンリエッタは淡々とした口調で続ける。

「それからこれは、あくまでも私個人としてのアドバイスなのだが……。トラウマというのは、その原因となった事象を見ないふりをしていても、克服するのは難しい。多くの人間と情報を共有することで、気持ちが楽になることはある。これも、何かの縁だ。あなたがどのような雑誌を見て、どれほどのショックを受けたのか、思い切って我々に吐き出してしまうのはいかがかな」

ヘンリエッタは意外と気遣いの人であった。

アシュレイは寸前の判断を深く恥じた。物事の表面だけを見て、ずっと深いところにある傷に気づかないのは、とても情けないことだ。心の中でヘンリエッタに謝罪する。

エスメラルダは今にも泣き出しそうな顔をし、ぽつぽつと話し出す。

彼女が一通り、件《くだん》の雑誌に関する説明を終えると、みんなで今後の対処について相談する。

話がまとまったところで、クラリッサがにこりと笑ってアシュレイを見た。

「アシュレイ。アタシはこれから、今後の方針についていろいろと吟味《ぎんみ》しなくちゃならないの。だから、エルドレッドへの報告は、あんたに頼むわ。彼は、こういうときにはまず間違いなく、アタシたちにすべて任せてくれるから、一通り事情を説明してくるだけで大丈夫よ」

アシュレイは、きょとんと首を傾《かし》げる。

「そのお役目、私で大丈夫でしょうか？　今回が初任務のわたしではないほうがよろしいのではありませんか？　ヘンリエッタやディーンのほうが、報告業務には慣れているでしょう」

ヘンリエッタとジェラルディーンは、かなり場数を踏んでいると聞く。忙しいクラリッサの代わりに、エルドレッドに報告へ行くというのも、おそらくはじめてではないはずだ。

だが、アシュレイの言葉を聞いて、ヘンリエッタがすちゃっと片手を上げた。

「いや、アシュレイ。私には、クラリッサへの助言という重大な任務がある。エルドレッドへの報告の役目は、きみに任せよう」

ヘンリエッタに続き、ジェラルディーンがにこりと笑う。それはいつものピュアで爽やかな笑顔ではなく、微妙に頬が引きつっている。一体、どうしたというのだろう。

「あー……うん。ごめんね、アシュレイ。ボクも、いろいろとクラリッサの手伝いをしなくちゃいけないから……」

妙に歯切れ悪く言う彼女に、アシュレイはうなずいた。

「そういうことでしたら、了解しました。エルドレッドへの報告は、わたしからさせていただきます」

彼女の答えに、ジェラルディーンだけでなく、クラリッサとヘンリエッタもほっとした顔になる。

なんだか変な雰囲気だな、と首を傾《かし》げていると、それまで黙って主《あるじ》のそばに控《ひか》えていたエイミーが、ぼそっとつぶやいた。

「……こんな言いにくい報告を新人にさせるなんて……えげつない」

先輩たちが、びしっと固まる。

一方、アシュレイは「えげつない」という部分しか聞こえなかった。一体どういう意味だろう、と見つめたアシュレイに、エイミーがにこりとほほえむ。

「がんばって、くださいね」

「はい。ありがとうございます」

よくわからないが、可愛い女の子の激励は、嬉しい。

ほくほくした心持ちで、アシュレイはエルドレッドのところへ報告に向かった。

エルドレッドをリーダーとする要人警護チームが、イシャーウッド侯爵家での拠点としているのは、北棟に用意された人数ぶんの客間。そして、会議室として使える談話室だ。

アシュレイが訪れると、エルドレッドは副長のユリシーズとともに談話室にいた。

ほかのメンバーたちは、屋敷の内部構造を実際に確認しに行っているという。

エルドレッドたちは侯爵家の最終的な警備計画の書類をチェックしていたようだ。

アシュレイは、ひとまず現状をエルドレッドたちに報告したのだが――

「――乱交プレイや調教、監禁、被虐嗜好《ひぎゃくしこう》や加虐嗜好《かぎゃくしこう》、あるいは筋骨隆々《きんこつりゅうりゅう》とした男性同士の営《いとな》みといった、特殊でハードな成人男性向け雑誌を大量に発見したショックにより、エスメラルダさまは相当のトラウマを抱えてしまったようです。そのため、クラリッサが今回の仕事について、若干《じゃっかん》方向性を修正したいと……エルドレッド？　どうかなさいましたか？」

アシュレイの問いかけに、それまで黙って彼女の報告を聞いていたエルドレッドが、くわっとわめく。

「～～っ年頃の、女の子が！　そんな言葉を、人前で口にするんじゃありませんー！」

そう言われても、報告事項はきちんと口にしなければ伝わらないではないか。理不尽だ。

アシュレイがちょっぴり不満に思っていると、エルドレッドの様子がおかしくなった。

スターリング商会の代表ともあろう者が、頭を抱えて大きなテーブルに突っ伏したのだ。

「あああぁ……バカなの？　ソイツら。エロ本なんて、自分の部屋に隠しとくのが普通だろうが。なんでそんなモンを、誰が見るかもわかんねぇ場所に置いとくんだよ」

どうやら、エルドレッドはそういった雑誌を、きちんと自分の部屋に隠しているようだ。道理で、屋敷の彼の部屋は、自分自身で掃除しているはずである。

低い声で呻《うめ》く彼に、半目になったユリシーズが言う。

「大方、金のない若い連中がそうやって雑誌の共有をしていたか、密かに交換するために図書館を中継場所にでもしていたんじゃないのか」

投げやりに吐き捨てられた推測に、エルドレッドが意外そうに目を瞠《みは》る。

「おまえもそんなふうに、隊の連中とエロ本を共有したり、交換したりしたことがあったのか？」

「いいや。本部の宿舎にいた頃は、普通に同期の連中と回し読みを――」

そう答えかけたところで、ユリシーズはアシュレイの存在を思い出したらしい。ぎくしゃくと片手を上げて、短く詫《わ》びる。

「……スマン。おまえの前だということを、うっかり失念していた」

彼の白皙《はくせき》の頬が、わずかに赤くなっている。

口の悪い副長さまは、意外と繊細《せんさい》な人物だったようだ。

「いえ、問題ありません。――それでは、エルドレッド。エスメラルダさまに関するわたしたちの業務を、監視ではなく彼女への協力に変更する件については、クラリッサに一任していただけるということでよろしいでしょうか？」

「あー……おう。アイツがそう判断したなら、それでいいよ」

のろのろと顔を上げ、エルドレッドが深々とため息をつく。

「ただな、アシュレイ。いくらクラリッサの命令でも、いやなことはいやって言っていいんだぞ。大体、オレんとこに報告に来るのは、よほど切羽《せっぱ》詰まった状況じゃない限り、チームリーダーのあいつの仕事なんだからな」

「ありがとうございます、エルドレッド。ですが、クラリッサたちはとてもよくしてくださっています。ご心配いただくようなことは、何もありません」

彼は初仕事のアシュレイに気を遣ってくれたのだろうが、今のところまったく困ったことはない。

何より、先ほどエイミーがくれた『がんばれ』により、アシュレイのやる気は俄然《がぜん》急上昇中だ。

にこやかに答えたアシュレイに、エルドレッドだけではなくユリシーズまで微妙な顔になった。わずかに眉根を寄せたユリシーズが口を開く。

「おまえは、今回のいやな報告をクラリッサに押しつけられたのだと、理解していないのか？」

その問いかけに、アシュレイは少し考えてから応じた。

「そうですね。たしかに、今回の報告内容をおふたりの前で口にするのは、あまり愉快なものではありませんでした。クラリッサが今回の報告を新人のわたしに押しつけたのかもしれない、という考えは、理解できます」

「つまり、今の今まで理解していなかったんだな」

ユリシーズの確認に、アシュレイはうなずく。

「申し訳ありません。今まで、こういったことを口にした経験がなかったもので……。聞いているぶんには他人事だったので割とどうでもよかったのですが、我《わ》が事となるとやはり違うものですね。ひとつ、勉強になりました」

「割とどうでもいい……？　まったく、真面目なのか不真面目なのか、よくわからんやつだな。――それで、エスメラルダ嬢の件について、クラリッサはどう対処するつもりなんだ？」

　男性に対し、極度の生理的嫌悪感を抱いているエスメラルダを、多くの人々で溢《あふ》れるパーティー会場へ放りこもうというのだ。しかも、彼女は主催者側の人間である。

　少し考えただけでも、これは相当の難問だ。

　だが、メイドチームの頼れるリーダーは、エスメラルダに不用意に男性を近づけないという点については、かなり自信があるようだった。

「はい。クラリッサは、エスメラルダさまが人前に出る際には、常に男装したディーンをそばに配置するつもりだと言っていました」

　ジェラルディーンは、メイド服を着ていてさえ『女装した美少年』だと思われてしまう、大変凛々《りり》しい少女である。そんな彼女が、完全武装――もとい、若い男性用の盛装をしたなら、さぞ立派な『王子さま』ができあがるに違いない。

「そのため、以前の仕事で使ったディーンの男性用礼服を、ドリューウェット・コートから至急取り寄せるそうです」

　男性陣が、揃って微妙な顔になった。

　それからエルドレッドが、苦笑まじりに言う。

「なるほど。ジェラルディーンを、虫よけにするのか」

「はい。盛装したディーンを押しのけてでもエスメラルダさまに近づこうという、大変勇気ある男性がいらした場合の対処について、現在クラリッサとヘンリエッタが検討しております」

頭脳担当のヘンリエッタが、やけに楽しそうにあれこれ案を出していたので、この難問もきっとどうにかなるのではないかと思う。

エルドレッドは、そうかとうなずいたあと、少し不思議そうな顔になってアシュレイを見た。

「それにしても、エスメラルダ嬢はこの件について、どうしてご両親に相談をしないいんだろうな？　彼らに現状を訴《うった》えれば、仮病でもなんでも使って、事態を穏便に済ませることもできただろうに」

彼のもっともな疑問に、アシュレイはうなずく。

「わたしも、その点については非常に不可解だったのですが……。なんでも、エスメラルダさまがご両親とお会いになるのは、毎月はじめに一度の面会日だけなのだそうです。そして、今月は侯爵夫妻がパーティーの準備でお忙しいため、元々面会日が設定されていなかったとのことでした」

有力貴族とその妻ともなれば、毎日の予定が分刻みで決められているのは、ごく当たり前のことである。中には、半年前から組まれている面会や会談なども珍しくない。

エスメラルダは、そんな両親の忙しさをきちんと理解している。自分の抱えたトラウマについて悩んでいるうちに、両親に相談する機会を完全に失ってしまったらしい。そこでエイミーがメイド頭《がしら》経由で、侯爵夫妻に『エスメラルダに慕う男性がいる上に、彼女は駆け落ちに憧れを抱《いだ》いているようだ』と嘘を知らせたのだという。

「実際にお会いしてみたエスメラルダさまは、とても控《ひか》えめなレディでいらっしゃいましたし……。パーティーの開始までに、ご自分のトラウマを克服できれば、それに越したことはないとお考えになったのではないでしょうか」

アシュレイの推測に、エルドレッドが苦笑する。

「なるほどな。まぁ……なんにせよ、うちが侯爵家から令嬢に関して受けた依頼は『エスメラルダ嬢の駆け落ち及び、それに類する行為の阻止』だ。それ以外のことで何か問題が起きたとしても、それはこっちの責任じゃねぇ。おまえたちの好きにしろ、ってクラリッサに伝えてくれ」

「了解しました」

無事にエルドレッドへの報告業務が終わり、アシュレイはほっとした。

なんだかんだ言っても、初仕事ではじめて与えられた個別任務である。つつがなく遂《すい》行《こう》できたことは、とても嬉しい。

さっそくメイドチームに戻って、エルドレッドの許可が出たことを伝えなければ。そして、今後の行動についての話し合いにまぜてもらおう――

そう考えていたアシュレイに、ユリシーズがふと片手を上げて問う。

「アシュレイ。エスメラルダ嬢のトラウマの原因になった雑誌の持ち主というのは、今もまだこの屋敷で働いているのか？」

そういえば、件《くだん》の雑誌の持ち主に関する事項については、特に説明が必要なことではなかったので、彼らに報告をしていなかった。アシュレイは、うなずき答えた。

「はい。この屋敷のメイド頭《がしら》が持ち主の従僕たちを特定し、侯爵夫人が彼らに直接厳重注意したのち、件《くだん》の雑誌を彼らの目の前で焼いたそうです。けれど、侯爵家が彼らを解雇したという話は聞いておりませんので、今もこちらで働いているのではないでしょうか」

改めて口にしてみると、雑誌の持ち主たちにとって、かなり恥ずかしいお話ではなかろうか。

アシュレイには、彼らに共感するのは難しい。それでも、彼らが相当いたたまれない思いをしたのではないかということだけは、なんとなく想像できる。

そのとき、彼女に質問をしたユリシーズだけでなく、エルドレッドまで顔を引きつらせた。

アシュレイは、不思議に思って首を傾《かし》げる。

「おふたりとも、どうかいたしましたか？」

彼女の問いかけに、ユリシーズがぎこちなく右手を顔の前で振る。

「い……いや。最初は、そいつらがまだこの屋敷で働いているなら、このネタで仲よくなって、いろいろ教えてもらえないものかと考えていたのだが……」

それはつまり、『お屋敷の大切なお嬢さまに、大変不適切な雑誌を見せた』という事実をネタに彼らを脅し、今後の情報源になってもらうつもりだった――ということだろうか。

アシュレイが首を傾《かし》げると、ユリシーズは視線を彷徨《さまよ》わせながらつぶやく。

「……さすがに、やめておくことにする。これ以上、彼らの受けた心の傷を抉《えぐ》る必要はないだろう」

エルドレッドが、珍しく下を見たままぼそぼそと言う。

「オレたちにしてみれば、おふくろにエロ本の趣味をすべて知られた上、若い娘にそんなものを見せるとは何事か！　って怒鳴られたみたいなもんか。……うぅ、想像しただけで、胃がキュッとなった」

どうやら彼らは、問題の従僕たちに対し、多大な同情を寄せているようだ。同情などかけらも抱く様子のなかったメイドチームとは、正反対の反応である。これが、男女の感覚の違いというものだろうか。

アシュレイは、思わずつぶやいた。

「不潔」

「……っ!!」

エルドレッドたちが、びくっと震えて顔を強張《こわば》らせる。

思いがけず激しい彼らの反応に、アシュレイはきょとんとした。それから、ひとつ瞬《まばた》きをして口を開く。

「あ、申し訳ありません。以前、知り合いのおばあさんが、男の人たちが目の前で猥談《わいだん》をはじめた場合、大抵はこう言えば黙るものだと教えてくれたことがありまして……。状況が少々似ていたもので、つい口をついて出てしまいました」

知り合いのおばあさんとは、アシュレイの武術の師だった老人の奥方のことだ。彼女は大変きっぷのいい女傑《じょけつ》だった。

エルドレッドたちの反応を見るに、どうやらこの教えはたしかに正しいものだったようだ。

アシュレイがそんなことを考えていると、ぷるぷると体を震わせたエルドレッドが、低く抑えた声で言う。

「……あのな、アシュレイ。男心っていうのは、おまえが思っているよりも結構――いや、かなり繊細《せんさい》だったりするんです。そうやって無邪気にこっちの心を折るのは、頼むから金輪際《こんりんざい》勘弁してください」

「了解いたしました。以後、気をつけます」

アシュレイは、よい子のお返事をして談話室から出る。そしてすぐに南棟の応接間へ戻った。

話し合いをしていた女性陣が、穏やかな表情で迎えてくれる。

手前の丸テーブルについているのは、クラリッサとヘンリエッタ。奥のソファセットでは、ジェラルディーンがエスメラルダと談笑していた。

ふたりは随分と打ち解けたらしく、エスメラルダの表情がかなり明るくなっている。

「ただいま戻りました」

「お帰り、アシュレイ。エルドレッドはなんて言っていた？」

クラリッサが、アシュレイを手招きでソファに座るよう促《うなが》す。白磁《はくじ》のティーカップを手に問うてくる彼女に、無事に主《あるじ》の許可が出たことを伝える。

部屋の隅で控《ひか》えていたエイミーが、すぐにアシュレイのぶんのお茶を用意してくれた。

どうやら、アシュレイが報告に行っている間に、クラリッサたちはエスメラルダとエイミーの信頼を無事に勝ち取ったようだ。明日からの行動方針について、大まかな話し合いは済んだという。

その結果について、クラリッサが教えてくれる。

「元々、エスメラルダさまは『ほかに好きな男性がいる』って理由で、パーティー会場で近づいてくる男性客を遠ざけようと画策していらしたのがよかったわね。どうやらその噂は、招待客たちにもうっすらと広まっているらしいから、その状況を最大限に利用させてもらうことにしたの。ただやっぱり、問題は件《くだん》の婚約者候補のお三方だと思うのよ」

エスメラルダの有力な婚約者候補――すなわち、イシャーウッド侯爵家にとって、決して軽んじることのできない三名の男性。公《おおやけ》の場で、彼らとの接触を完全にシャットアウトするのは難しい。

華やかなパーティーというのは、若い貴族の男女にとって、貴重な顔合わせの場でもあるからだ。

ほかの男性招待客については、『わたくし、お慕いする殿方《とのがた》がおりますの』という体《てい》で、避けることはできるかもしれない。

しかし、婚約話が持ち上がるほど、家同士の付き合いが深い相手となれば、一度も挨《あい》拶《さつ》を交わさないというわけにはいかないだろう。

ヘンリエッタはそう判断し、見方を変えた。彼らをクリアするべき障害物とするのではなく、自分たちの協力者として引き入れてしまうべきだと提言したそうだ。

「大勢の客人の接待でお忙しい侯爵夫妻と違って、客人である彼らは時間に余裕がある。その気になれば、話をする機会はいくらでも作れるはずだ。その三名にとっても、エスメラルダ嬢は将来の花嫁候補だからな。彼女の苦境に手を差し伸べることに、難色を示す理由はないだろう」

ヘンリエッタが、淡々とした口調で言う。

「それに、大抵の若い男性というのは、若く愛らしい女性に頼られて悪い気はしないものだ。エスメラルダ嬢の悲劇を少々盛って説明すれば、彼らの義憤《ぎふん》を煽《あお》って、やる気を出していただくこともできる。この辺りについては、私が責任を持って取り組ませてもらうので、心配は無用だ」

一歩間違えれば、自信過剰と取られてもおかしくない発言なのに、なんという安心感だろうか。さすがは、たったの五分でひとりの変態を自殺衝動に走らせたという、えげつない実績の持ち主である。

きっとヘンリエッタは、エスメラルダの婚約者候補たちを、さぞやる気に満ち溢《あふ》れた状態で味方にしてくれるに違いない。

それに加え、男装したジェラルディーンだけではなくクラリッサも、招待客に扮《ふん》してパーティーに参加することにしたという。

「さすがに、エスメラルダさまのフォローを、ディーンだけに全部任せるわけにはいかないからね。アタシも、交代要員としてそっちに入るわ」

たしかに、完璧な礼儀作法を身につけている彼女なら、貴族のパーティーに紛れこむのは可能だろう。アシュレイは、わくわくして彼女に問うた。

「クラリッサは、ドレスを着るのですか？」

「ええ、そうよ。ジェラルディーンの礼服と一緒に、アタシのドレスも送ってもらうよう手配したわ」

（なんと……！）

アシュレイは、ときめきに目を輝かせる。

これだけの美貌《びぼう》に、抜群のプロポーションを誇るクラリッサだ。

彼女がドレスと宝石で全身を飾り、社交用の華やかな化粧を施《ほどこ》したなら、きっと驚くほど美しいに違いない。これが役得というものか、とアシュレイはほくほくする。

そこで、クラリッサが残念そうに言う。

「アンタが、もう少し早くうちに来ていて、一通りの訓練が終わっていたらねぇ……。アタシとディーンと三人で、パーティー会場でエスメラルダさまのそばにつくローテーションを回せたのに」

今回のパーティーは、一週間の長丁場だ。

もちろん招待客には、毎晩行《おこな》われる夜会へ参加するか否《いな》かの選択権がある。

しかし、エスメラルダは主催者側の人間。毎回一度は、顔を出す義務があった。当然ながら、彼女をサポートするメンバーも、それに同伴しなければならない。

そのため、パーティーの間、会場の給仕係としてふたりずつ入る予定だったローテーションを、すべて組み直した。エスメラルダのすぐそばで彼女のフォローに入る役割を、クラリッサとジェラルディーンのふたりで回すのは、たしかに大変そうである。

しかし、ヘンリエッタは空腹になれば倒れてしまう。そんな彼女を、エスメラルダのそばにつけるわけにはいかないだろう。

まだろくな訓練を受けていないアシュレイは、言わずもがなだ。

アシュレイは、困って眉を下げた。

（わたしとしては、こういった大勢の貴族が集まるパーティーの招待客に扮《ふん》するのは、できれば今後も遠慮させていただきたいのですが……。でも、やはりお仕事となれば、そんなわがままを言うわけにもいきませんよね）

アシュレイの瞳は、母譲《ゆず》りのオーレリア・ブルー。ドレスを着て貴族のパーティーに参加などしたら、母のパトロンだった男性にアシュレイの存在を知られる可能性もあるだろう。

それが現実になることを想像するだけで、全身に鳥肌が立った。

（……まぁ、だからなんだというお話なのですけど。ただ単に、見ず知らずの相手に『昔の愛人の娘』だと気づかれて声をかけられるのが、ものすごく気持ち悪いというだけですし。仮にそういった事態になったとしても、スターリング商会の仕事に支障があるわけでもありませんから）

いずれにせよ、アシュレイが先輩たちと同じ仕事をできるようになるには、まだまだ時間が必要だ。それまでに、気持ちの整理をつけられるようになっていればいい。

アシュレイはそんなふうに自分を納得させた。

そして、当初の予定通り、エスメラルダのプライベートな時間だけ、彼女のそばについている役割を与えられる。

エスメラルダに駆け落ちをするつもりがないので、メイドチームによる監視は必要ない。しかし、屋敷には大勢の客人がいるのだから、不測の事態に備《そな》えるに越したことはない、ということらしい。

かなり急ごしらえの護衛計画であるため、行き当たりばったり感があるのは否《いな》めない。それでも、エスメラルダ本人が大変協力的であるのが幸いし、どうにかなりそうである。

全員で一通り基本的な事項を確認したあと、エスメラルダが恐縮しきった様子で口を開いた。

「みなさまには、大変なご迷惑をおかけしてしまいますね。本当に、申し訳ありません」

そんな彼女に、クラリッサが鷹揚《おうよう》に笑ってみせる。

「気になさる必要はありませんわ、エスメラルダさま。わたくしたちは、報酬に見合う仕事をさせていただくだけですもの」

多少内容が変わっても、仕事は仕事。イシャーウッド侯爵家から、スターリング商会へ支払われる報酬ぶんの働きはする。

そう言い切ったクラリッサに、エスメラルダが笑みを浮かべる。

「……はい。それでは、どうぞよろしくお願いいたします」

そうしてはじまったアシュレイの初仕事は、なかなか順調な滑り出しだった。

クラリッサとジェラルディーンの盛装は、誰もがうっとりするほど魅力的《みりょくてき》で、エスメラルダの虫よけという役割を立派に果たしている。

一方、ヘンリエッタは見事にエスメラルダの婚約者候補たちをたらしこみ――もとい、説得して、味方に引き入れることに成功したようだ。

「やはり、若く野心に溢《あふ》れた男性というのは、思考の誘導をするのが簡単でいい。今回はそれに加え、婚約者候補にいいところを見せたいという、単純でわかりやすい虚栄心《きょえいしん》があるからかな。少々拍子抜けするくらいにたやすい仕事だった。他人事ながら、彼らが将来詐欺《さぎ》に引っかからないかどうか、心配になったぞ」

ヘンリエッタはそんなことを真顔で言った。ひょっとして彼女は詐欺師《さぎし》に向いているのではなかろうかと思ったが、アシュレイは心の中にしまっておいた。

肝心のエスメラルダは、クラリッサとジェラルディーンのフォローのおかげで、どうにかパーティーでの役割をまっとうしているようだ。

だが、今の彼女にとって、大勢の男性客に囲まれることは、もはや拷問《ごうもん》に等しいらしい。プライベートルームに戻ってくるたび、真っ青になってソファに倒れこんでいる。

そして、五日目の深夜のこと。

パーティー期間も後半に入り、いよいよぐったりするエスメラルダを前に、メイド姿のクラリッサが小さく息をつく。そして彼女は、ヘンリエッタを見た。

「ヘンリエッタ」

「あぁ」

それだけのやり取りのあと、ヘンリエッタは一度部屋から出ていく。

ややあって、戻ってきた彼女は何やら白くて小さなものを、両手で大切そうに抱えていた。

「……はぁあああんっ」

エスメラルダが、突然素《す》っ頓狂《とんきょう》な声を上げる。

勢いよく体を起こした彼女は、とろけそうな目でヘンリエッタを――正確には、ヘンリエッタが抱く仔猫を見ている。まだ、生まれてから三カ月も経っていないだろう。真っ白なふわふわの毛並みとつぶらな瞳が、実に愛くるしい仔猫だ。

ヘンリエッタはエスメラルダに仔猫を渡し、淡々と告げる。

「食料倉庫で、ネズミ捕り用に飼われている猫の子どもだ。エスメラルダ嬢が猫好きだとうかがったので、倉庫の管理人にお願いして、少しの間だけという条件で借りてきた」

「はいぃ……」

ほんの少し前まで生ける屍《しかばね》のようだったエスメラルダが、すっかり生気を取り戻している。

エスメラルダの好きなものを調べ、最も確実なフォロー体制をきちんと構築している先輩メイドたちに、アシュレイは心から感銘《かんめい》を受ける。

――小さな仔猫とたわむれている間に、エスメラルダは見違えるように肌艶《はだつや》もよくなった。

その様子を確認し、ヘンリエッタは仔猫を回収する。

「それでは、この子を飼い主に返してくる」

そう言って、彼女は一礼することもなく出ていった。クラリッサが、小さく苦笑して言う。

「申し訳ありません、エスメラルダさま。あの子は、自分の興味がある分野については実に天才的なのですが、それ以外のことについては本当になっていなくて……。ご無礼、お許しくださいませ」

彼女の謝罪に、エスメラルダが軽く目を瞠《みは》る。

「まぁ……でも、それは少しだけわかりますわ。何かに特別秀でた方というのは、きっとそれ以外の何かを犠牲《ぎせい》になさっているのでしょうね」

納得したようにうなずくと、彼女は何を思い出したのか、ふふっと笑った。

「ヘンリエッタさんとは、まるで違いますけれど……今夜お見掛けした中にも、とても素晴らしい才能をお持ちで、大変風変わりな方がいらっしゃいましたわ。立派な男性でいらっしゃるのに、まるで女性のような話し方をされていましたの」

今夜のパーティーで彼女のそばにいたジェラルディーンが、あぁと笑う。そして、待機組だった仲間たちに説明する。

「新進気鋭の画家だっていう、やたらと派手な外見の若い男性がいたんだ。さらさらのきれいな黒髪を、腰まで長く伸ばしてね。彼が何か言うたび、周りの人たちが楽しそうに笑っていたから、今夜はすごく会場の雰囲気がよかったよ」

そう言って、彼女は少し不思議そうな顔で首を傾《かし》げた。

「でも、なんでかな？　彼と挨拶《あいさつ》をしたエルドレッドが、一瞬ぴりっとした気がするんだよね」

クラリッサが、眉根を寄せる。

「エルドレッドが？　……その画家の名前はわかる？　ディーン」

「ううん、ごめん。遠くだったから、彼らが話している内容まではよく聞こえなかった」

申し訳なさそうに答えるジェラルディーンに代わり、エスメラルダが口を開く。

「クラリッサさん。ジェラルディーンさん。あの方は、ザカライア・ソールズベリーさまですわ。去年、大きな美術大会で最優秀芸術賞に輝かれて以来、彼のパトロンに名乗りを上げた貴族は数えきれないほどだとうかがっておりますす」

一度言葉を切ると、彼女はひどく残念そうに続けた。

「実はわたくしも、彼の絵の大ファンで……。こんなことになっていなければ、ぜひお話をさせていただきたかったですわ」

――ザカライア・ソールズベリー。その名には、聞き覚えがある。

アシュレイは咄嗟《とっさ》にヘンリエッタの姿を求めたが、今、彼女はここにいない。

クラリッサが、硬い声でエスメラルダに問う。

「あの、エスメラルダさま。その、ザカライア・ソールズベリーという方は、新進気鋭の画家ということですが――その名は、彼の雅号《がごう》なのでしょうか？」

エスメラルダは、あっさりとうなずく。

「ええ。ああいった方々は、画風が変わるたびに雅号《がごう》を変えてしまわれたりするでしょう？　今は、ザカライア・ソールズベリーさまと名乗っていらっしゃいますけれど……たしか、これまでに三度ほど雅号《がごう》を変えられたはずですわ」

大ファンだと言うだけあって、随分と詳しい。

クラリッサが、重ねて彼女に問う。

「では、彼の本名はご存じですか?」

エスメラルダが、少し得意げな笑みを浮かべる。

「はい。あの方は、そのお名前があまりお好きではないらしく、世間ではほとんど知られていないのですが――彼のご本名は、ダニー・エインズワースさまとおっしゃいます」

その瞬間、アシュレイはひゅっと息を呑んだ。

――かつて父が援助していた芸術家の中に、そんな名の画家がいなかっただろうか。

ぎこちなく持ち上げた手で、額《ひたい》を押さえる。

脳裏に、楽しげに語る父の声がよみがえった。

『あぁ、アシュレイ。これは、ミスター・エインズワースの描いた風景画だよ。胸が痛くなるほど美しいだろう? 彼はいずれ必ず、当代最高の画家として世間から認められるよ。そのときには、おまえの肖像画を描いてもらおうね』

思い出した。数年前、ウォルトン家の屋敷には、ぼさぼさの長い黒髪を括《くく》った貧相な体つきの若者がいた。

たしか、周りの人々は、彼のことを『ダン』と呼んで――

（……っ！）

そうだ。ダニー・エインズワース。それが、あの頃周囲から『ダン』と呼ばれていた彼の名だ。

父が心を奪われた絵を描き、アシュレイにはわからない遠い世界で、父とともに楽しそうに笑っていた。

……笑って、いたのだ。彼はあのとき、たしかに父の隣で笑っていたのに――

気持ちが悪い。目眩《めまい》がする。アシュレイはガンガンと痛む頭を抱えて、しゃがみこむ。

どこか遠くで、誰かが自分の名を呼んでいる。

（どう、して）

ダニー・エインズワース――今は、ザカライア・ソールズベリーと名乗っている男。

彼は、半年前に父が亡くなったとき、葬儀にさえ来なかった。

あのとき彼は、すでに社交界で新進気鋭の画家として認められる存在になっていたという。

だから、かつてわずかな援助を受けた貴族のことなど、忘れてしまったのだろうか。

それとも、栄光の階段を上《のぼ》った先では、没落したウォルトン子爵との関係は、忌避《きひ》すべき汚点でしかなかったのか。

（……なんて、ひどい）

アシュレイの父の厚意は、ただ野心に溢《あふ》れた若き芸術家の踏み台にされただけだった。

――胸が、痛い。痛くて、息が苦しい。

父は、己《おのれ》の弔《とむら》いにも顔を出さないような相手のために、あんなにも尽くして、尽くして――結局、命まで削られてしまったのか。

……あぁ、そうか。

アシュレイは悟《さと》る。

これが、現実というものだ。

すべての誠意や努力が、正しく報《むく》われるなどありえない。

善意を向けた相手が、それにどう応《こた》えるかは、すべて相手の選択次第。

たとえなんの感謝も――死を悼《いた》む言葉のひとつさえ捧《ささ》げてくれなくとも、こちらが恨《うら》み言《ごと》を言う筋合いはない。

それなのに、どうしてこんなに胸が痛むのだろう。こんなに、悲しくて悔しいのだろう。

……父は、たしかにダニー・エインズワースの才能を愛していた。娘のアシュレイには一度も向けたことのない愛情を、彼の絵には惜《お》しみなく捧《ささ》げていたのだ。

そのエインズワースは今、彼を愛する大勢の人々に囲まれ、彼の世界の春を謳歌《おうか》している。父が捧《ささ》げた愛など無価値な塵芥《ちりあくた》のように忘れ果て、華やかな世界で明るく笑っている。

……アシュレイの世界には、彼女を愛してくれない父ひとりしか、いなかったのに。

# 第六章　初恋

ぼんやりと瞬《まばた》きをしたアシュレイは、自分が馴染《なじ》みのない天井を見上げていることに気がついた。

ここはどこだろう、と不思議に思い、それからゆるゆると記憶が戻ってくる。

（たしか、エスメラルダさまのお部屋で……あぁ、そうだ。昔、お父さまが援助していた画家の方が、今回のパーティーに招待されていたらしいと聞いたんだったわ）

そしてひどく取り乱したはずだが――目を覚ました今、自分でも意外なほど、心は凪《な》いでいた。

とくとくと規則正しい鼓動を刻む心臓は、もうなんの痛みも訴《うった》えない。

夜闇に慣れた瞳に、この数日何度も見た版画が映る。

どうやらここは、イシャーウッド侯爵家の離れにある一室のようだ。アシュレイに寝室として与えられた場所である。

……自分は、どうやってこの部屋に戻ってきたのだろう。

エメラルダの部屋でひどい頭痛に襲われてから、ここに至るまでの記憶が、ぷつりと途切れている。

自力で歩いて帰ってきた覚えはなかった。もしかしたら、頭痛に耐えかねて意識を失ったところを、クラリッサかジェラルディーンが運んでくれたのかもしれない。そうだとすれば、明日の朝一番で謝意を伝えなければ――

「……アシュレイ。目が覚めたか？」

突然、男性の声が聞こえて、一瞬息を詰める。

アシュレイは体を強張《こわば》らせたが、右手を軽く握られていることに気がついて、その声の主を思い出した。

ぼんやりしている視線を、のろのろと右に移す。

枕元のサイドボードに置かれたランプが、ごく小さな火を揺らしている。

どうやら、扉も開け放たれているようだ。そちらのほうが、わずかに明るい。

道理で、深夜らしいのに、室内の様子がほのかに確認できたはずだ。

そんなことを考えている間に、焦点が曖昧《あいまい》だった視界の中で、アシュレイの主《あるじ》の姿が浮かび上がってくる。

「エルドレッド……？」

「あぁ。……どこか、痛むか？」

低い声で尋ねると同時に、彼の指先が額《ひたい》に触れてくる。もう一方の手は、いまだにアシュレイの右手を握ったままだ。

温かいな、と思うのは、自分の手が冷たいからだろうか。

「アシュレイ」

主《あるじ》の声が、名前を呼ぶ。その心地よさに、アシュレイは目を細めた。

ややあって、額《ひたい》に触れていた彼の手指が、そっと頰を包みこんでくる。

「……なぁ、アシュレイ。オレは、ここにいるぞ」

少し掠《かす》れた声に、瞬《まばた》きをする。

「ここに、いるんだ。……言っただろ？　オレには、甘えてもいいんだ、って」

アシュレイは戸惑った。

「今は……仕事中、です」

公私混同はしない、と言ったのは、エルドレッドだ。そして今は、イシャーウッド侯爵家から請《う》けた仕事中である。どう考えても、アシュレイがエルドレッドに甘えていい状況ではないはずだ。

それに、そもそもどうやって人に甘えればいいのかが、彼女にはわからない。

そうだな、とエルドレッドがうなずく。

「けど、オレは今任務のローテーションから外れている。おまえだってそうだ。……つーか、隊長権限で今回の仕事からおまえを外すわ。今の状態で、エスメラルダ嬢のフォローは無理だろ」

「……はい」

ゆっくりと紡《つむ》がれる彼の言葉を、否定できない。

心がどこかひんやりと冷えていて、そのせいか体がひどく重い。エルドレッドとの会話さえ、億劫《おっくう》だった。

アシュレイの指を握る彼の力が、少し強くなる。

「アシュレイ。ちゃんと、オレを見ろ。オレの言うことを、ちゃんと聞くんだ」

エルドレッドはなぜ、そんなことを言うのだろう。アシュレイには彼の姿が見えているし、声だって聞こえている。

それなのに――どうして彼は、まるで今にも泣き出しそうなほど、顔を歪《ゆが》めているのか。

「……あのな、おまえは、知らないだろうけど……。オレは……おまえがオレの全部を信じる、って言ってくれたとき、めちゃくちゃ嬉しかった」

ランプのほのかな明かりを映すエルドレッドの瞳が、まっすぐにアシュレイを見る。

「理解しろ。そんで、忘れるな。おまえは、結構簡単にオレを喜ばせることができるんだよ」

「……エルドレッド？」

呼びかけた声は、我ながらひどく頼りない響きをしていた。

エルドレッドが、柔らかな微笑を浮かべる。

「うん。そうやって、おまえに名前を呼ばれるだけでも、オレは嬉しい。……なぁ。もう一回呼んで、アシュレイ」

「……エルド、レッド」

なぜだろう。冷たく凪《な》いでいたはずの胸の奥が、ゆるゆると熱を持ちはじめる。

いやだ。思い出したくない。

心が何かを感じることを思い出せば、またあの痛みに耐えなくてはならなくなる。

そう思うのに、エルドレッドは再び容赦なくアシュレイに命じた。

「もう一回。おまえの声で、オレを呼んで。……おまえはオレを信じてるんだって、信じさせて」

アシュレイは、震えそうな唇を噛《か》んだ。

彼は、ずるい。そんなふうに言われたら、アシュレイに抗《あらが》えるはずがないのに。

「エルドレッド……わたし……」

「あぁ。なんだ？」

あまりにも優しくて残酷な声に、泣きたくなった。

戻ってきた熱と一緒に、ずきずきと胸が痛みはじめる。

——父に愛されていた人間が、父の存在を忘れていた。たったそれだけのことで、心と体が使い物にならなくなるほどショックを受けてしまう。そんな自分の弱さなど、知りたくなかった。

なんて、情けない。

「ごめん……なさい」

今回のように『素人《しろうと》だから』とさまざまに目こぼしされた仕事でさえ、最後までやり遂げることができなかった。こんな自分が、これからエルドレッドの役に立てるはずもない。

彼に、必要とされるわけがないのに——

「謝らなくていい。おまえは、何も悪くない」

——どうしてこの人は、まだ優しくしてくれるのだろう。

アシュレイには、わからなかった。

自分には、彼にこんなふうに気持ちを向けてもらえる価値なんてない。

「アシュレイ。オレの言うことが、信じられないか?」

柔らかな声での問いかけに、目の奥が熱くなる。

彼のすべてを信じると決めた。

けれど、アシュレイが悪くないという言葉には、納得できない。

エルドレッドはずっと握ったままだったアシュレイの右手を、持ち上げる。そのまま、軽く指先に口づけた。

それは、相手への賞賛を意味する行為だ。アシュレイはひたすら困惑する。

エルドレッドが、ゆっくりと言葉を選ぶように口を開いた。

「……なぁ。おまえは、父親の心を癒《いや》したことも、命を救ったこともないから、自分のことを無価値だと言ったな。それは、おまえが誰かの心を癒《いや》すことや、命を救うことにこそ、人生の価値があると思ってるってことだ。……すげぇな、って思ったよ」

彼が言葉を紡《つむ》ぐたび、熱い吐息が指先に触れた。

「覚えておけ。おまえは、優しい。優しくて、正しい。優しすぎて、間違っている。……アシュレイ。おまえが、そんなふうに傷つく必要なんて、ないんだ」

「……言っている意味が、よく、わかりません。エルドレッド」

うん、とエルドレッドがうなずく。

「今はまだ、わからなくてもいい。少しずつ、いろんなことを覚えて、それから理解していけばいいんだ。ただ――」

一度言葉を切って、彼はアシュレイの指先にもう一度唇で触れた。

「――オレのことだけは、何があっても信じてろ。オレは、おまえが大事。すごく、大事なんだ。……信じろ、アシュレイ。オレは、おまえにだけは、絶対に嘘をつかないよ」

真摯《しんし》な響きの声が、頭と心に染みていく。

この気持ちを、なんと表現したらいいのだろう。

歓喜なんかじゃない。そんな陳腐《ちんぷ》な言葉じゃ、足りない。

（エルドレッド……）

アシュレイは、ずっと、父に愛されたかった。自分は、彼を愛していたから。

けれど、愛されていないと思っていたから、あきらめた。

否《いな》、あきらめたふりを、していた。

たとえ愛してもらえなくても、愛することだけは許されているのだから、それでいいのだと。

けれど――

「……もう、一度……言って、いただけますか？　エルドレッド」

「うん。オレは、おまえが大事だよ。……大丈夫。オレだけは、何があってもおまえの味方だ。おまえは、オレを信じていればいい」

——この優しく甘やかしてくれる声を、あきらめるなんて、もうできない。

ずっと空《から》っぽだった胸の奥が、エルドレッドがくれる熱で満たされる。

エルドレッドの大きな手が、アシュレイの髪をそっと撫でていく。

「前にも、言っただろう？　オレには、おまえが必要だ。アシュレイ」

「……はい」

そのやり取りで、アシュレイの心はたしかに満たされた。

ずっと存在を否定されていた日々の中では決して得られなかったものを、彼は当たり前のように与えてくれる。

「なぁ、アシュレイ」

エルドレッドが、甘ったるい笑みを浮かべた。最初はとても苦手だったこの笑顔に、どうしてか今はひどく安心する。

「おまえはもっと、オレに甘えていいんだよ」

誘う声に、アシュレイは目を瞬《しばたた》かせた。少しの間エルドレッドを見つめたあと、アシュレイはぎこちなく口を開く。

「もう……充分、甘えていると……思います」

こんなにも彼の優しさを享受している時点で、申し訳ないほど甘えさせてもらっている。これ以上を求めたりしたら、なんだか罰《ばち》が当たりそうだ。

「そうか？　オレとしては、もっと甘えてほしいんだけど」

「……無理、です」

困って眉を下げたアシュレイに、エルドレッドが小さく笑う。

「まぁ、その辺はおいおいな。……大丈夫だよ、アシュレイ。おまえがどんなふうに甘えてきたって、オレは嬉しいだけだから。安心して、思う存分甘えるように」

わざとらしく軽い口調で告げられた言葉に、ほっとする。エルドレッドが許しをくれるたび、胸の奥が少しずつ軽くなっていく気がした。

「ありがとう……ございます。エルドレッド」

なのに、今のアシュレイが彼に返せるものは、こんなにもちっぽけな信頼と感謝だけ。それが情けなくて、もどかしい。せめてもと思い、彼女はどうにか笑って礼を述べる。

するとエルドレッドが、アシュレイの髪をくしゃりとかきまぜてきた。

「無理して笑わなくていいよ。いや、おまえが笑ってんのは嬉しいんだけど。普通にっつーか……笑いたいときに笑ってれば、それでいいから」

「……はい」

彼に触れられるのは、温かくて気持ちがいい。

大好きな主《あるじ》に撫でられる猫とは、こんな気分なのかもしれない。

アシュレイは無意識に目を閉じ、彼の手に額《ひたい》をすり寄せる。

その瞬間、エルドレッドが短く息を呑んだ音がした。

「何コレ、素《す》？　素《す》でやってんだよな？　マジ可愛すぎなんですけど。死ぬ。昇天する」

彼は何やら急に早口でぶつぶつとつぶやくが、まるで聞き取れない。

「エルドレッド……？　どうか、なさいましたか？」

答えが返ってくるまで、思っていたよりも時間がかかった。

「……うん。大丈夫、問題ない。おまえとオレを引き合わせてくれたメイドチームの連中に、心からの感謝を捧《ささ》げていただけだから」

「ええと……？　はい。それは、わたしも感謝しています」

アシュレイは戸惑いながら応じる。

彼女の髪をもう一度かきまぜてから、エルドレッドの手が離れていった。

額《ひたい》が少し、ひんやりとするのが寂しい。そう思いながらアシュレイが見上げると、エルドレッドは苦笑する。

「おまえ……オレの前以外で、絶対そんな顔するんじゃねぇぞ」

「……そんなに、おかしな顔をしていましたか？　申し訳ありません」

謝罪するアシュレイにエルドレッドは苦笑を深め、ゆっくりと椅子から立ち上がった。

「それじゃあな。明日から……いや、もう今日か。今回の仕事が終わるまで、おまえはメイドチームの補佐だけしてろ。絶対に、無理はしないように」

「了解、しました」

最後に、彼の手がぽんぽんと優しく頭を叩いていく。

おやすみ、と告げる声が、ひどく心地よかった。

＊　＊　＊

エルドレッドはアシュレイの部屋を出て、後ろ手に扉を閉める。その途端、いくつもの鋭《するど》い視線が彼を射貫《いぬ》いた。

その視線の主は――副長のユリシーズに、メイドチームのメンバーたち。

彼らが廊下で室内の様子をうかがっていることに、エルドレッドははじめから気づいていた。

みなは、アシュレイの精神状態を考慮して、エルドレッドにこの場を預けた。とはいえ、未婚の女性の寝室に若い男がひとりで入ることに難色を示し、見張っていたのだ。その仲間たちは今、信じがたいものを見る目でエルドレッドを見つめていた。

一同を代表して、ひどい渋面《じゅうめん》のユリシーズが口を開く。

「……エルドレッド。おまえは、アシュレイ・ウォルトンをどうするつもりだ?」

アシュレイの眠りを妨《さまた》げないようにという配慮なのか、低く抑えた小さな声だ。エルドレッドは、笑って答える。

「可愛いだろ? アイツ」

「そんなことは、聞いていない。……おまえは、あの娘に何をした。一体どんな手を使えば、この短期間で、あれほどおまえに依存するようになる?」

ひどく苦々しい口調だ。

エルドレッドは、ひらりと片手を振った。

「あいつの人生をもらったんだよ。オレは、あいつの主《あるじ》だからな」

何をバカなことを、と眉根を寄せる面々に、エルドレッドは続ける。

「誰も、あいつをいらないって言うんだ。それにあいつも、自分なんていらないって顔をしてたから。可愛い可愛い新入りが、ひとりぼっちで泣いてたらさぁ。……優しいご主人さまとしては、もらって可愛がってやるしかねーだろ？」

御託《ごたく》を並べたが、理由なんて、単純だ。エルドレッドは、ただ、心底アシュレイが欲しくなっただけ。

偶然見つけた、まだ誰の色にも染まっていない、空《から》っぽでまっさらな少女の心。それを、自分への信頼と思慕で満たして染め上げたなら、一体どれほどの充足を得られるだろう。

その瞬間を想像するだけで、ぞくぞくする。

エルドレッドは、幼い頃から何かに執着するという経験をしたことがない。

どんなに美しいものを見ても、『あぁ、そこに人からきれいだと言われるものがあるな』と認識するだけだ。どれほど雄大な風景や満天の星空、生まれてはじめて見た虹でさえも、彼の心を強く動かすことはなかった。

けれど、なぜだろう。

出会ったばかりの少女が、あのコバルトブルーの瞳で見上げてきた瞬間、エルドレッドの中で眠っていた獣《けもの》が目を覚ました。その飢《う》えた獣《けもの》が、吼《ほ》えるのだ。

愛された経験がなく、自分が傷ついていることにすら気づいていない、きれいなだけのガラス玉のような少女の瞳。

あの瞳に、鮮《あざ》やかな感情の色が映るところが見たい。そして、瞳に自分の姿だけを映してほしい、と。

今までこんなふうに、何かを——誰かを、欲しいと思ったことはない。

エルドレッドはようやく、見つけたのだ。

ずっと流されるままに生きてきた自分が、この命と人生を懸《か》けても守ってやりたいと思える、たったひとりの少女。

だから、手に入れると決めて、即座に行動に移した。

……その結果が、これほど早く、目に見えて現れるようになるとは、思っていなかったけれど。

「だから、やったんだよ。あいつが欲しがってるもの、全部。——アレだな。渇いた地面ほど吸収が速いって、マジでホントだわ。覚えがよすぎて、オレも驚いた」

「おまえは、まったく……。あの娘が欲しいなら、普通に口説《くど》けばいいだろう。あんなふうに、おまえに依存させる必要がどこにある」

ユリシーズが、あきれ返った様子で目を細める。

エルドレッドは、あっさりと答えた。

「いやだね。オレは、あいつの全部が欲しい。どんな卑怯《ひきょう》な手段を使っても、手に入れる。そんでオレは、自分のものをほかのやつと共有するつもりなんざ、さらさらねぇ」

廊下に、短い沈黙が落ちる。ため息まじりの声で、ユリシーズが言う。

「おまえが特定の個人に執着するところを見るのは、はじめてだな。そこまで言うなら好きにしろ、と言いたいところだが……」

はぁ、とため息をついて、ユリシーズは腕組みをした。

「あの娘がおまえに壊されたら、さすがに寝覚めが悪くなりそうだ。あまり、度を過ぎた真似はするなよ。状況次第では、問答無用で介入する」

「えぇー。なんだよ、ユリシーズ。そりゃあ、野暮《やぼ》ってモンじゃねぇの？」

口を尖《とが》らせたエルドレッドに、ユリシーズよりも遥かに冷たい視線と声を向けられる。

その主は、メイドチームのリーダー、クラリッサだ。

「……ちょっと、いいかしら？　エルドレッド。さっきから黙って聞いていれば、何を勝手なことをペラペラと……。アンタの身勝手な執着で、アタシの可愛い部下の人生をめちゃくちゃにするつもり？」

「おまえの言う『めちゃくちゃな人生』ってのが、『オレ以外の男が一切目に入らなくなって、死ぬまでオレに甘やかされる人生』って意味なら、まぁそうだな」

エルドレッドが真顔で答えると、クラリッサは思い切り顔を引きつらせた。

「何アンタ、本気で心底気持ち悪い」

「文句があるなら、オレ以上にあいつの人生を背負う覚悟をしてから言え」

よろめいたクラリッサが、半歩後ろに下がる。

「うーわー……。痛いわー。痛すぎるわー。まだまともに口説《くど》いてもいないくせに、もう旦那気取りの痛々しい男が、ここにいるわよ」

「うるっせぇな。どうせもう逃がすつもりはねぇんだから、あいつはオレのでいいんだよ」

チッと舌打ちしたエルドレッドに、律儀《りちぎ》に挙手して発言の許可を求めた者がいる。

頭がよすぎて、いまだに何を考えているのかよくわからないヘンリエッタだ。

「あなたにいくつか尋ねたいことがある。確認させてもらってもいいだろうか？　エルドレッド」

「あぁ。なんだ？」

促《うなが》すと、彼女は相変わらずの淡々とした口調で問うてきた。

「うむ。先ほどからあなたたちの話を聞いていて、少々気になっていたのだが……。ひょっとして、あなたはアシュレイに、一目ぼれの初恋をしたということなのかな？」

再び、その場に沈黙が落ちる。

なんとも言い難《がた》い空気の中、エルドレッドは腕組みをして考えた。

「一目ぼれとは、違うんじゃないか？　あいつとはじめて会ったときは、面倒くせぇ商会代表モードだったから、全然そういうテンションじゃなかったもんな」

「なるほど。では、もうひとつ。あなたがアシュレイと面会をした日のことだ。あなたのスターリング商会代表モードが、一時間も持たずに終了したと聞いた。その理由は、何か特別なものがあったのだろうか」

その問いに、エルドレッドは首を捻《ひね》る。

「あー……そういやあのとき、アシュレイがスゲェこと言ったんだよな。いや、あいつが親父のことを何も知らないから、言えたことなんだろうけどさ」

スターリング商会の代表の座を押しつけられた理由を語った彼に、アシュレイは当たり前のような顔をして言ったのだ。

『いつかお父さまに勝って、スターリング商会代表の座をお返しできるといいですね！』

それは、エルドレッドの父の化《ば》け物じみた強さを彼女が知らないからこその言葉だろう。

エルドレッドは物心ついた頃から、父に対して『迂闊《うかつ》に逆らってはダメです。下手《へた》をしたら死んでしまいますから、全力で気をつけましょう』という意識が刷りこまれている。

だからだろうか。アシュレイの言葉を聞いたとき、目の前の霧が晴れたような感覚を覚えた。

絶対的な強者である父に、自分は勝ちにいってもいい。いつかは、勝てるかもしれない。そう思えるようになったことは、彼にとって、意識を根底からひっくり返されたような衝撃だったのだ。

「そのせいで、うっかり商会代表モードを解除しちまったんだった。それがどうかしたか？　ヘンリエッタ」

「……ふむ。幼い頃より、自分を抑圧してきた存在からの解放。そのきっかけになるというのは、なかなかポイントが高いかもしれんな」

うなずいたヘンリエッタが、すちゃっと片手を上げる。

「まぁ、なんだ。つまりあなたは、アシュレイに一目ぼれをしたわけではないが、初恋であるのは間違いないわけだな？」

「そうハッキリ言うな、照れるじゃないか」

エルドレッド・スターリング、二十四歳。彼はこの若さで、大陸中に広がるネットワークを誇る商会の代表を務めている。周囲からはおおむね『スターリング商会の立派な後継者』と評される人物だ。

そんな彼は、大人の狡猾《こうかつ》さと、『欲しいモンは欲しい、何か文句あるか』という幼い少年のわがままさを併《あわ》せ持つ、大変面倒くさい青年であった。

主《あるじ》の態度を見て、ヘンリエッタが、しみじみとため息をつく。彼女は、仲間たちを振り返って静かに告げた。

「アシュレイには、悪いと思うがな。いい年をして初恋をこじらせた男性が、社会的地位と権力と財力を持ち合わせていた場合、その鬱陶《うっとう》しい執着から逃げられる確率は、限りなくゼロに近い。ここはいっそ、エルドレッドを応援することで、彼の暴走を抑止すべきではないかと考えるのだが、どうだろう?」

ヘンリエッタの発言に、ジェラルディーンがうわぁと声をこぼす。その眉はへにょりと下がっている。

「ヘンリエッタが、あきらめちゃったよ……」

ユリシーズは遠いところへ視線を飛ばした。

「それはつまり、手の施《ほどこ》しようがないということだな。……あの娘も、気の毒なことだ」

そんな彼を、クラリッサが半目で見る。

「アンタって、いざというときホンット頼りにならないわよね」

ユリシーズは、聞こえないふりをした。ジェラルディーンが力なく半笑いを浮かべる。

「仕方がないよ、クラリッサ。そりゃあボクだって、アシュレイは可愛い後輩だし、できるだけ力になってあげたいな、って思うけどさ。さすがに、今のエルドレッドを敵に回す勇気はないもん」

「それは……そうだけど、できることはやらなくちゃ。——いいこと？　ディーン。今後、アシュレイが身につけるものの防御力は、常に最高レベルを維持してちょうだい。多少、着るのが面倒になっても構わないわ。このいろいろとこじらせた男が、そう簡単に脱がせられないようなつくりにするのよ」

「了解です、クラリッサ」

クラリッサの厳命に、ジェラルディーンがきりっと敬礼を返す。

その様子を見ていたエルドレッドは、顔をしかめてぼやいた。

「おい、おまえら。いくらなんでも、あいつの了承もなしに押し倒すような真似はしねえぞ、オレは」

すかさず、クラリッサがくわっと噛《か》みつく。

「今のアンタがあの子絡みのことで何を言ったって、説得力のかけらもないのよ、エルドレッド！　少し前まで、『ちょっぴりオンオフの差が激しい苦労性』だとばかり思っていたのに！　その気色悪い病《や》み感を、一体どこで拾ってきたの⁉」

「おう。それについては、オレもちょっと意外だった。独占欲、っていうのか？　これ、結構面白いな。あいつの目をどうやってオレ以外に向けさせないようにするか、って考えるだけで、スゲェぞくぞくして楽しくなるんだよ」

エルドレッドが真顔で言うと、クラリッサは「ひっ」と悲鳴を上げてジェラルディーンに抱きついた。

「い……いきなり、そうやってホンモノの変態っぽい感じを出してくるの、お願いだからやめてくれないかしら」

「安心しろ。オレの独占欲が発露《はつろ》するのは、アシュレイに対してだけだからな。——おまえらだって、今日まで何も気づかなかったろ？」

にやりと笑ったエルドレッドに、ヘンリエッタが言う。

「なるほど。あなたは、私たちに自分の独占欲を見せつけるつもりで、先ほどアシュレイにあのような甘ったるい言葉を囁《ささや》いていたのだな。たしかにあれで、あなたの彼女に対するえげつないほどの執着具合がよくわかったぞ。おかげで、全身に鳥肌が立った」

「おまえらに邪魔されたら、面倒くさいことこの上ないからなぁ。最初から無駄な努力だと教えておいたほうが、あとあと楽だと思ったんだよ」

頼りになる味方というのは、敵に回せば厄介極まりない存在だ。

エルドレッドは、そんな難関を自《みず》ら作るほど愚《おろ》かではなかった。

自分の部下たちは、とても優秀な者ばかりだ。引き際を見誤ることは、まずない。最初から『これは、自分たちにはどうしようもない案件だ』と理解させておけば、互いによけいな苦労をせずにすむ。

そんなエルドレッドの主張に、部下たちがげんなりした顔になる。

ユリシーズは、頭痛を散らすように眉間を揉みながら、口を開いた。

「まぁ……なんだ。さっきは、エルドレッドの言動の気持ち悪さに、つい動揺してしまったが……。こいつが前向きに嫁を迎える気になっているんだ。商会の将来を考えれば、願ってもないことかもしれんな」

思い切り日和《ひよ》った彼の発言に、エルドレッドがここぞとばかりに乗っかる。

「おうよ。大体、アシュレイが素直にオレを慕っていたら、なんの問題もないわけだろ？　需要《じゅよう》と供給の一致ってやつだ」

そんな男性陣に向けて、ヘンリエッタが淡々とした口調で告げる。

「……エルドレッド。アシュレイは、私たちの可愛い後輩だ。彼女を泣かせることは、断じて許さん。もし、アシュレイを泣かせたら……あなた方の持っている成人男性向けの雑誌をひとつ残らず集めて、エルドレッドの御母堂《ごぼどう》に届ける」

「……は？」

エルドレッドは、一瞬、彼女の言ったことを理解し損ねた。

間抜け顔の男性陣を、銀髪の天才少女がじっと見る。

「ユリシーズも、逃げるな。連帯責任だ」

「……っ!!」

男たちは、青ざめた。

メイドチームの面々は、その気になればエルドレッドたちのプライベートルームの扉を簡単に破壊し、侵入することができる。

そして彼女たちが一致団結してことに当たった場合、それを阻止するのは至難の業《わざ》だ。

ユリシーズが、状況を理解したとばかりにひとつうなずき――

「……よし、エルドレッド。今日から俺は、アシュレイ・ウォルトンの父親代わりになることにした。彼女を泣かせるような真似は、断じて許さんからそのつもりでいろ」

突然、わけのわからないことを言い出した。

「おまえなぁ……」

エルドレッドは、がっくりと肩を落とす。機を見るに敏《さと》い副長は、手のひらの返しっぷりが、あまりに見事だ。

（そりゃあ、あいつを泣かせる予定なんてないけどよ……）

ただ、一気にアウェイ感が増したのが、なんとなく面白くない。

見ると、メイドチームの面々は気炎を上げて団結を強めている。

「よく言ったわ、ヘンリエッタ。あんたは、いざというときには頼りになる子だって信じてた！」

「うむ。そのときには、どんなに硬い扉だろうと、私の作った爆薬で吹き飛ばしてみせようじゃないか」

ヘンリエッタが、物騒なことを言い出した。

「えぇ？　それだと、肝心の雑誌まで吹き飛んでしまうんじゃないかなぁ。まずは、ボクが針で鍵を開けられないか試してみるから、吹っ飛ばすのはそのあとにしようよ」

服飾担当のジェラルディーンは、商売道具の針ならばいろいろな使い方ができるのだ。

平和的な方法を提案してはいるが、最終的な手段としてすべてを吹っ飛ばすことについては、異論はないらしい。

彼女たちは、喜々として『エルドレッドがアシュレイを泣かせた場合の対処法』を話し合っている。

そのとき、エルドレッドの肩にのせられたユリシーズの手に、ぐっと力がこめられた。

「エルドレッド。おまえ……わかっているな？」

「わかっているから、瞬《まばた》きをしろ。怖い」

エルドレッドのはじめての恋路は、過保護な部下たちのおかげで、少々前途多難になりそうだ。

# 第七章　事件は未然に防ぎましょう

イシャーウッド侯爵家のパーティー、六日目の朝。

目を覚ましたアシュレイは、真っ先にメイドチームのメンバーたちに、昨日の失態を詫《わ》びた。どうやら、彼女を寝室まで運んでくれたのは、ジェラルディーンだったらしい。

アシュレイは、彼女に向かって深々と頭を下げた。

「ご迷惑をおかけしてしまい、申し訳ありませんでした、ディーン」

「いや、大丈夫、大丈夫。ホラ、ボクはよく倒れたヘンリエッタを運んだりしてるからさ。ぐったりした女の子を運ぶのには、ものすごく慣れてるんだよ」

おそらくジェラルディーンは、気を遣ってそう言ってくれたのだろう。しかし年頃の乙女としてはあまり嬉しくない慣れだと思われる。

アシュレイは、キリッとジェラルディーンを見上げた。

「それでは、ディーン。今後、ヘンリエッタが人事不省《じんじふせい》に陥《おちい》ったときには、わたしが運ばせていただきますね。ディーンは繊細《せんさい》な技能を必要とされる服飾担当なのですし、腕の筋《すじ》を違《たが》えでもしたら大変です。単純な力仕事は、こちらに任せてくださいませ」

何しろ、ジェラルディーンの腕には、仲間たちすべての衣服がかかっているのである。いくらヘンリエッタが細身の少女でも、力の抜けた人間の体は、相当重い。そんな大荷物を、貴重な技能を有するジェラルディーンに任せるべきではない。

その点、アシュレイならばそれなりに訓練を受けているし、そもそも力仕事などは進んで引き受けるべき新入りである。

アシュレイは今のところ、ヘンリエッタが空腹で倒れたところを見たことはない。だが、今後そういった場面に遭遇《そうぐう》した場合には、アシュレイが彼女を運ぶ役を担《にな》うべきだろう。

そう言うと、なぜかジェラルディーンが真顔になった。おもむろに腕を伸ばした彼女が、ぐりんぐりんと頭を撫でてくる。

アシュレイは、困惑した。

（なんだか、既視感が……あぁ、エスメラルダさまにご挨拶《あいさつ》をしたとき、クラリッサにもこうして頭を撫でられたのでした）

アシュレイは、スターリング商会の構成員になるまで、誰かに頭を撫でられた経験がない。

はじめてエルドレッドに髪をかきまぜられたときには、びっくりしたけれど、少しもいやな感じはしなかった。そのときはよくわからなかったが、今にして思えば、とても嬉しかったのだと思う。

こうしてジェラルディーンに撫でられるのも、ものすごく嬉しくて気持ちがいい。

つい、ふにゃりと笑ってしまった。

そのとき、ジェラルディーンが目を瞠《みは》って手を止めた。そして次の瞬間、がばっと抱きしめてくる。

「きゅっ」

「何この子、可愛い！」

突然、とんでもない力で肺を圧迫されたアシュレイは、意識が遠のきかけた。ひどく慌てたクラリッサの声が聞こえる。

「ちょ、ディーン！　気持ちはわかるけど、アシュレイが『きゅっ』ってなってる、『きゅっ』って！」

「え、アシュレイって鳴くの？　それは、ますます可愛いな！」

スパァン！　と、いい音がした。次いで、ヘンリエッタがジェラルディーンを諫《いさ》める。

「落ち着きたまえ、ディーン。そろそろ、アシュレイがオチる」

「……ありゃ？」

ジェラルディーンのとぼけた声とともに、彼女の腕の力が緩んだ。アシュレイはようやく、まともに呼吸ができるようになる。

ぜいぜいと肩で息をしていると、扇《おうぎ》のような形に折った新聞を片手に、ヘンリエッタが顔をのぞきこんでくる。どうやら、先ほどのいい音の正体は、彼女がこの新聞でジェラルディーンを殴りつけたときに発生したもののようだ。

「無事か？　アシュレイ」

「……はい。おかげさまで、どうにか無事のようです……」

ジェラルディーンが、申し訳なさそうに口を開く。

「ごめんね、アシュレイ。大丈夫？」

「はい……失礼しました、ディーン。わたしはまだまだ、鍛《きた》え方が足りませんでした……」

一瞬、きれいなお花畑で手を振る父の幻影が見えた気がしたが、問題ない。ただちょっとばかり、『お花畑の似合う父親』を持った自分という現実が、虚《むな》しくなっただけだ。

しかし、今は自己憐憫《れんびん》に浸《ひた》っている場合ではない。

何しろアシュレイは、今回の仕事から外されてしまったのである。残り二日のこととはいえ、仲間たちの負担を増やしてしまうのは申し訳ない。

そう言うと、クラリッサが笑ってぐっと親指を立てた。

「大丈夫よ、アシュレイ。パーティー期間は残り二日で、そろそろエスメラルダさまの体力、気力ともになくなる寸前だもの！　昨夜なんて、パーティー会場で男性が近づいてきても、悲鳴を上げる余裕すらなさそうだったわ」

だから、とクラリッサは朗《ほが》らかに続ける。

「エイミーに言って、今日からはエスメラルダさまがパーティーに参加しているとき以外は、どんな賓客《ひんきゃく》からの面会やお誘いであっても、すべてお断りしてもらうようにしたの。侯爵夫妻には、疲れが出てしまったようだと言ってね。エスメラルダさまがプライベートルームにいらっしゃるときには、南棟そのものを封鎖するから、こっちから控室《ひかえしつ》に入るのもひとりで充分だそうよ。あまり、気に病《や》まないようにね」

「……エスメラルダさまは、そんなご様子で、明日の夜までご無事でいられるのでしょうか？」

アシュレイの素朴な疑問に、クラリッサはにこりとほほえむ。

「まぁ、明日の夜までは、どんな手段を使ってでもがんばっていただきましょう。そのあとに関しては、アタシたちが責任を持つことじゃないわ」

まったく笑っていない目で言うクラリッサの様子に、アシュレイは少し不思議に思う。

（昨夜まで、クラリッサはエスメラルダさまに対して、もっと親身になっていたように思うのだけど……）

なんだか今日の彼女はエスメラルダに対し、若干《じゃっかん》距離を取り直したような感じがする。

つい見つめていると、そんなアシュレイの疑問に気づいたのだろうか。クラリッサが小さく苦笑する。

「エスメラルダさまご自身の、ご意向なのよ。——ここまで来て、最後の最後でパーティーを台なしにするわけにはいかない。無茶だとしても、どうか自分の責務をまっとうさせてほしい、って」

「そうなのですか。それは、ご立派なお覚悟ですね」

うなずいたアシュレイに、クラリッサが少しためらうようにしたあと、口を開いた。

「あのね、アシュレイ。その……少し、聞きたいことがあるのだけれど、いいかしら？」

「はい。なんでしょうか？　クラリッサ」

クラリッサのアメジストの瞳が、なんだかいつもよりどんよりしている。何か、困ったことでもあったのだろうか。

「うん。あー……そう。実は、エルドレッドのことなのだけど。……えぇい、単刀直入に聞くわね！　あんた、彼のことをどう思っているの!?」

アシュレイは、きょとんとした。

少し離れたところで、ヘンリエッタとジェラルディーンがざわつく。

「おぉ。相変わらずの直球勝負だな、クラリッサ」

「感心している場合かなぁ？　ストレートすぎて、アシュレイが固まってるじゃないか」

などと言い合っている。

よくわからないが、今のクラリッサの問いかけに対する答えなど、アシュレイはさほど持ち合わせていない。

「どう思っている、と言われても……まだよくわかりません、としか……」

困惑して首を傾《かし》げると、なぜか先輩メイドたちが揃って押し黙った。

ややあって、クラリッサがおそるおそる問うてくる。

「え……それだけ？」

「はぁ。エルドレッドのような、とても優しくていい方に雇っていただけたことを、大変幸運だと思っています。彼に、心から感謝もしています。ですがなにぶん、わたしはお世話になりはじめてから、まだ日が浅いですから……。彼のことを、それほど知っているわけではありません。エルドレッドの人となりでしたら、クラリッサたちのほうがよほど詳しいのではありませんか？」

彼女たちのほうがずっと彼との付き合いが長いのに、わざわざ、アシュレイに印象を尋ねる意味がわからない。

戸惑うアシュレイを、じっと見ていたヘンリエッタが、ふむとうなずく。

「普通だな」

アシュレイは、密かに動揺した。

（ヘンリエッタほど頭のいい人だと、わたしがエルドレッドを『心のアニキ』と思い定めていることも、あっさり見抜いてしまったりするのかしら……）

アシュレイは、自分のエルドレッドに対する敬愛が、年頃の娘としてはあまり一般的なものではないことを、一応理解している。

これからも世話になる彼女たちには、残念そうに見られたくない。

若干《じゃっかん》びくびくしていると、ヘンリエッタは緩く腕組みをした。

「アシュレイ。たしかにきみは、スターリング商会に入ってから、まだ一月《ひとつき》も経っていない。雇い主であるエルドレッドについて、きみが今知っていることよりも、これから知ることのほうが遥かに多いだろう。だが、彼が『優しくていい人』だという点については、私も異論がない。もしいつか、彼に『自分のことをどう思っているか』と尋ねられたら、そのように答えてやるといい」

「……？　はい。了解しました」

よくわからないなりに、アシュレイはうなずいた。

「『優しくていい人』って……男にとっては、恋愛対象外って意味よねぇ」

「ボクらって、エルドレッドを応援するんじゃなかったっけ？」

「応援とイジリは、きっと別腹なのよ」

クラリッサとジェラルディーンはひそひそと言い合っていたが、アシュレイはまるで気づいていなかった。


アシュレイは、それから仲間たちが出払ってしまうと、ものすごく暇になった。

仕事から外された以上、明日の夜まですることがない。

しかし、つい昨日までのクセで、イシャーウッド侯爵家バージョンのメイド服を着ている。ちなみに、仕事中ではないため、スターリング商会の徽章《きしょう》つきチョーカーはしていない。

(クラリッサは、することはないから、自由にしていろと言っていましたし……。まぁ、素人《しろうと》同然のわたしにできることなど、元々ほとんどなかったのですけれど)

今回の仕事でアシュレイがしていたのは、日に日にぐったりしていくエスメラルダに、『今日も一日、大変お疲れさまでしたー！』と励ましの言葉をかけることだけだ。

はっきり言って、子どもでもできる内容である。せっかくの初仕事で、それだけの経験値しか増やせないというのは、なんだか悔しい。

ひとり離れに残されたアシュレイは、ふむ、と首を捻《ひね》った。

（エスメラルダさまのおそばについていなくていいとなると、普通に臨時雇いのメイドとしてお仕事ができそうですね）

働かざる者、食うべからず。

これだけの大掛かりなパーティーだ。雑用をこなす下働きのメイドならば、いくらいても邪魔になることはないだろう。

何より、この規模の屋敷で『普通のメイド』がどのように働いているのかを経験しておくことは、きっと今後の役に立つ。

クラリッサからは自由にしていいと言われたのだから、下働きの仕事をしてもいいだろう。ひとまずこの屋敷の忙しそうな場所で、何かできることがないか聞いてみよう。

そう考えたアシュレイは、メイドチームの話し合いで使っていた円卓に置手紙を残し、屋敷の厨房《ちゅうぼう》へ向かった。そこで貯蔵庫からの重たい食材の運搬や、芋の皮むきなどを手伝わせてもらおうと思ったのだが――

「……ちょっと！　あたくしを誰だと思っているの!?　さっさとエスメラルダを呼びな

さい！」

（んん……？）

甲高《かんだか》いヒステリックな女性の声が聞こえ、アシュレイはつい足を止めた。

厨房《ちゅうぼう》があるのは、屋敷の本館中央の裏側だ。大勢の招待客が行き交う屋敷の中を進むのを避け、建物の外側を回って目的地へ向かう途中——行商人などが出入りする裏門の外で、その声の主は叫んでいた。

そこに見えるのは、ふたつの人影。

前に立つのはやたらと派手なドレスを着た女性で、おそらく貴族だ。

彼女の背後に控《ひか》えているのは、これまた随分ときらびやかな礼服を着た男性である。

実に似合いの組み合わせだが、一体何者なのだろう。

その二人組に相対しているのは、イシャーウッド侯爵家の従僕だ。まだ年若い彼は、心底うんざりとした様子で口を開いた。

「あのねぇ、お嬢さん。うちのお嬢さまに、なんのご用だかは知りませんがね。そう言うのなら、堂々と屋敷の正門から入って、執事にお嬢さまとの面会を求められたらどうです？　アナタにその資格があるんだったら、きっと取り次いでもらえますよ」

正論である。たとえパーティーの招待状を持っていないのだとしても、エスメラルダの交友関係を管理している執事が許可すれば――

（……イエ、今のエスメラルダさまは、どんなお客さまの面会要請もすべてお断りしているのでした）

この女性がエスメラルダと会える確率は、限りなくゼロに近い。

しかしながら、そもそも裏口からコソコソとやってくるような相手だ。彼女は、おそらくイシャーウッド侯爵家にとって歓迎できない客なのだろう。

『堂々と屋敷の正門から入って』というのは、そんな客に対する従僕のいやみかもしれない。

なんだか妙なことになっているなと思い、なんとなく様子を眺める。すると、女性が顔を真っ赤にして体を震わせ、再び叫んだ。

「あたくしは、ドハーティ公爵家のマーセディズよ！　公爵の娘の言葉を、おまえのような平民ごときが拒否していいと思っているの!?」

（へ……？）

その瞬間、アシュレイは固まった。

自分はドハーティ公爵家の令嬢だとわめく女性を、改めてまじまじと見る。

どこかで聞いた名だと思えば――エルドレッドの元婚約者の家名だ。

ドハーティ公爵家に、何人の令嬢がいるのかをアシュレイは知らない。そのため、この女性が、エルドレッドの元婚約者かどうか、即座に判断できなかった。

だが、たしかエルドレッドは、元婚約者の女性のことを『見た目は清楚可憐なお嬢さま、中身は年中発情期のメスザル』と評していた。今の彼女のレディらしからぬ行動を見ると、その可能性はかなり高いのではないだろうか。

癖のない艶《つや》やかな金髪を優雅な形に結《ゆ》い上げ、大きな淡い水色の瞳を持つ彼女の顔は、非常に美しい。激しい怒りに染まっていなければ、可憐、あるいは優美なレディと称賛される人物なのかもしれない。

しかし、これほど憎々《にくにく》しげに歪《ゆが》む彼女の顔には、愛らしさのかけらもなかった。むしろ、気の弱い子どもなら泣き出してしまいそうなド迫力である。ちょっと怖い。

なんにせよ、この女性が、かつてエルドレッドと婚約していた駆け落ち娘なのだろうか――

少なからずどきどきしながら成り行きを見守っていると、従僕が心底面倒そうな口調で言う。

「イヤ、そう言われましてもねぇ。アナタは『元』ドハーティ公爵家の人間であって、駆け落ちして除籍された今は、ただの平民でしょうが。そんな相手の言葉を、なんでイシャーウッド侯爵家に仕《つか》える自分が、聞いてやらなきゃならんのです」

なんて都合のいいタイミングで話題に出してくれたのだろう。

アシュレイは、思わず両手をぽんと打ち合わせそうになった。

（おおぅ。やはりこちらのマーセディズ嬢が、エルドレッドの元婚約者ですか。……よく考えてみたら、まっとうな貴族のご令嬢が裏口から取り次ぎを求めるなんて、ありえないお話でした。わたしの状況判断の甘さは、ぜひとも改善しなければなりませんね）

そしてマーセディズは、駆け落ち後にドハーティ公爵家から除籍されていたらしい。

アシュレイにとっては初耳の情報だが、従僕のあきれ返った様子からすると、貴族社会ではかなり有名な話なのかもしれない。

見たところ、マーセディズは二十歳前後の年頃に見える。若い有力貴族の令嬢同士、彼女がエスメラルダと交流があっても不思議はない。とはいえ、こうしてイシャーウッド侯爵家にやってくるなんて、マーセディズは一体何を考えているのだろうか。

彼女がすでに公爵家から除籍されたのならば、従僕の言う通り今はもう平民だ。

たとえエスメラルダと旧知の仲だったとしても、『駆け落ち』という醜聞《しゅうぶん》にまみれた彼女を、侯爵家が歓迎するはずもない。

不思議に思って見ていると、それまで黙ってマーセディズの背後に控《ひか》えていた男性が、不満げに口を尖《とが》らせて言う。

「なんだい、マーセディズ。イシャーウッド侯爵家のご令嬢とはよく知った仲だから、絶対に大丈夫だって言っていたじゃないか。これじゃあ、話が違うよ」

そう言った彼は、豪奢《ごうしゃ》なレースで縁どられた袖を見せつけるように上げ、きっちりと撫でつけられた自身の髪に触れる。

その気障《きざ》な仕草を見て、アシュレイは無意識に半歩下がった。耽美《たんび》な衣装の似合うナルシスト野郎とは、あまりお近づきになりたくないのである。

(黙ってさえいれば、金髪碧眼の王子さま系美少年に見えなくもないですが……ディーンのほうが百倍カッコイイですし、何より全身の筋肉がほとんど鍛《きた》えられていないと思われる貧相さです。それに、他人様のシュミをどうこう言うのはいかがなものかと思いますが、男性の爪がすべてぴかぴかに磨き上げられているというのは——爪を磨いている暇があるなら、床磨きでもしていろと言いたくなりますね)

今のところ、アシュレイにとって『イケている美少年』の基準は、メイド仲間のジェラルディーンであった。

マーセディズが、連れの耽美《たんび》系美少年を、きっと睨《にら》みつける。

「スターリング卿が、イシャーウッド侯爵家のパーティーに参加しているという話を聞いて、彼に直接話をすべきだと言ったのは、あなたじゃないの！　あたくしたちが元通りの生活に戻るためには、お父さまのご命令に従って、あたくしが彼に嫁《とつ》ぐしかないのでしょう!?」

（……なんですと？）

なんだか今、とても面妖《めんよう》なことを聞いた。

首を傾《かし》げたアシュレイの前で、耽美《たんび》系美少年がひょいと肩を竦《すく》めてうなずく。その『自分が可愛いことを知っている笑顔』に、アシュレイはイラッとした。

「うん。彼との結婚から逃げ出して僕と駆け落ちしたばかりに、きみは公爵家から勘当されてしまったんだ。だったら、きちんときみが彼に嫁《とつ》げば、公爵さまだって僕らのことを許してくれるよ」

「ええ、そうよね……。形ばかりでもスターリング卿と結婚してしまえばいいのよね。そうすれば、あたくしたちは使用人のひとりもいない、ひどい生活から解放されるのだもの。あなたとは離縁することになってしまうけれど、それこそ形ばかりのこと。愛するあなたのために、ほかの殿方《とのがた》の妻となるしかないあたくしを、どうか許してね。クリスティアン」

「もちろんだよ。愛しいマーセディズ」

潤《うる》んだ目で見つめ合ったふたりが、ひしと抱き合う。

たぶんそうだろうとは思っていたが、この耽《たん》美《び》系美少年、もといクリスティアンが、マーセディズの駆け落ち相手だったようだ。それにしても――

（マーセディズ嬢が、とても頭の悪いご令嬢だということは、エルドレッドから聞いておりましたが……。まさか、彼女の駆け落ち相手まで、これほど残念な頭の持ち主だったとは、さすがに驚きです）

――愚《おろ》かさもここまでくると、笑えばいいのか感心すればいいのか、わからなくなる。

もしかしたら、このふたりをそそのかして駆け落ちに走らせるのは、今までアシュレイが考えていたよりも容易なことだったのかもしれない。

とはいえ、これほど似合いの駆け落ち相手を探し出してマーセディズに宛《あ》てがったクラリッサたちの手腕は、やはり見事だ。アシュレイは、改めて先輩メイドたちの優秀さに感嘆した。

改めて彼らのほうを見ると、門の外でひしと抱き合うふたりを目《ま》の当たりにした従僕が、あんぐりと口を開けている。

彼の気持ちはアシュレイにも、ものすごくよくわかった。これほど道化《どうけ》じみたことを真面目にやられては、どんなに仕事熱心な従僕だろうと対応に困るだろう。

少し考えたあと、アシュレイは彼らのほうへ近づいていった。

マーセディズが結婚を迫ろうとしているエルドレッドは、彼女の大切な心のアニキ――もとい、唯一絶対の主《あるじ》である。こんなくだらないことで、彼を煩《わずら》わせるわけにはいかない。

彼女の接近に気づいた従僕に、軽く会釈《えしゃく》して声をかける。

「お仕事中に申し訳ありません。少々、よろしいでしょうか？」

「お……おぅ」

アシュレイが、イシャーウッド侯爵家のメイド服を着ているからだろう。従僕は、特に不審がる様子もなくうなずき、うんざりとした目で門の外のふたりを見た。

「この嬢ちゃんたちがよけてくれないと、裏門の出入りの邪魔になって仕方がねぇ。どうにかして、帰ってもらわなきゃなんねぇんだが……」

ぼやく彼にうなずき返し、アシュレイはにこりと笑う。

「まったく、その通りですね。もしよければ、わたしに彼らと話をさせていただけませんか？」

「おう、頼むわ。まったく、ただでさえエスメラルダお嬢さまが、おかしな風潮にかぶれちまってるってのに……。つくづく、迷惑な連中だな」

顔をしかめた彼は、エスメラルダの『駆け落ちかぶれ』を案じているらしい。その原因となったマーセディズたちについて、きっと腹立たしく思っているのだろう。

……実情を知っているアシュレイは、『アナタの仕《つか》えるお嬢さまは、とても芯のしっかりした立派なレディですよ』と教えてあげたくなったが、残念ながら今は先にすべきことがある。

完全に『世界はふたりのために』状態になっている駆け落ちカップルに、軽く片手を上げて呼びかける。

「マーセディズ嬢。その駆け落ち相手の方。そちらの事情は、おおむね聞かせていただきました。その上で、おふたりに忠告させていただきますが——スターリング卿は、ご自分を捨てて駆け落ちした女性を妻に迎えるほど、プライドのない殿方《とのがた》ではありません。今さらマーセディズ嬢が戻ったところで、彼が不快になるだけです。無駄な努力はおやめになって、今すぐお帰りいただけませんか？」

単刀直入に要望を告げると、マーセディズが勢いよく振り返った。そして、なぜか満足げに笑って口を開く。

「あぁ、メイドならばエスメラルダに話を通せるでしょう。今すぐ、エスメラルダに伝えなさい。かつて何度もお茶会に招待して差し上げたあたくしのことを、まさか忘れてはいないでしょう、とね」

アシュレイは、思わず隣の従僕を見た。

彼は、半目になって首を横に振る。

（……ハイ。これは、アレですね。どうやらマーセディズ嬢は、まったく人の話を聞かない、もしくは自分に都合のいいことしか聞こえない耳をお持ちの方のようです）

このタイプに言うことを聞かせるというのは、かなり難度の高いミッションだ。

さてどうしたものだろうか、と首を捻《ひね》ったとき、アシュレイは時計の秒針が時を刻むような、規則正しい小さな音に気がついた。

しかし、門の外にいるふたりも、となりにいる従僕も、ざっと見たところ時計など身につけていない。

そもそも、携帯できるタイプの時計というのは、基本的にかなり高価なものだ。

貴族が身につけるときには、見栄《みば》えのいい装飾品にすることが多い。一方の平民は、個人で所有していることすら滅多《めった》にない。

不思議に思ったアシュレイは、辺りを見回し――そこで駆け落ちカップルの足元に置かれている、小さな鞄《かばん》を見つけた。どうやら、時計の音はそこから聞こえてくるようだ。

アシュレイは首を傾《かし》げ、彼らに問う。

「あの……失礼ですが、そちらの鞄《かばん》はおふたりの持ち物ですか？」

その問いかけに愛想よく答えたのは、クリスティアンだ。

「あぁ、これかい？　これは、僕らにイシャーウッド侯爵家のパーティーのことを教えてくれた相手が、エスメラルダ嬢への手土産《てみやげ》にするといいと言ってね。なんでも、最近若い女性に人気の置時計らしいよ」

怪《あや》しい。あからさまに、怪《あや》しすぎる。

イシャーウッド侯爵家は、これほど盛大なパーティーを開けるほど豊かな財力を誇る貴族だ。それはすなわち、スターリング商会に警備を依頼する必要があるほど、敵が多いという意味でもある。

その屋敷に、これほど怪《あや》しげなものを携《たずさ》えて無邪気にやってくるとは、なんとのんきなのか。――このふたりは、本当に貴族の一員だったのだろうか。

だらだらと冷や汗を流しながら、アシュレイはクリスティアンに言う。

「……そうなのですか。それはきっと、さぞ素晴らしいものなのでしょうね。エスメラルダお嬢さまにお届けする前に、拝見させていただいてもよろしいでしょうか？」

「もちろんだよ、可愛いメイドのお嬢さん」

（ひ……っ）

クリスティアンに、ばちんとウィンクを決められた。

全身に鳥肌を立てたアシュレイを、マーセディズが呪い殺しそうな目で睨《にら》みつけてくる。怖い。

頼むから勘弁してください、と思いつつ、アシュレイは門の鉄格子の隙間から差し入れられた鞄《かばん》を受け取った。

チッ、チッ、と、規則正しい音を発するそれを地面に置き、慎重に鞄《かばん》の口を開ける。

（……おぉ。これは素敵な置時計ですね）

中に入っていたのは、いかにも若い女性が好みそうな、繊細《せんさい》な細工が施《ほどこ》された置時計だった。可愛らしい動物の彫刻といい、華やかな色彩といい、プレゼントにふさわしい品だろう。

ただ、その鞄《かばん》を開いた瞬間、ふわりと鼻先をくすぐった独特の香りに、アシュレイは覚えがあった。それは、拳銃を扱うヘンリエッタが射撃訓練のあとにまとっている、危険な香り——

アシュレイは、慌てず騒がず鞄《かばん》を持って立ち上がった。

ここは、有力貴族の裏庭である。すなわち、周囲にはとても立派な庭園が広がっているのだ。

「ちょっと、おまえ！　何をするの!?」

マーセディズの悲鳴じみた叫びを聞きながら、アシュレイは思い切り勢いをつけて鞄《かばん》をぶん投げた。

「……っそぉい!!」

小さな鞄《かばん》が、ひゅるりらと見事な放物線を描いて宙を飛んだ。数秒後、それは美しい庭園を構成する池の中に、ぽちゃんと落ちる。

アシュレイは、満足してうなずいた。

(よしよし。どんなに危険な爆発物も、水に沈めてしまえば簡単・確実に無力化できるとヘンリエッタが言っていましたからね。これで、ひとまず大丈夫なはずです)

「おい……おまえ……」

門の外で駆け落ちカップルがぎゃあぎゃあとわめく中、従僕が声をかけてくる。

なんとも言い難《がた》い表情をした彼に、アシュレイはできるだけキリッとした顔で応じる。

「驚かせてしまい、申し訳ありません。実はわたし、こういう者なのです」

そう言って、アシュレイはポケットの中からスターリング商会の徽章《きしょう》つきのチョーカーを取り出した。それを見た従僕が、ぽかんと目と口を丸くする。

アシュレイは、門の外のふたりを指さし、彼に言った。

「このふたりは、エスメラルダさま暗殺未遂の犯人です。ただちに身柄を確保して、上司に報告しなければなりません。申し訳ありませんが、ご協力をお願いできますか？」

アシュレイがマーセディズを、従僕がクリスティアンを取り押さえるのは、あまりに簡単だった。

何しろ彼らは、基本的に荒事とは無縁のお坊ちゃまとお嬢さま。

アシュレイが再びコインを使って「おとなしくしていただけなければ、次はあなた方がこうなりますよ」と脅し——もとい、説得すると、実に協力的な態度になった。

ひとまず、アシュレイは従僕と相談して、駆け落ちカップルを空《あ》いている倉庫に押しこめた。そして、エルドレッドに報告しに行ったのである。

その際、従僕がやたらと気合いの入った様子で見張りを買って出てくれたのは、とてもありがたかった。一応、下手《へた》に騒ぎになってはいけないので、彼には他言無用《たごんむよう》をお願いしてある。

とはいえ、件《くだん》の倉庫はかなり奥まった場所にあったので、もしかしたら不要な心配だったかもしれない。

アシュレイがエルドレッドを見つけたとき、彼はちょうどイシャーウッド侯爵家の警備責任者たちと話し合いをしているところだった。エルドレッドのほかに、ユリシーズとクラリッサ、そしてイシャーウッド侯爵家の警備班長、副班長も揃っている。なんでも、最終日には盛大な花火でパーティーの成功を祝うらしく、その警備体制の相談中だという。まったく、豪勢な話だ。

それはそれとして――エルドレッドは、アシュレイの報告を聞くなり、すっと目を細めた。

「よくやった、アシュレイ。だが……これはまた、随分と懐かしい名前を聞いたものだ。――コーネリアス殿。エスメラルダ嬢は、私の元婚約者殿と随分深い親交があったようだな」

（おぉ！　エルドレッドのスターリング商会代表モードですね。随分久しぶりな気がしますが、何度見ても実に素晴らしい別人っぷりです）

エルドレッドが呼びかけたコーネリアス――イシャーウッド侯爵家の警備班長は、いかにも生真面目《きまじめ》そうな雰囲気を持つ壮年の男性だ。さっぱりと短い髪に、意思の強そうな太い眉。笑っているところをあまり想像できない、厳《いか》めしい顔つきをしている。

彼はびっくりするほど低い声で、エルドレッドに答える。

「人脈は、貴族の女性が社交界で生きていく上で、決して欠くべからざる武器だ。以前は公爵家の令嬢だった彼《か》の女性は、エスメラルダさまにとって無視のできない存在だった。だが、すでにそうではなくなった。それだけのことだ」

割と身も蓋《ふた》もないことをズバンと言うコーネリアスに、エルドレッドが小さく笑う。

「それはよかった。度量の小さな男と笑ってくださって結構だが、私は自分を捨てた女性と再び顔を合わせたいとは思わないのでね。マーセディズ嬢がエスメラルダ嬢の友人でないのであれば、彼女への対処はそちらに任せてもよろしいかな」

エルドレッドが、面倒事をコーネリアスに丸投げした。

気持ちはわかる。彼はマーセディズの言葉の通じなさを知っているのだろう。アレの相手を回避できるのであれば、多少の不名誉くらいは喜んで許容できるというものだ。

コーネリアスはそれが当然だとばかりにうなずいた。

「もちろん、我《わ》が侯爵家の令嬢に危害を加えようとした者たちだ。彼らの背後関係については、こちらできっちり調べさせてもらう」

「あぁ。ただ、件《くだん》の爆発物らしい置時計については、我々の専門だ。まずはこちらで、詳しく調査させてもらおう」

エルドレッドの要請に、コーネリアスは再度うなずく。そこでアシュレイは、少しばかり不安になった。

（うーん……もしあの置時計が、なんの変哲《へんてつ》もない贈り物だったらどうしましょう）

彼女はこの仕事に入る前にエルドレッドに宣言した通り、考えるより先に行動してしまうことがあるのだ。

ただ、あの置時計の入った鞄《かばん》を開いた瞬間、『あ、これはヤバいやつだ』と直感した。

幼い頃から、武術の師であるご老体からかなり厳しい訓練を受けていたアシュレイは、その最中にたびたび危険な目にも遭《あ》っている。その経験から、危機察知に関する自分の勘は、ひとまず信じることにしていた。

一瞬不安になったアシュレイだが、この際、開き直ることにする。

仮にあの置時計がなんら危険のないものだったなら、それはそれで結構なことではないか。

素人《しろうと》同然のアシュレイの先走りであり、少々恥ずかしい思いをするだけだ。そのおかげで、あのはた迷惑な駆け落ちカップルの対処を、イシャーウッド侯爵家に丸投げできたとも言える。

エルドレッドが、これ以上あのふたりに煩《わずら》わされずに済むなら、それでいい。

アシュレイがそう考えてひとりうなずいていると、クラリッサが営業モードの穏やかな様子で口を開く。

「エルドレッド。その置時計の調査については、ヘンリエッタに任せますか？」

「あぁ。すぐに向かわせてくれ」

エルドレッドがゴーサインを出すのを見て、イシャーウッド侯爵家のふたりが、若干《じゃっかん》微妙な表情を浮かべる。メイド――女性が爆発物処理に当たるというのは、彼らの常識では考えられなかったのだろう。

しかし、スターリング商会のメイドチームを、常識ではかってはいけない。

クラリッサはエルドレッドに向けてうなずき、アシュレイを見た。

「アシュレイ。その置時計を沈めたという池に、案内なさい。今すぐ、ヘンリエッタとともに向かいます」

「はい、クラリッサ」

男性陣に一礼してから、クラリッサとともに談話室を出る。

するとクラリッサは、優美な所作で扉を閉めるなり、キリッと柳眉《りゅうび》をつり上げた。

「時間がもったいないから、移動しながら話すわよ。――ひとつ確認するけど、アシュレイ。アタシたち以外でその置時計のことを知っているのは、持ちこみ主のおばかさんふたりと、彼らを捕縛するお手伝いをしてくれた従僕だけね？」

何やらクラリッサはひどく急いでいるようだ。

その問いかけに、アシュレイは不思議に思いながら答える。

「はい。一応、騒ぎになってはいけないと思ったので、彼には他言無用《たごんむよう》をお願いしてきました。かなり真面目そうな方でしたし、ぺらぺらとおしゃべりすることはないと思いますが……それが、どうかしましたか？」

あの置時計が本当に危険物だったら、あの駆け落ちカップルから事情を聞いて、エスメラルダ暗殺を目論《もくろ》んだ張本人を探し出す。そうでなければ、アシュレイがあのふたりに勘違いを謝罪する。

それだけの話ではないのだろうか――

しかしクラリッサは、歩みを緩めずに小さく苦笑した。声を低め、彼女は言う。

「いい？　アシュレイ。あんたが、その置時計からヘンリエッタっぽい危険なにおいを感じたっていうなら、それはほぼ間違いなく爆発物よ。そして、それをあのおばかさんたちに持たせて寄越した何者かは、こんなに早く見つけられてしまうなんて想像していないはずだわ」

「……？　なぜですか？　クラリッサ」

こう言ってはなんだが、マーセディズとクリスティアンのふたりは、相当残念な脳の持ち主だ。

たとえアシュレイがあの置時計の存在に気づかなくても、彼らがあのまま裏門でごね続けていれば、イシャーウッド侯爵家の警備が出てくる事態になっていただろう。

そうなれば、あの怪《あや》しすぎる置時計の存在は、必ず誰かが気づいたはずだ。

そう言うと、クラリッサはちらりと周囲に視線を巡《めぐ》らせた。そして、ますます声を低める。

「思い出してちょうだい。あの伯爵家のお坊ちゃん――あぁ、たしか彼も伯爵家から除籍されたはずだから、『元』お坊ちゃんのクリスティアンはね。今の世間では、『公爵令嬢との駆け落ちを、たったひとりで誰にも邪魔されずにやりきった、恋に溺《おぼ》れた哀《あわ》れな切れ者』だと言われているのよ」

「……へ？」

アシュレイは、思わず足を止めそうになった。

あの脳が残念すぎる若者に、『切れ者』という評価が貼りつけられているという話に対し、頭が拒否反応を示したのかもしれない。

しかし、言われてみれば、たしかにその通りだ。

かつて、スターリング商会のメイドチームがプロデュースした、マーセディズとクリスティアンの駆け落ち。それは――

「あの計画を立案したのはアタシ。当時のありとあらゆる状況から何百通りものパターンを検討し、その計画を実現可能なものに仕立て上げたのは、ヘンリエッタ。ディーンも、いろいろなお屋敷に潜《もぐ》りこんで、常に新しい情報を仕入れてくれたわ。そしてヘンリエッタが、その情報を元にどんどん計画を修正し、成功の確率を可能な限り、高めていった」

　クラリッサが言葉を紡《つむ》いでいくたび、アシュレイは血の気が引くのを感じる。そしておそるおそる、口を開く。

「それは……クラリッサ。あの残念なクリスティアンが、ヘンリエッタレベルの頭脳と、ディーンに匹敵する情報収集能力。それに、あなた並みの実行力を兼ね備《そな》えた、優秀すぎるにもほどがある人物だと思われている——ということですか？」

「恐ろしいことにね。だから、クリスティアンにあの置時計を渡した犯人は、彼が『自分の能力』をフルに発揮して、エスメラルダさまへの面会を成功させると信じていたのではないかと思うの。だったら、クリスティアンの失敗は犯人に知られないに越したことはないわ。それだけ、こちらの対処に時間の余裕ができるもの」

　うわぁ、と思わず声をこぼし、アシュレイは懸命に状況を整理した。

「ええと……ええと？　それほどまでに、クリスティアンに期待していた犯人が、まだ彼の失敗に気づいていないと仮定した場合——そもそも、イシャーウッド侯爵家に害意を抱く者が、箱入り娘のエスメラルダさまの暗殺を企《くわだ》てるというのは、ちょっと不自然ですよね。こう言ってはなんですが、跡継ぎの弟君を狙われたほうが、侯爵家にとってはよほどダメージが大きいはずです」

高価な置時計を爆発物の隠れ蓑《みの》とする辺り、相手方は金銭的に困っているわけではなさそうだ。

エスメラルダへの通行手形として、マーセディズを選んだところからしても、かなり世情に通じているのだろう。

何しろ、現在のエスメラルダは、彼女自身が流した噂により、駆け落ちに憧れる残念な少女だと思われているのだ。彼女がその噂通りの少女ならば、『駆け落ち成功者』であるマーセディズを、きっと喜んで迎えたに違いない。

犯人は、そういった計算を冷静にした上で、まだ年若いマーセディズとクリスティアンを、平気で捨て駒として利用したのだろう。——まぁ、クリスティアンの残念さに気づかなかったところを見ると、犯人側にも少々詰めの甘いところはありそうだが。

それはそれとして、アシュレイはクラリッサに問うた。

「もしかしたら……犯人の目的は、エスメラルダさまの暗殺ではない、ということですか？」

「どうかしらね。置時計に仕込まれた爆発物の殺傷能力にもよるけれど……少なくとも、それだけが目的だということはないと思うわ。エスメラルダさまのプライベートルームで騒ぎが起きれば、当然、屋敷の中は慌ただしくなる。侯爵夫妻の護衛に隙ができることもあるでしょう」

娘が爆発騒ぎに巻きこまれて、冷静でいられる親はいない。なんとしても、安否を確認しようとするはずだ。

もしかしたら、自分たちの護衛に娘の安全確保を命じることだってあるかもしれない。

「今頃、エルドレッドが護衛チームのメンバーに、この仕事の警戒レベルの引き上げを伝えているはずよ。何かろくでもないことを起こそうと企《たくら》んでいる者たちが、この屋敷に潜《もぐ》りこんでいる可能性は、かなり高いわね」

「そう……ですか……」

まずは何より、置時計の危険性を確認するのが最優先なので、こうしてクラリッサが先行してこちらに来たらしい。なんの打ち合わせもなくこういった役割分担ができる彼らの信頼関係が、ちょっぴり羨《うらや》ましい。

それはさておき、アシュレイはなんだか胃が痛くなってきた。これでもし、自分の勘が外れていて、あの置時計がまったく危険なものではなかったら――

する。

（……吐きそう）

迷惑をかける範囲が、アシュレイには想像もつかない勢いで広がっていっている気がする。

エルドレッドは今回の仕事で多少のことがあっても、素人《しろうと》同然のアシュレイのことを全力でフォローすると言ってくれた。けれど、さすがにこれは『多少』の限界を越えているのではなかろうか。

青ざめた彼女に、クラリッサは励ますように力強い口調で言う。

「大丈夫。あんたのおかげで、置時計の爆発は起こらない。少なくとも、爆発を前提とした計画は、すでに頓挫《とんざ》したようなものだわ。もちろん、ほかの予備計画はあるでしょうけれど……こんな危険なことを仕掛けてくる連中の存在がわかっただけでも、こちらの対応の仕方は全然違ってくるもの。お手柄よ、アシュレイ」

「あ……ありがとうございます……」

それもこれも、あの置時計が本当に危険な爆発物だったら、の話である。どうしてクラリッサがこんなに自分を信じてくれるのかわからないが、アシュレイとしては怖くてたまらない。

ちょうど休憩中だったヘンリエッタと合流し、置時計を投げ入れた池に着いたときには、アシュレイの胃はかなり危険な状態になっていた。緊張で吐きそう、という経験をしたのは生まれてはじめてだ。

――件《くだん》の置時計は、浅く澄んだ水の底で、鞄《かばん》からはみ出るようにして転がっていた。池の掃除用だろう、物陰に置かれていたタモ網を拝借し、慎重に掬《すく》い上げる。

すっかり危険なにおいのしなくなったそれを、ヘンリエッタがつまらなそうな顔で無造作に持ち上げる。彼女は、目を細めて小さくぼやいた。

「どうせなら、無力化される前の状態で見たかったものだな」

「バカを言ってないで、さっさと中を確認なさい」

即座にツッコんだクラリッサに、ヘンリエッタが軽く肩を竦《すく》めてみせる。

それから、彼女は置時計のあちこちに手を触れ、やがて小さな金属音とともに台座の底を開いた。その奥をまじまじと眺め、彼女は言う。

「この構造からして、指定された時間になれば盛大な爆音と煙が発生するタイプのようだな。殺傷能力はほとんどなさそうだ。もちろん、至近距離で爆発した場合には、多少の怪我は免《まぬか》れなかっただろうが」

ヘンリエッタの説明に、アシュレイはあやうくその場にへたりこみそうになった。

犯罪計画が進められていたことは、憤《いきどお》るべき事態である。多少の怪我といっても、エスメラルダは未婚の貴族令嬢だ。もし顔に傷でも負っては、大変なことになってしまう。勘にもとづく行動ではあったが、未然に防ぐことができてよかった。

そして——

（勘違いや先走りではなくて、本当によかった……！）

アシュレイは脱力し、安堵《あんど》を抱いた。

（いろいろ心配でしたが、結果オーライと思うことにいたしましょう。素人《しろうと》同然のわたしが、無事に爆発物を無力化できたのですから、立派なものではありませんか！）

よしよし、と自分を納得させたアシュレイの隣で、クラリッサがヘンリエッタに問う。

「その『指定された時間』というのがいつなのかは、わかるかしら？　ヘンリエッタ」

「ちょっと待ってくれ。——あぁ、置時計の構造に連動させているのか。この線が……なるほど、これはなかなか性格の悪さが滲《にじ》み出ている。設定した人物とは、いいお友達になれそうだ」

……最後のつぶやきが少々引っかかったが、気にしないことにする。

それはさておき、ヘンリエッタはこの短時間で、置時計に仕掛けられた爆発物の構造をおおむね把握したようだ。優しい手つきで時計部分を撫で、口を開く。

「これは、明日の夜八時五十五分に爆発するよう、セッティングされていたようだ。イシャーウッド侯爵が、パーティーの閉会を宣言する予定時刻が、夜の九時。ちょうど、警備の者たちも気が緩みがちになる時間帯だな」

なるほどね、とクラリッサが腕組みをする。

「たしか、花火の打ち上げは八時半から四十五分までだったわよね？」

「あぁ。その余韻が引け、一大イベントである花火が無事に終わったと安堵《あんど》する時間でもあるな」

つまり、この置時計を爆発物に仕立て上げた犯人は、かなりイシャーウッド侯爵家の内情に詳しい人物だということか。しかし、そうなると――

アシュレイは、片手を上げて先輩メイドたちに問う。

「それはつまり、この置時計をエスメラルダさまに届けようとした人物に、彼女を傷つける意思はなかったということでしょうか？」

パーティー最終日の終了直前となれば、エスメラルダは間違いなくパーティー会場にいるはずだ。しかも、彼女の立場上、主催者である父親のそばにいる可能性が高い。置き時計がどこに飾られていたとしても、エスメラルダがその爆発で怪我をするほどの至近距離にいることは、あまりないと思われる。

アシュレイの質問に、ヘンリエッタは「どうかな?」と首を捻《ひね》る。

「たしかに先ほども言ったように、この爆発物に殺傷能力はない。おそらく犯人は、これを使って屋敷の内部に大きな騒ぎを起こしたかっただけだろう。だが——使いようによっては、パーティー会場を狂乱状態に陥《おとしい》れることも可能だ。そうなれば、パニックを起こした人々が出入り口に殺到し、場合によっては多くの怪我人が出るかもしれない」

クラリッサが、くっと眉根を寄せてヘンリエッタに問う。

「どういうことよ?」

「うむ。イシャーウッド侯爵家の警備班に加え、我々スターリング商会が配備されているこの屋敷の警備体制は、ほぼ万全だ。マーセディズ嬢たちという外部の人間を利用した、非常に不確実で他人任せな方法でしか、こういった危険物を持ちこむことはできない。招待客に対するセキュリティチェックは、かなり厳しいものだからな。こんな手段を使ったということは、犯人は、きっとその事実をきちんと理解していたのだろう。そして何より、こうして持ちこまれた危険物でさえ、人間を殺すにはほど遠い威力しかない代物《しろもの》だ」

つまり、とヘンリエッタは言う。

「明日の午後八時五十五分に、何が計画されているにせよ——おそらく今回の犯人に、自《みずか》らの手を汚すつもりなどまるでない。もしかしたら、他人の血を見る覚悟さえないかもしれないな。クラリッサが好むような、血沸《ちわ》き肉躍《にくおど》る状況とは、まったく無縁の人物である可能性が高い」

クラリッサが、ひくりと頬を引きつらせた。

「ちょっと……ヘンリエッタ。人を、血を見るのが大好きな変質者のように言うのは、やめてくれないかしら」

彼女の言葉に瞬《まばた》きをしたヘンリエッタは、心外そうな口ぶりで答える。

「私はあなたを変質者だと思ったことは一度もないぞ、クラリッサ。むしろあなたは、そういった変質者を鞭《むち》で叩きのめすのが大好きな女王さまだろう」

「……ええ。それは、まったく否定できないわ」

クラリッサが、厳《おごそ》かにうなずく。それでいいのかな、とアシュレイは思ったが、口は閉じておいた。

話がズレたな、とヘンリエッタが言う。

「そういった荒事を避ける人間――不慣れな人間、と言い換えたほうがいいかな。彼らは、得てして自分たちの行動がどのような結果を引き起こすのか、という想像力が欠如《けつじょ》している。もしこの置時計がエスメラルダ嬢のプライベートルームで爆発したなら、せいぜいイシャーウッド侯爵家の警備員が殺到するくらいだろう」

それはそれで大変なことだが、パーティーの進行に問題が出るほどではない。いくら大きな音や大量の煙が発生したとしても、エスメラルダのプライベートルームとパーティー会場は、あまりに距離が離れている。常に華やかな楽団が音楽を奏でている会場までは、爆音が届かないことだってありえる。

ヘンリエッタは、置時計に視線を落として続けた。

「だがもし、この置時計がパーティー会場の中心で爆発を起こしたら、一体どうなると思う？　なんの予備知識もなければ、私たちだってそれが爆音と煙だけとは思わない。もちろん、招待客は大パニックだ。パーティー最終日のラスト五分、すべての招待客が集まった会場は、間違いなくひどい混乱状態に陥《おちい》るだろう。我先に逃げ出そうとする者たちを制御するなど、不可能だ」

もし本当にそんなことになれば、ヘンリエッタの言う通り、多くの被害が出てもおかしくない。アシュレイは青ざめた。

厳しい表情を浮かべたクラリッサが、低い声でヘンリエッタに問う。

「ヘンリエッタ。その置時計が、パーティー会場に持ちこまれると想定した理由は何？」

駆け落ち男――クリスティアンは、このタイプの置時計が最近若い女性たちの間で人気の品だと言っていた。しかし、だからと言って都合よくパーティー会場に持ちこまれるものだろうか。

エスメラルダが、この置時計を披露《ひろう》したいと思う相手がいるならともかく、そうでなければ想像しにくい状況だ。

問いかけてくるクラリッサに、ヘンリエッタがうなずく。そして彼女は、なぜかアシュレイをじっと見た。

「ヘンリエッタ？　どうかなさいましたか？」

「……この置時計のデザイナーは、ザカライア・ソールズベリーだ。置時計の台座に貼られたプレートに、そう刻まれている。これ以上話を聞きたくないのであれば、きみは席を外したほうがいいと思う」

ザカライア・ソールズベリー。

まさか、その名をこんなときに聞くとは思わなかった。アシュレイはぐっと指を握りこんだ。

クラリッサとヘンリエッタが気遣うような眼差《まなざ》しを向けてくる。

……エスメラルダは、彼のファンだと言っていた。もし彼女が男性に苦手意識など抱《いだ》いていなかったなら、この時計をパーティー会場に持ちこんで話題の種とすることは、充分にありえた話だ。

そこまで考えると、アシュレイはひとつ息を吐いて顔を上げた。そしてどうにか笑みを浮かべる。

「お気遣い、ありがとうございます。大丈夫ですので、このままお話を聞かせてください」

ヘンリエッタが、容易に感情を読ませない黒曜石《こくようせき》の瞳で、じっと見つめてくる。

「あの……ヘンリエッタ？」

「きみは、ザカライア・ソールズベリーを憎《にく》んでいるか？」

唐突な問いかけに、アシュレイは戸惑う。

少し考え、彼女は首を横に振った。

「いいえ。あの方と親しくしていたのは父であって、わたしではありません。……たしかに、彼の父への不義理に対して、少々思うところはあります。ですが、わたしはあの方のことを憎《にく》むほど、多くを存じているわけではありませんから」

ただ、父に愛されていた彼が羨《うらや》ましかった。

そして、彼が父の愛を塵芥《ちりあくた》のように忘れ去っていたことが、悲しかったのだ。

アシュレイの目を見て、ヘンリエッタはそうかとうなずく。

「この置時計がイシャーウッド侯爵家のパーティーを台なしにする原因となれば、少なからずデザイナーである彼の評判に傷がつく。どうやら、彼《か》の画家の御仁《ごじん》は、周囲からちやほやされているうちに、随分調子に乗ってしまっているようだ。もしかしたら、彼の名声を傷つけるのがこの犯人の目的かもしれない」

クラリッサが苦笑する。

「あぁ……そう言えば、彼は恋多き画家としても有名みたいね。顧客の中には、裕福な若い女性も大勢いるみたいだし。どこでどんな恨《うら》みを買っているか、わかったものじゃないわよ」

「芸術家の芸の肥《こ》やしというやつか。一度、背後から馬糞を投げつけてやりたいものだな」

真顔で言うヘンリエッタに、アシュレイとクラリッサも同じく真顔でうなずいた。

とはいえ、ここで憶測を重ねていても仕方がない。

クラリッサの判断で、三人は駆け落ちカップルを押しこめてある倉庫へ向かった。おそらくそちらには、すでにイシャーウッド侯爵家の警備班の誰かが来ているだろう、ということだ。

「たぶん、情報収集役としてユリシーズがいると思うわ」

ヘンリエッタがうなずく。

「ユリシーズの言葉責めは、かなりのものだからな」

（あ……そう言えばそうでした）

かつて、初対面のユリシーズに結構な言葉責めをされたアシュレイは、どんよりとした気分になった。

そこでふと思う。ヘンリエッタとユリシーズでは、どちらの言葉責めスキルが上なのだろう——

「……アシュレイ？　どうかしたか？」

ヘンリエッタが顔をのぞきこんできて、アシュレイは慌てて首を横に振る。

「い、いえ、なんでもありません！　ただちょっと、ヘンリエッタとユリシーズさんが言葉責めで勝負をしたら、一体どちらが勝つのだろうと考えていただけです！」

うっかり本音をこぼしたアシュレイに、ヘンリエッタとクラリッサが顔を見合わせる。

それからクラリッサが、心底いやそうな顔になった。

「あんたたちの言葉責め勝負なんて、絶対に見たくないからね。もし実行するのなら、アタシのいないところでやってちょうだい」

「その心配ならば無用だ、クラリッサ。私は、同僚の心をへし折って楽しむ趣味はない」

つまりヘンリエッタは、ユリシーズと言葉責めで勝負して勝つ自信があるらしい。頼もしいことだ。

そんなことを話しているうちに、目的の倉庫が見えてきた。先ほど談話室で会ったコーネリアスとユリシーズ、そしてアシュレイが世話になった従僕の三人が、その扉の前に立っている。

こちらに気づいたユリシーズが、軽く右手を上げた。それからアシュレイが持っている置時計入りの小さな鞄《かばん》に目を向け、クラリッサに問う。

「どうだった？」

「爆発物だったのは間違いないわ。ただし、殺傷能力はほとんどなし。爆発しても、爆音と大量の煙が出るだけの、こけおどしだそうよ。そちらはどう？」

駆け落ちバカップルがいる倉庫にちらりと視線を送ってから、ユリシーズはあっさりと答えた。

「今回のパーティーにエルドレッドが参加していると連中に告げ、その置時計を寄越したのは、身なりのいい若い男だそうだ。クリスティアンは、酒場で出会ったと言っている。貴族ではないが、上流階級に出入りする者でなければ知り得ないことを語っていたため、相手の言葉を信じたらしい。『マーセディズ嬢にこれ以上苦労をかけたくないのなら、エスメラルダ嬢を頼ってみたらいい』というアドバイスも含め、連中の動きをかなり誘導していたようだ」

「ユリシーズ、あなた……この短時間で、それだけのことをあのふたりから聞き出したの？」

微妙に頬を引きつらせたクラリッサの問いに、ユリシーズは『それがどうした』という顔で応じる。

「あの手の阿呆《あほう》どもにこちらの言うことを聞かせようとするなら、まずは徹底的に心を折ってやるのが手っ取り早いからな。俺が今まで見た中で、最もえげつない拷問《ごうもん》の描写を事細かに話してやったら、すぐにおとなしくなったぞ」

美人の副長さまは、やることが相変わらずえげつなかった。

アシュレイは、思わずヘンリエッタを見る。その視線に気づいた先輩メイドは、軽く首を傾けて言った。

「今、あの倉庫には入らないほうがいいだろうな。あのふたりの膀胱《ぼうこう》が、本気モードのユリシーズの言葉責めに耐えられるとは考えにくい」

「……ハイ。ご忠告ありがとうございます、ヘンリエッタ」

マーセディズとクリスティアンが着ていたドレスと礼服は、ユリシーズの言葉責めにより、天に召されることになったらしい。まったく、気の毒な話だ。

……コーネリアスと従僕が、痛ましいものを見る目を倉庫の扉へ向けていたことには、気づかなかったことにする。

それからスターリング商会の一同とコーネリアスは、エルドレッドが情報の整理をしているという談話室へ戻った。

どうやら今のところ、屋敷の中で目立った動きはないらしい。エルドレッドが、軽く眉根を寄せて言う。

「部下たちには、警戒レベルの引き上げを通達した。ひとまず、クラリッサから報告を聞かせてもらおうか」

彼の命令に従い、クラリッサとユリシーズが順に報告していく。

それらを聞き終えると、エルドレッドは指先で軽くテーブルを叩いた。

「コーネリアス殿。招かれざる客であるふたりのことは、まだ屋敷内に広まっていないと思っていいのかな？」

「あぁ。彼らと接触した従僕は、若いが信頼できる人間だ。私から改めて他言無用《たごんむよう》と命じた以上、彼の口から今回の一件が広まる心配はない」

なるほど、と応じたエルドレッドは、それからにやりと笑って口を開いた。

「ヘンリエッタ。その置時計は止まってしまっているようだが、元通り動くようにすることはできるか？」

「はい、問題ありません。なんでしたら、オプションでそれっぽい火薬のにおいをつけることも可能です」

即座に返ったヘンリエッタの答えに、エルドレッドは満足げにうなずく。

「クラリッサ。明日のパーティーでは、エスメラルダ嬢の付き添いとしてその置時計を持って会場入りしろ」

「了解しました。――エルドレッド。目的は、犯人の動きの牽制《けんせい》だけですか？」

ほんのわずかにわくわくした口調で、クラリッサが問う。

エルドレッドは、さらりと応じた。

「まぁ、その置時計が会場にあるのを見れば、犯人はタイムリミットまではおとなしくしていてくれるだろうからな。……ついでに、それが爆発すると知っている者が会場にいたなら、わかりやすい反応を示してくれるかもしれん、という期待はしている」

エルドレッドは、ずぶ濡れになって壊れた置時計を使って、犯人を釣り上げることを検討しているようだ。

それを聞いたクラリッサの瞳がきらめく。

「とはいえ、これから何が起ころうとも、我々はいつも通りに任務を遂行《すいこう》すればいい。

この置時計の件だけが、憂慮《ゆうりょ》すべき問題ではないからな。それに——もしこの置時計の犯人の目的が、パーティーをめちゃくちゃにすることだけなら、会場入りしない事態だって充分考えられる。みな、あまり浮足立つことのないように」

エルドレッドはゆっくりと落ち着いた声で部下たちに告げ、それからコーネリアスを見た。

「いずれにせよ、エスメラルダ嬢の個人的な嗜好《しこう》も含め、この屋敷の内部情報がかなり相手方に漏れている。内通者がいる可能性は、否定できないと思う」

コーネリアスが、忸怩《じくじ》たる表情でうなずく。

「……あぁ。今回の件が無事に済んだら、徹底的に内部調査を進める予定だ。今はまだ、動かないほうがよいのだろう？」

「そうだな。明日の夜を無事に終えるまでは、こちらの動きを悟《さと》られる真似は極力避けてもらいたい」

イシャーウッド侯爵家としては、パーティーが無事に成功すればそれでいい。

犯人確保は二の次、というスタンスのようだ。

（これほど大きな貴族の家ですと、敵対勢力のすべてとまともに相対していたらきりがない、ということなのでしょうか。……まぁ、スターリング商会としても、契約期間さえ無事に乗り切れればいいわけですし。こういうお仕事では、何があっても慌てず騒がず、臨機応変《りんきおうへん》に対処することが一番大切なのかもしれません）

新米のアシュレイには、まだまだ勉強することばかりである。

ひとまずそこで解散となったが、そうなるとやはり彼女にはすることがない。

クラリッサは、エスメラルダの話し相手をしているというジェラルディーンに状況説明をしに行ってしまった。ヘンリエッタは置時計の修理だ。

道具はどうするのかと思ったが、彼女が持ちこんだリュックの中には、こういうときのための物がみっちりと詰めこまれているという。

興味をそそられたアシュレイは、せっかくなので修理の様子を見せてもらうことにした。

「修理と言っても、水没の衝撃で外れた時計部分の歯車をはめ直すだけだからな。これくらいならば、すぐに済む」

ヘンリエッタは手際よく時計の背中を開けて中をいじる。その手つきには、微塵《みじん》も迷いがない。まるで長年修業を積んだ時計技師のように、あっという間に修理を終えてしまった。

もちろん、内部に仕込まれていた爆発物は、すでに除去済みだ。

再び規則正しく時を刻みはじめた置時計は、改めて見てみると、やはりとても美しいものだ。

これが爆発してしまうようなことにならなくてよかった。

ヘンリエッタは、大小さまざまな道具をリュックにしまい、アシュレイを見た。

「エスメラルダ嬢には、今頃クラリッサが当たり障《さわ》りのない説明をしているところだろう。だが、この置時計をパーティー会場に持ちこむとなれば、今のうちにご覧になっていただいたほうがいい。彼女は件《くだん》の画家殿のファンらしいからな。直前にお見せして、騒がれては厄介だ」

「そうですね。では、わたしがエスメラルダさまのところへお届けいたしましょうか？」

少しでも何か仕事をさせてください！　という気持ちで、アシュレイは尋ねる。

ヘンリエッタは爆発物の残骸《ざんがい》を見つつ、うむ、とうなずく。

「頼まれてくれると、ありがたい。私は、もう少しこれの構造を精査してみたい」

「……はい。どうぞ、ごゆっくり」

天才少女との別行動が決まり、アシュレイは置時計を抱えた。

さほど重たいものではないし、ちょうどよく入れられる箱や鞄《かばん》も見つからなかったので、置時計を両手で抱え、エスメラルダのプライベートルームへ向かう。

（うーん……ヘンリエッタがオプションでつけた火薬のにおいが、結構しますね。でも、エスメラルダさまがいつもつけていらっしゃる香水も、かなり香りが強いですし。まぁ、もし何か尋ねられても、きっとクラリッサがフォローしてくれるでしょう）

エスメラルダのプライベートルームへ行くには、建物の渡り廊下を通らなければならない。

ところどころに護衛が立っているが、イシャーウッド侯爵家のメイド服を着ていれば、大抵のエリアはフリーパスだ。現在、入るのが最も困難になっている南棟も、スターリング商会の徽章《きしょう》つきチョーカーがあれば問題なく入れる。

（あ。考えてみれば、今は立派なお仕事中なのですから、チョーカーをしていてもよかったのですね。時計を抱える前につけてくればよかったです）

もっとも、南棟の守衛とはすでに顔見知りだ。チョーカーをしていなくても、もしかしたら通してくれるかもしれない。

そんなことを考えながら歩いていると、遊戯室《ゆうぎしつ》のほうから歓声が聞こえてきた。扉が開け放たれたままのそこでは、紳士淑女《しゅくじょ》がカードゲームやボードゲームに興じている。

中でも、一際《ひときわ》多くの人々が集《つど》っているのは、さまざまな形の駒を使ったすごろく形式のボードゲームだ。駒のひとつひとつが芸術品ともいえる美しさを誇る、貴族たちの間で人気の高いゲームである。

しかし、その中心で人々に取り巻かれている人物の姿を認めた途端、アシュレイはものすごく不愉快な気分になった。

――少々奇抜とも思える派手な衣装を難なく着こなす、長い黒髪の若い男性。ザカライア・ソールズベリーだ。

彼はかつてダニー・エインズワースと名乗って、ウォルトン子爵家にいた。

アシュレイは彼のことを憎《にく》んでいなかった。そこまでの興味はない。

それなのに、彼の顔を見てこれほど不愉快な気持ちになるとは、我ながら意外だった。今の自分には無関係なのに、きつく顔をしかめてしまうほどの嫌悪感が湧いてくる。

（うぬぅ……ヘンリエッタが言っていましたが、あのやたらときらめく笑顔に馬糞をぶつけてやったら、ものすごく気分がスッキリするような気がします。いや、駄目です。今は仕事中なのです）

アシュレイが己《おのれ》を叱咤《しった》し、遊戯室《ゆうぎしつ》から目を逸《そ》らしたとき――

「……あらぁ!?　そこのメイドさん、ちょっと！　アナタが持っているその置時計、アタシがデザインしたやつじゃない？」

（ひ……っ）

あだめいた女性言葉でも、まごうことなき美貌《びぼう》の女性であるクラリッサと、いくら美人でも野太い声を持つ男性であるザカライアでは、まるで印象が違っていた。

たかが話し言葉ひとつで、相手を差別してはいけないことはわかっている。しかし、よく響くバリトンでの女性言葉というのは、アシュレイにとって生理的に受けつけないものだった。

まるで蛇《へび》に睨《にら》まれた蛙《かえる》のように硬直した彼女に、大勢の取り巻きを引きつれたザカライアが近づいてくる。そして彼は、『近づかないでいただけませんか⁉』と全身で訴《うった》えるアシュレイに向けて、にっこりとほほえんだ。

「そんなに緊張しなくたっていいのよぅ？　アタシは別に、アナタを取って食おうとしているわけじゃないんだから。ね、いい子だからその置時計、ちょっと見せてくれないかしら」

（あぁぁああ……っ、こんなことなら、置時計に適当な布でも被《かぶ》せて持ってくるんでした！　まさかこの短い移動中に、彼に見つかる羽目《はめ》になるなんて……）

自分の運の悪さと迂闊《うかつ》さをどれほど嘆いても、現状が変わるわけでもない。

「あ……あの、こちらの置時計は、エスメラルダお嬢さまへのお届けものですので……」

アシュレイはうつむいたまま、ひとまずこの屋敷のご令嬢の名前を出してみる。しかし、ザカライアはまったく怯《ひる》まなかった。

「あら、そうなの？　イシャーウッド侯爵家のお嬢さまへの贈り物にしてもらえるなんて、アタシも作者のひとりとして嬉しいわ。でも、デザイン画を時計技師に渡してしまうと、それでアタシの仕事は終わりなのよ。こうして完成品をじっくり見る機会なんてなかったのよね。だから、ちょっとだけ触らせてほしいのだけど……ダメかしら？」

小首を傾《かし》げてものを頼む仕草は、少女ならば、とても可愛らしいかもしれない。

しかし、大の男にやられると、ものすごくイラッとする。

アシュレイは、できるだけ丁寧に頭を下げた。それから顔を上げて、しっかりとした口調で告げる。

「大変申し訳ありませんが、わたしの一存ではお答えできません。お嬢さまに、お客さまのご要望をお伝えしますので、少しだけお待ちいただけませんでしょうか」

実際問題として、貴族の私物を使用人が主《あるじ》の許可なく、勝手に客人に触れさせるわけにはいかない。アシュレイは礼儀正しく断った。

ザカライアは残念そうに肩を竦《すく》める。

「そう。じゃあ、お嬢さまに『楽しみにしているわ』って伝えて――アラ？」

そこでザカライアが突然、訝《いぶか》しげに眉根を寄せた。まじまじとアシュレイの顔を見ると、はっと目を開く。

「その、瞳……まさかおまえ、アシュレイか⁉」

（ふぉあぁあーっ⁉　こんなところで、お母さまの瞳の呪いが……！　というか、やはりこの方は男言葉のほうが素《す》なんでしょうか⁉）

いきなり男言葉にチェンジしたザカライアが、アシュレイの両腕を掴《つか》んだ。置時計を抱えていたせいもあるが、彼女は主に驚愕《きょうがく》で反応が遅れてしまった。ザカライアは立て板に水の勢いで話しかけてくる。

「あぁ、やっぱりアシュレイか！　母ちゃんそっくりの美人になりやがって、驚いたぞ！　父ちゃんはどうしてる、元気か？　この屋敷で働いてんのか？　給金はよさそうだが足りてるか？　困ったことがあったらなんでも言えよ。おれの絵もすっかり売れるようになって、金には不自由してねぇからな。暇ができたら、おまえんちに挨拶《あいさつ》に行こうと思ってたんだが、なかなか時間が取れなくてなぁ……」

いきいきとした表情で話し続けるザカライアに、アシュレイは目を丸くした。

……この様子だと、ザカライアはアシュレイの父が亡くなったことを知らないのだろうか。

いかに没落貴族とはいえ、一応子爵の死である。国営新聞にもお悔やみの広告が載った。

それを見た多くの人々が、居心地の悪そうな顔で父の葬儀にやってきたのだが――

やはり芸術家というのは、世間から少しズレた世界で生きているものなのかもしれない。

アシュレイは、なんだか気が遠くなってきた。目の前にあるダークグリーンの瞳の持ち主に、どうにか問う。

「あの……ソールズベリー卿。お客さま方の前で、そのお言葉遣いはよろしいのですか……？」

「ん？　あー……まぁ、酒が入ったときなんかは、素《す》になることも結構あるしな。問題ねぇよ。――あのオネェ言葉は、火遊びの誘いをかけてくるオバチャン避《よ》けだからさ。コレ、内緒な」

後半は、聞こえるか聞こえないかの小声で囁《ささや》かれた。その内容に、アシュレイは首を傾《かし》げる。

「今のあなたは、新進気鋭の恋多き画家だとうかがいましたが……」

「ガキの頃から知ってるおまえにソレ言われると、マジでへこむんだけど！　ただの噂だから！　お客さま相手に仏頂面《ぶっちょうづら》するわけにもいかねぇし、適当にヘラヘラ笑っているしかないんだっての！　そしたら、向こうが勘違いして『遊ばれた』だの『捨てられた』だの好き勝手言うようになっただけだから！　信じて、アシュレイ！」

小声ながらも必死の懇願《こんがん》に、そういうものなのか、とうなずく。

たしかに、噂話というのはアテにならないものだ。どんな噂も、話半分に聞いておくのが正しいのだろう。

それにしても――

（……この衆人環視《しゅうじんかんし》の中で、これから一体わたしはどうしたらいいのでしょうか）

混乱しきった頭で、もう泣いちゃおうかな、とアシュレイがやけっぱちな気分になったときだった。

「私の部下から、手を離してもらおうか。ソールズベリー卿」

「……は？」

「エルドレッド！」

この世の誰より頼りになる声が聞こえ、アシュレイは振り返った。彼女の両腕を掴《つか》むザカライアの力が緩む。

主《あるじ》の姿を認め、ぱっと笑顔になった彼女に、エルドレッドが両腕を広げた。

「おいで、アシュレイ」

柔らかな声の命令に、アシュレイは迷わずザカライアの手を振り切り、駆け出した。

ぽふん、とエルドレッドの腕の中に収まった彼女の頬を、彼の長い指が優しく撫でる。

「大丈夫か？」

「はい。ご迷惑をおかけしてしまい、申し訳ありません」

しゅんと肩を落とした彼女の額《ひたい》に、エルドレッドが「気にするな」と言って軽く口づける。そして彼は、まったく笑っていない目でザカライアを見た。

「少し、お時間をいただいてもよろしいかな？　ソールズベリー卿」


それから三人で移動したのは、遊戯室《ゆうぎしつ》から少し離れたところにある小さな談話室だ。そこに用意されている飲み物や食べ物は好きに口にしていいらしいが、給仕をする従僕やメイドはやってこない。主にプライベートな会話をするための部屋らしい。

（……いや、だからと言って、コレはちょっといかがなものかと思います。エルドレッド）

一体何がどうしてこうなった、とアシュレイが首を傾《かし》げているのは、ほかでもない。この談話室に移動する際、エルドレッドは何を思ったものか、彼女を横抱きにして運んでくださったのである。主《あるじ》のすることはすべて受け入れると決めている以上、アシュレイは抗《あらが》わなかった。

けれど、一人がけのソファにそのまま腰かけるとは、さすがに想定外である。つまり今、アシュレイはエルドレッドの膝の上に座っていた。

唖然《あぜん》としているのはザカライアも同じようだったが、エルドレッドはまったく気にしていない。相手が従うのは当然という態度で、向かいのソファに座るよう手振りで促《うなが》した。

ザカライアがぎこちない動きでそれに従うと、エルドレッドはドスのきいた低い声で口を開いた。

「さて、と。ザカライア・ソールズベリー。本名、ダニー・エインズワースか。さっきはよくも、オレの部下にベタベタ触ってくれやがったな。テメェのような恩知らずの恥知らずは、頭の悪い金持ちや貴族連中相手に尻尾を振ってりゃいいんだよ。わかったら、二度とそのムカつくツラをこいつの前に出すんじゃねぇ」

エルドレッドが、スターリング商会の代表モードを放棄した。

ザカライアは、一瞬、呆気にとられたらしい。ぽかんとしていたが、一拍置いてからくわっと噛《か》みつく。

「あぁん!? ナニサマのつもりだ、てめぇ!」

「スターリング商会の代表さまだ。オレは基本的に、弱い者いじめは好かねぇんだが……」

一度言葉を切って、エルドレッドはアシュレイの頬を再び撫でた。

「コイツの敵は、オレの敵だ。……一応、聞いておくか。おまえは、アシュレイの父親が半年前に死んだことを知っているか？」

「……は？」

ザカライアが、固まった。

「死んだ……って、ウォルトン子爵が？　なんで……」

「流行《はや》り病《やまい》だったそうだ。おまえは恩義ある子爵家の窮状《きゅうじょう》に手を差し伸べなかったばかりか、葬儀にすら顔を出さなかったらしいな。何が新進気鋭の天才画家だ。おまえなんざ、恩知らずの恥知らずで充分だ」

「違う！　おれは……っ」

勢いよく立ち上がりかけたザカライアを、エルドレッドが視線だけで制する。

「何が違う？　何も違わねぇだろ。おまえは、まだほんのガキだったアシュレイに甘えるだけ甘えて、終《しま》いには親父ともども捨てたんだ。おまえが、ぐっちゃぐちゃに傷つけて泣かせて――そのせいで自分が傷ついてることもわかんなくなっているコイツに、今さら何を言うつもりだ？」

（エルドレッド……？）

彼が、自分のことでザカライアに怒っているのはわかる。

けれど、その理由がわからなかった。

アシュレイは、ザカライアを甘やかした覚えも、彼に傷つけられた覚えもない。

しかし、エルドレッドは「なぁ」と続ける。

「おまえには、こいつがどんなふうに見えてんだ？　何をしても平気に見える？　こいつの父親がそうだったように、どれだけ傷つけても笑って許して、おまえの描く絵に無償の愛を捧《ささ》げてくれるとでも思ってんの？」

違うんだよ、と低い声でエルドレッドは言う。

「こう言えば、理解できるか？　……おまえたちは、寄ってたかって『子どものアシュレイ』を殺しちまったんだよ。何もわかってなくても許される、大人に守られて当然の時間。それを、おまえたちはこいつから奪って、潰して――まだほんのガキだったこいつを、殺した」

ひゅっと、ザカライアの喉《のど》が鳴る。

彼の瞳が凍りついていく様《さま》を、アシュレイは他人事のように見ていた。

「おまえたちが潰して壊した心を、今のこいつは必死で抱えこんでんの。ホントこいつは、バカみたいに優しすぎるからさ。おまえの描く絵だけを愛して、まるで自分を愛さなかった父親への愛情を切り捨てることもできねぇの」

――エルドレッドは、何を言っているのだろう。アシュレイが優しい、なんて。

彼のほうが、ずっと優しい人なのに。

自分には、こんなにも優しい彼に、そんなふうに言ってもらえる価値なんてない。

「……なぁ、ソールズベリー。わかってんのか？　おまえには、こいつに甘える権利はないんだよ。おまえにこいつは、守れない。おまえはずっとこいつに甘えてばかりで、守られてばかりで、今まで何ひとつ返そうとしなかったから」

ザカライアの目が、大きく見開かれる。

「自分を愛さなかった父親を、こいつは心から愛してる。その意味がわかるか？　こいつは、父親に対する期待ってもんを、ずっと昔に忘れちまったの。愛されたいなんて、思ってない。父親にも――父親と同類の、おまえにもな」

「な、にを……」

だからさ、とエルドレッドは笑う。

「こいつの人生に、おまえはいらない。こいつから父親の愛情を奪って、傷つけて泣かせてばっかだったおまえに、こいつの人生に関わる権利があると思ってんの？」

ザカライアの瞳に、傷ついた色が滲《にじ》む。

彼がなぜ――何に傷つく必要があるのだろう。アシュレイにはわからない。

「おまえは、おまえたちの世界で勝手に生きていればいい。芸術だろうと色恋だろうと、好きに語っていればいいさ。だがな、ソールズベリー。今後、おまえがこいつに近づいて、毛の一筋でも傷つけてみろ。生まれてきたことを後悔させてやれる殺し方なら、オレもいくつか知っている。そのうちのひとつを、おまえで試してやるよ」

「ちょ……なん、だよそれ……っおまえこそ、一体なんの権利があって、そんなふざけたこと言ってんだよ⁉」

アシュレイは、それまでずっと抱えていた置時計を、目の前のローテーブルの上に静かに置いた。

……たぶんそのとき、なんの感情も透《す》けないガラス玉のような目でザカライアを見たのだろう。わずかに怯《ひる》んだふうを見せた彼に、アシュレイは言った。

「ソールズベリー卿。いつか、お時間ができたらで構いません。父の墓を、訪ねてやっていただけますか？」

「あ……あぁ。もちろん……」

ぎこちなくうなずいた彼に、よかった、とほほえむ。

「わたしがあなたにお願いしたいのは、それだけです。父やあなた方が楽しげに語っていた芸術というものを、わたしは何ひとつ理解できませんでした」

もしかしたら、できなかったのではなく、理解したくなかったのかもしれない。

アシュレイから父の愛情を奪った芸術。それを生み出す者たちのすべてを否定していたかった。

そうでなければ、あの大勢の人々が集《つど》う屋敷で、ひとりで生きていくことはできなかったから。

「不調法で、申し訳ありません。ですがわたしはもう、あなたの知っているアシュレイ・ウォルトンじゃない。父の願うまま、あなた方の望みを叶えるためだけに生きていた幼い子どもは、もうどこにもいないんです」

あの愚《おろ》かで哀《あわ》れな子どもは、父が亡くなったときに一緒に死んだ。そして、エルドレッドが新たな人生を与えてくれた。

「今のわたしの主《あるじ》は、エルドレッド・スターリング。わたしの人生は、彼のものです。エルドレッドの行く道を妨《さまた》げるものがあるなら、わたしは全力でそれを排除する。――そこでお尋ねしたいのですが、ソールズベリー卿。あなたの社会的名声をめちゃくちゃにしたいと思うほど、あなたに深い恨《うら》みを持つ人物に、心当たりはありませんか？」

「は……？」

掠《かす》れた声をこぼす彼に、アシュレイは目の前の置時計を指さして言った。

「こちらの置時計に、爆発物が仕掛けられていました。使いようによっては、多くの人々が犠牲《ぎせい》になったでしょう。今やあなたは、このイシャーウッド侯爵家のパーティーに招待されるほどの、高名な画家のひとりです。そんなあなたの作品をこんなふうに扱う犯人が、あなたに対してなんの悪感情も抱いていないというほうが、不自然ではないでしょうか」

「いや……ちょっと待てよ、アシュレイ。おまえ、いきなり何をそんな……」

ザカライアが、ひどく動揺した様子で額《ひたい》に手を当てる。

「まぁ、正直なところを申し上げれば、あなたの名声が地に落ちようと、わたしはまったくどうでもいいのですが。もしこの置時計に爆発物を仕込んだ犯人がこの屋敷に潜《もぐ》りこんでいた場合、エルドレッドの手を煩《わずら》わせてしまいますから」

「えぇー……何、そのいやな感じの正直さ」

腰の引けた様子で見てくる彼に、エルドレッドがくっと肩を揺らして言う。

「可愛いだろう？　オレの部下」

「全っ然、可愛くねーし！　……っあぁもう、そりゃあおれだって、いろんなライバルを蹴落《けお》としてここまで来てんの！　誰にも恨《うら》まれる覚えなんてねーとか言える画家がいるとしたら、そりゃあよっぽど売れていないヘボ画家だけだね！」

ザカライアが、開き直った。

しかし、アシュレイはそんな世知辛《せちがら》い画壇《がだん》事情に興味はない。

「それで、心当たりはないのですか？　ソールズベリー卿。あなたの作品をこのような形で愚弄《ぐろう》し、貶《おとし》め、大勢の人々の前であなたが恥辱《ちじょく》にまみれて悶《もだ》え苦しむところを見たい——と思うほどの恨《うら》みとなれば、さすがに数が限られてくると思うのですが……」

「アシュレイ、言い方！　もうちょっとでいいから、ソフトにしてくれるかな!?」

ソフトに言おうがハードに言おうが、大して意味は変わらないだろうに。芸術家というのは、繊細《せんさい》すぎて面倒くさい。

アシュレイはそう思いながらも、うんうんと呻《うな》りながら記憶を探《さぐ》るザカライアの邪魔をしないよう、黙って待つ。

ややあって、彼がぽつりと口を開く。

「……なぁ。ぶっちゃけ、そこまでの恨《うら》みを買うほどヤバい橋は渡ってねぇんだけど。おれが、誰からも見向きもされなくなって喜びそうな相手なら、この屋敷にひとりいるわ」

「まぁ。それは、どなたでしょうか？」

アシュレイの瞳が、きらりと光った。

＊＊＊

オフホワイトに、淡いピンク色の小花を散らした上品な壁紙。繊細《せんさい》な美意識で作り上げられた華麗な調度品の数々。

そこは、上流階級の貴婦人がくつろぐにふさわしい、実に美しい応接間だった。

そして部屋の主もまた、非常に美しい人物だ。

艶《つや》やかな栗色の髪を上品に結《ゆ》い上げ、指先ひとつ、視線ひとつを動かす様《さま》さえも、計算され尽くした芸術品のようだった。彼女のほっそりとした体を包むドレスも、贅《ぜい》を凝《こ》らした見事なものである。

（うーん……今まで、遠目にしか見たことがありませんでしたが、こうして至近距離でお会いすると、『これぞ、貴族のご婦人の見本！』という方ですね。本当にこんな方が、ソールズベリー卿の凋落《ちょうらく》を望んでいらっしゃるのでしょうか）

イシャーウッド侯爵家のパーティー最終日の早朝。

彼女への面会を希望したところ、この時間帯ならば、少しだけ都合をつけることができるという返答があった。

まだ、夜明けをほんの少し過ぎたばかり。窓の外では、美しい庭を白い太陽の光が照らし出している。

きっと、今日は一日いい天気だ。夜の花火も、さぞ人々の目を楽しませてくれることだろう。

だがもし、目の前にいる貴婦人が、ザカライアのデザインした置時計に、あんな仕掛けをした張本人なのであれば――彼女は、今のところ大成功をおさめつつあるパーティーを、台なしにしようと目論《もくろ》んでいるということだ。

アシュレイには、とてもではないが信じられない。

彼女の隣に立つエルドレッドが、慇懃《いんぎん》な口調で貴婦人に挨拶《あいさつ》する。

「おはようございます、レディ。朝早くから貴重なお時間をいただき、誠に申し訳ない」

「ごきげんよう、スターリング卿。こちらこそ、このようなお時間にお呼び立てして申し訳ありません」

エルドレッドとアシュレイのふたりを迎えたのは、貴婦人とそのメイドだけ。

貴婦人が男性を招く際のマナーとして、応接間の扉は開け放たれている。廊下には、ユリシーズとクラリッサをはじめ、スターリング商会の主《おも》だった面々とザカライアが顔を揃えているはずだ。

アシュレイはできるだけ緊張を顔に出さないようにしながらも、自分にこんな役目を押しつけた先輩メイドたちに、『今からでも代わってください！』と泣きつきたくなった。

（うぅ……いくら、この置時計の案件に一番深く関わっていると言っても、こんな重大な場面まで素人《しろうと》同然のわたしに任せなくてもいいではありませんか。エルドレッドの、ばかばかばか）

またしても緊張で吐きそうになりながら、アシュレイはちらりと貴婦人の背後に控《ひか》えるメイドを見る。

女性としては、かなり背が高い。ジェラルディーンと同じくらいだろうか。

ただし、彼女の着ているメイド服の胸元は、クラリッサと同じくらい豊かに盛り上がっている。なんとも羨《うらや》ましい。

彼女の顔立ちに派手さは一切ないものの、いかにも化粧映《ば》えしそうな端整な風貌《ふうぼう》だ。これは、着るものと化粧で別人のように化《ば》けるタイプと見た。

一方、その主《あるじ》の貴婦人は、実に典雅な女性である。十六歳の子どもがいるとは思えないほど、彼女のウエストは細い。こんな朝早くからでも、コルセットできっちりと締め上げられているのだろう。

優美な猫脚の椅子に腰かけた貴婦人は、おっとりとした仕草で首を傾《かし》げた。

「それで、スターリング卿。わたくしに内密のお話とは、一体どのようなご用でしょうか？」

「はい。まずは、こちらをご覧ください。――アシュレイ」

エルドレッドに促《うなが》され、アシュレイは抱えていた化粧箱の蓋《ふた》を開けた。

その中から取り出したものを見た途端、貴婦人とメイドが揃って小さく息を呑んだ。

「それは……」

掠《かす》れた声で、貴婦人がつぶやく。

アシュレイは、化粧箱の中身――昨日彼女が駆け落ちカップルから受け取った置時計を抱えたまま、きゅっと唇を引き結ぶ。

（どうやら、あなたのおっしゃっていた通り、こちらの貴婦人でアタリだったようですよ。ソールズベリー卿）

貴婦人たちの反応を見たエルドレッドが、眉根を寄せる。

「まさか、と思いましたが……そのご様子から察するに、あなたがこの置時計の本当の持ち主だったのですね。イシャーウッド侯爵夫人」

常よりもいささか硬い声での確認に、返事があるまで少しの間があった。

やがて貴婦人――イシャーウッド侯爵夫人アビゲイルは、にこりとほほえんでエルドレッドを見る。

「なぜ、その置時計がわたくしのものだとおわかりになったのかしら？　スターリング卿。工房からは、別人の名前で取り寄せたのですけれど」

「ソールズベリー卿が、教えてくださいました。この屋敷に、あなた以上に自分の失脚を望む人間はいない、と。――あなたは彼の作品を愛し、独占したいと考えている。だからこそ、彼がデザインした時計に爆発物を仕掛けた。そのせいで彼が孤立することを望み、傷ついたところを囲い込もうと目論《もくろ》んだ。違いますか？」

エルドレッドの質問に、アビゲイルが「そうね」とつぶやく。彼女はちらりと背後のメイドに視線を向けると、再び穏やかな笑みを浮かべる。

その瞬間、アシュレイは思わず息を詰めた。

ぞわり、と背筋が粟立《あわだ》つ。

「本当に、いけない方だこと。ソールズベリー卿。……せっかく、わたくしが世間の醜《みにく》さから守って差し上げようといたしましたのに。わたくし、あの方に思う存分素敵な絵を描いていただくために、郊外に素敵なお屋敷をご用意いたしましたのよ？　今夜、あの方が浅ましい欲にまみれた貴族社会から抜け出してくだされば、すぐにでもご案内する予定でしたが……」

心底残念そうに、アビゲイルがのたまう。

アシュレイには、彼女が何を言っているのか理解できない。

思わずエルドレッドに身を寄せると、背中に彼の大きな手が触れた。それだけで、息苦しかった呼吸が楽になる。

エルドレッドが、アビゲイルに問う。

「クリスティアンにこの置時計を渡したのは、そちらにいらっしゃるあなたのメイドですか？」

クリスティアンの言によれば、彼に声をかけてきたのは『身なりのいい若い男性』だったはずだ。

しかし、アビゲイルはあっさりとうなずいた。

「ええ。こちらのジェンマは、本当によく働いてくれますのよ。彼女がいなければ、わたくしは何もできなくなってしまいますわ」

ジェンマと呼ばれたメイドは、硬い表情のまま押し黙っている。

たしかに彼女ほど背が高ければ、男性のふりをするのも不可能ではないかもしれない。

アシュレイは、ついまじまじと彼女を見てしまった。

（ディーンだって、男物の服を着ていれば、素敵な美少年にしか見えませんし……でも、

あの立派なお胸を、どうやってごまかしたのかしら）

素朴な疑問を抱いたが、今はそんな小さな問題にこだわっている場合ではない。アシュレイは気を引き締め直す。

そこでアビゲイルがひどく残念そうに言う。

「あれほど鮮《あざ》やかな手腕で、ドハーティ公爵家のマーセディズ嬢を攫《さら》っていかれたのですもの。クリスティアンさまは、もう少し上手くやってくださると思っておりましたわ」

（あぁぁああ……っ、なぜでしょう。こちらは何も悪くないのに、ものすごく全力でお詫《わ》びしたい気持ちになるのは！　うちの先輩メイドたちが、とんでもない勘違いをさせてしまって申し訳ありません！　アビゲイルさま！）

きっと廊下では、先輩メイドたちもなんとも言えない気分になっているだろう。

指先で軽く自《みずか》らの頬に触れたアビゲイルが、ほぅ、と息を吐く。

「ねぇ、スターリング卿。おわかりにならない？　わたくしは、あの誰よりも美しい方を救って差し上げたいの。このまま世俗にいらしては、彼の輝くような才能は、きっと愚《おろ》かな人々に搾取《さくしゅ》され尽くしてしまうわ。わたくしならば、彼の真の理解者になれる。そう彼の才能をあまねく開花させるために、最高の環境を用意して差し上げられるわ。そうすれば、きっと彼はわたくしのために、最高の芸術作品を作り上げてくださる。素晴らしいことだと思いません？」

ねっとりと絡みつくような視線と言葉を、エルドレッドは間髪《かんはつ》を容《い》れずに切り捨てた。

「いいえ、まったく思いませんね。あなたのしようとしたことは、今まで彼が積み重ねてきた努力や実績を、すべて否定するものだ。美しい花を咲かせる薔薇《ばら》なら、あなただけの花園に囲って愛でることも可能でしょう。しかし、ソールズベリー卿は意思を持った人間です。彼の人生は、あなたのような身勝手な人間に、好き勝手にされていいものではありません」

まぁ、とアビゲイルが表情を曇《くも》らせる。

「やはり、あなたのような野蛮《やばん》な殿方《とのがた》に、わたくしの気持ちは理解していただけませんのね……」

「あなたの気持ちを理解できるようになるくらいなら、私は永遠に野蛮《やばん》なままでいることを選びます。――イシャーウッド侯爵夫人。今回の件について、侯爵はご存じなのですか？」

アビゲイルが、聞き分けのない幼子《おさなご》を見るような眼差《まなざ》しをエルドレッドに向けた。

「旦那さまも、あなたと同じ殿方《とのがた》ですもの。わたくしのソールズベリー卿に対する純粋な敬愛を、理解していただけるはずがありません」

彼女の言いように、アシュレイの置時計を持つ手にぎゅっと力が入る。

（……ハイ。いい加減に、本気で気持ちが悪くなって参りましたよ？　アビゲイルさま）

今までは、この置時計の持ち主——爆弾事件の首謀者《しゅぼうしゃ》が、よりによってパーティー主催者本人だという事実に驚くあまり、頭がまっとうに働いていなかった。

しかし、どんな激しい驚愕《きょうがく》も、時間が経てばただの現実になるものだ。

アシュレイは、据《す》わった目つきでエルドレッドを見上げた。

「エルドレッド。わたしに、発言の許可をいただけますか？」

「あぁ。好きにするといい」

貴族社会で、身分が下の者が上の者の許可なく口を開くことは、重大なマナー違反とされる。

しかし今、アシュレイはエルドレッドから発言の許可を得た。これで礼儀は充分守っている、ということにしたい。

（申し訳ありませんが、アビゲイルさま。気持ちの悪い変質者は、たとえどれほど素晴らしい貴婦人でも、目上の相手とは認めたくないのです！）

どうせ、この場での出来事が外部に漏れることはない。

アシュレイは、まっすぐにアビゲイルを見た。

「はじめまして、アビゲイルさま。わたしは、アシュレイ・ウォルトンと申します。ソールズベリー卿がまだ駆け出しの画家だった頃、お世話をさせていただいた家の娘です」

「え……？」

それまで鷹揚《おうよう》に構えていたアビゲイルの目が、わずかに揺らぐ。

アシュレイは、ここぞとばかりに言葉を重ねる。

「先ほどからお話を聞かせていただきましたが、ソールズベリー卿が『美しい方』だなんて、わたしからすれば笑い話にもなりません。わたしの屋敷にいらした頃の彼は、下着一枚で平気で人前をうろついておりました。さらに言えば、何日もお風呂に入らないままキャンパスに向かい続け、酔っ払っては屋外で吐瀉物《としゃぶつ》を撒《ま》き散らすような、本当にどうしようもない殿方《とのがた》でしたもの」

アシュレイは、キリッと自分の知る事実を並べ立てていった。

アビゲイルの顔から徐々に血の気が引いていく。

「まさか……そんな、嘘よ……あの方は……」

「嘘ではありません。私は彼のことを、幼い頃からよく知っているのです。証拠を、とおっしゃるのでしたら、ソールズベリー卿の服を剥《は》いで、彼の背中を確認してください。右の肩甲骨の下に、少し大きめのホクロがふたつ並んでおりますよ。それから、彼が二日酔いのときによく好んで口にしていたのは、蜂蜜《はちみつ》とレーズン入りのミルク粥《がゆ》です。ぼさぼさの長い髪を垂らしたまま、無言でお粥《かゆ》をすすり続ける彼の姿は、正直に申し上げて大変不気味でした」

廊下のほうから「もうやめてー！」というザカライアの声が聞こえたような気がしたが、きっと気のせいだろう。

ますます青ざめていくアビゲイルに、アシュレイはトドメを刺した。

「よろしいですか？　アビゲイルさま。いくら素晴らしい才能の持ち主だろうと、ソールズベリー卿は人間です。そして、人間というのはお酒に酔えばげっぷを吐き、オナラをし、吐瀉物《としゃぶつ》を撒《ま》き散らすものなのです。その事実を踏まえた上で、彼に対して『純粋な敬愛』を抱き続けることができるとおっしゃるなら、あなたは変態の中でも割と立派です。どうぞそのまま、変態道を邁進《まいしん》なさってくださいませ」

「変態……え……？　わたくしは、変態なの……？」

アビゲイルが、虚《うつ》ろな声でつぶやく。

アシュレイは目を瞠《みは》った。

「もちろん、アビゲイルさまは変態ですよ。いえ、変態というよりはむしろ、人間を美しい植物や愛玩動物と同一視してしまう、大変危険な変質者です。まさか、ご自分の異常性を自覚していらっしゃらなかったなんて……今まで、よくご無事に侯爵夫人の務めを果たされていましたね」

心底不思議に思って言うアシュレイに、アビゲイルがうつむく。

「それは……だって、いつもジェンマが助けてくれたもの……」

（なんと！）

アシュレイは、アビゲイルの背後で立ち尽くすジェンマを、きっと睨《にら》みつけた。

「ジェンマさん。いくらなんでも、アビゲイルさまを甘やかしすぎです。権力と地位と財力を持った変態が暴走すると、これほどはた迷惑なことをしでかしてしまうのですよ。身を挺《てい》してでも止めるのが、主人への忠誠というものではないのですか」

「め……面目《めんぼく》ない……」

はじめて聞いたジェンマの声は、少しハスキーな低めのアルトだった。たしかにこの声ならば、男性に化《ば》けることができるかもしれない。

アシュレイは、まったくです、とうなずいた。

「こちらの置時計は、アビゲイルさまにお返しします。また、今回の件について、こちらから公表するつもりはありません。……そうですよね？　エルドレッド」

それまで腕組みをして彼女の言うことを聞いていた彼が、どこか疲れた顔で応じる。

「……あぁ。スターリング商会の仕事は、今回のパーティーを無事に終わらせることだ。よけいな騒ぎを起こすつもりはない」

ただし、とエルドレッドは冷ややかな眼差《まなざ》しでアビゲイルを見た。

「ソールズベリー卿は、アシュレイの父親が命がけで育てた画家だ。彼の画家生命を潰すような真似は、今後一切控《ひか》えていただこう」

「は……はい……」

鋭《するど》い声に身を縮ませ、アビゲイルがうなずく。その様子から、今までの変態っぽい雰囲気はまるで感じられず、アシュレイはほっとした。

そして、それ以上に――

（あぁ……っ。こんなときまで、わたしの父のことを気にかけてくださるなんて！　エルドレッドは、本当に優しい方ですね！）

――敬愛する主《あるじ》への感謝を、一層深めていた。

もしそんな彼女の心情を、廊下にいるスターリング商会の面々が知ったなら、声を揃えてこうツッコんでいただろう。

『気をつけなさい、アシュレイ！　おまえの主《あるじ》のエルドレッドも、アビゲイルに負けないくらいの立派な変態なんだからー！』

# 終章　スターリング家のメイドたち

イシャーウッド侯爵家のパーティーが無事に閉幕して、一週間が経った。

ドリューウェット・コートに戻り、いつも通りの日常に戻っていたアシュレイたちのもとに、一通の手紙が届いた。

宛先《あてさき》は、クラリッサ。差出人は、エスメラルダ・イシャーウッド侯爵令嬢である。

昼食後、食堂でお茶を飲んでいたメイドチームの面々は、そこに届けられた手紙を揃ってのぞきこんだ。

『――前略。

クラリッサさん。ジェラルディーンさん。ヘンリエッタさん。アシュレイさん。みなさま、お元気でいらっしゃいますか？　先日は、大変お世話になりました。おかげさまで、わたくしもエイミーも、とても元気です。

少しずつですが、男性への苦手意識も改善して参りました。きっと、婚約者候補のみなさまが、毎日心のこもったお手紙をくださるからだと思います。本当に、心から感謝しております』

そこまで読んで、クラリッサが半目になってぼやく。

「え。何この子、手紙の初《しょ》っ端《ぱな》から、さらっと自分のモテっぷりを自慢してきたわよ」

『ただ……実は、パーティーが終わってからというもの、お母さまのお加減が、あまりよろしくないようなのです。すっかり塞《ふさ》ぎこんでしまわれて、ときには〝修道院に入りたい〟などとおっしゃるようになってしまいました』

「あぁ……あのお方は、箱入り娘がそのまま大人になったような女性だったからな。お気に入りの男性に対する歪《ゆが》んだ憧れをあんな形で粉砕されたら、世を儚《はかな》みたくもなるかもしれん」

腕組みをしたヘンリエッタが、至極納得した様子でうなずいた。

ジェラルディーンは、へにょりと眉を下げる。

「エスメラルダさまが発見した、成人男性向けのえげつない雑誌だって、ちらっとは見ていただろうにね。同じ成人男性だっていうのに、雑誌の持ち主の従僕たちと、芸術家のソールズベリー卿との扱いの差がすごすぎるよ」

アシュレイは、まったくです、と半目になった。

「従僕たちへはあれほど正しい対応をしていらしたのに……つくづく、芸術家へ傾倒する人間というのは、何を考えているのかわかりませんね」

彼女の言葉に、メイドたち全員が顔を上げる。

クラリッサが、なんとも微妙な顔でぼやく。

「それ、あんたが言うとシャレにならないから」

「あ、すみません」

残りのエスメラルダからの手紙には、弟との他愛ない触れ合いや、エイミーがひとりの従僕――どうやら、アシュレイの手伝いをしてくれた青年と、ちょっぴりいい雰囲気だという内容がしたためられていた。

ちなみに、あの残念な公爵令嬢マーセディズと駆け落ち相手のクリスティアンは、アビゲイルに利用されていたことが明確になり、解放されたらしい。野放しにしておくと何をしでかすかわからないからと、それぞれ実家に連れ戻されて、肩身狭く過ごしているようだ。

ジェラルディーンが、しみじみと言う。

「平和だねぇ……」

「うむ。母親の変態気質が、エスメラルダ嬢に引き継がれている様子は、今のところ見られないな」

「ヘンリエッタ。いくら親が変態だからって、娘さんをそんな色眼鏡で見るのはよくないよ」

顔をしかめたジェラルディーンに、ヘンリエッタが片手を上げて謝罪する。

「そうだな、すまない。私の今の発言は、非常に不適切なものだった」

相変わらず、ジェラルディーンの爽やかさが眩《まぶ》しい。

そんな中、クラリッサは読み終えた手紙を元通りにたたんで封筒に戻す。

「なんにしても、イシャーウッド侯爵家の仕事では、初仕事だっていうのにアシュレイが随分活躍していたわよね。本当に、よくやったわ」

「え？　あ……ええと、あ、ありがとうございます！」

まだまだ褒められることに慣れていないアシュレイは、先輩からの突然の褒め言葉に、つい声をひっくり返してしまった。

クラリッサが、くすくすと笑ってジェラルディーンを見る。

「そう言えば、ディーン。昨夜、そろそろできあがりそうだ、って言っていたけれど……」

「あ！　うん、ちょうど午前中に最後の微調整が終わったんだ！　お昼ご飯が終わったら、披露《ひろう》しようと思ってた！」

声を弾《はず》ませたジェラルディーンが、勢いよく立ち上がる。そして彼女は、一同を自分の仕事場である西棟二階の被服室へ誘った。

そこにあったのは——

「じゃーん！　アシュレイのスターリング商会メイド服、完成版です！」

——イシャーウッド侯爵家の仕事が終わってから、ジェラルディーンが制作に取り組んでくれた、アシュレイの制服であった。

見た目は、今まで着ていたものとほとんど変わらない。しかし、これはジェラルディーンがアシュレイの体を採寸して作ってくれた、世界で唯一の品である。

仲間たちから「早く着てみろ」と急《せ》かされて、アシュレイは新品のメイド服に袖を通した。

ありがたいことに、以前よりもさらに動きやすくなっているようだ。もちろん、戦闘行動に入ってもスカートの中が見えることを心配しなくていいよう、黒のインナーズボンもしっかりついている。

アシュレイは、瞳を輝かせてジェラルディーンに礼を述べた。

「ありがとうございます、ディーン。とても動きやすいです」

「そう言ってもらえると嬉しいよ。何か改善してほしいところがあったら、いつでも言ってね」

はい、とアシュレイはうなずく。

そのとき、ふと窓の外に何かを見つけたらしいクラリッサが、含み笑いをしながら声をかける。

「アシュレイ。これから男連中が、裏庭で訓練をはじめるところみたいよ。ちょうどいいから、アタシたちもまぜてもらいましょうよ」

先輩の言葉に応じて、ヘンリエッタが被服室の窓を開ける。彼女は、東棟のほうへ向けて声をかけた。

「エルドレッド。アシュレイのメイド服が完成したのだが、これからクラリッサとともにそちらへ合流しても構わないだろうか？」

エルドレッドは、笑って手招きをしてくる。クラリッサが、アシュレイを見た。

「行くわよ、アシュレイ」

「はい！」

ふたりは、ほぼ同時に窓枠に足をかけ、そのままひらりと宙に飛び出す。

二階の窓程度の高さならば、彼女たちにとっては飛び降りてもまったく問題ない。難なく着地したふたりは、護衛チームに駆け寄った。

クラリッサが、いたずらっぽい表情でアシュレイを促《うなが》す。

ちに手を振った。

「ホラ、ふたりに見せてあげなさい」

うなずいたアシュレイは、西棟を振り返り、被服室の窓からこちらを見ている仲間た

「それでは、いきまーす！　……っせーの！」

掛け声と同時に、アシュレイは制服のスカート部分に飾られているリボンを引っ張る。

その直後、彼女の着ているメイド服は、膝下丈から膝上丈のものに一変した。

二重になっていた膝下丈のスカートが、ワンピースから分離したのだ。膝下丈のスカートが地面に落ちる前に、アシュレイは勢いよく引き上げる。軽い布地がふわりと風になびいた。

「あ！　これは、いい感じに目くらましにもなりそうです！」

「そうねぇ。それを有効活用する方法も、少し考えてみましょうか」

クラリッサは、指先で軽く唇に触れる。これはどうやら彼女が考え事をするときのクセらしい。

そんなことがわかるようになったのが、アシュレイは少し嬉しい。

ほこほこした気分になっていると、クラリッサがふとほほえんだ。

「こうしてちゃんとした制服もできあがったことだし、改めて言わせてもらうわね。――

ようこそ、アシュレイ。スターリング商会のメイドチームへ。チームリーダーとして、心から歓迎するわ」

「……っはい！　ありがとうございます！　今後とも、ご指導よろしくお願いいたします！」

午後の明るい日差しにふさわしい、実に体育会系なやり取りである。

そこへ、ふらりと近づく影があった。エルドレッドだ。

「おい……アシュレイ」

「はい。なんでしょうか？　エルドレッド」

振り返ると、彼は何やらひどく複雑な表情で彼女を見ていた。

いや、と応じたエルドレッドが、頭痛をこらえるように額《ひたい》を押さえる。

「あー……うん。新しい制服ができて、よかったな。すごく似合ってるし、可愛い。うん、可愛い。すごく可愛い。可愛いんだが……っ」

何やらぶつぶつとつぶやきだした彼は、すぐにくわっとクラリッサに噛《か》みついた。

「おい、クラリッサ！　なんだこのエロ可愛いのは！　たしかにどんなデザインでも好きにしろとは言ったが、こんなにスカートが短かったら、足のラインがモロ見えだろうが！」

「ちゃんとインナーズボンを穿《は》いているんだから、別にいいじゃない。アタシも、次のバージョンアップのときには、同じようにしてもらうつもりよ」

あっさりと答えたクラリッサに、エルドレッドがわめく。

「おまえはいいよ！　いくらでもその辺の男連中を悩殺してください、女王さま！　でもアシュレイには、まだ早い！　つーか、ダメ！　これは、オレの！」

なんだかよくわからないが、エルドレッドにはこの二重スカートのパージ機能は不許可だったようだ。

アシュレイは、しょんぼりと眉を下げる。

「スカートがこれくらい短くなると、とても動きやすいのですが……どうしても、許可していただけませんか？　エルドレッド」

「……っ！」

エルドレッドが、固まった。

その様子を見ていたクラリッサとユリシーズが、ぼそぼそと小声で囁《ささや》き合う。

「やっぱり、うるうるの上目遣いは最強ね……」

「あれで、素《す》か。……なかなか、末恐ろしいな」

そんなやり取りに、自分の制服の命運がかかっていたアシュレイは、まるで気づいて

いなかった。

ややあって、エルドレッドが、がっくりと肩を落とす。

「……ウン。いいよ、アシュレイ。その制服、おまえにすごく似合ってるから」

「ありがとうございます！」

アシュレイは、ぱっと笑顔になった。そんな彼女の肩を、エルドレッドが、がっしと掴《つか》む。

「でもな、アシュレイ。そのスカートパージ機能は、よっぽどのときじゃなかったら、使ったらダメ。秘密兵器ってのは、あまりホイホイ人前で披露《ひろう》しないモンなの。わかった？ 了解？」

「はぁ。了解しました？」

「なんで、語尾が疑問形!?」

たかがメイド服のスカートなのに、エルドレッドは随分と食いついてくるものだ。

首を傾《かし》げ、アシュレイは答えた。

「いえ。ただ、わたしはまだまだ素人《しろうと》同然ですので、きっとどんなお仕事であっても、この秘密兵器を出し惜《お》しみしている余裕はないだろうな、と思っただけです」

「……ウン。そうだね」

何やら意気消沈《いきしょうちん》して見える主《あるじ》に、アシュレイは改めて考える。

素人《しろうと》同然の自分をチームに加えることは、やはりトップであるエルドレッドにとって、かなりの不安要素なのだろう。これは、一日も早く一人前の構成員になって、彼の憂《うれ》いを取り除けるようにならねばなるまい。

そのためには、精進あるのみである。

(ええ、エルドレッド！　あなたのおかげで、わたしは路頭に迷うことなく、こうして素敵な先輩たちに恵まれております！　あなたの邪魔をするものがあるなら、そんなものはわたしがすべて、お掃除させていただきます！)

こうして、子爵令嬢アシュレイは、大陸中に名を響かせるスターリング商会のメイドチームの一員となった。

彼女がこれから、頼りになる仲間たちとともに、どんな人生を歩んでいくかは——

今はまだ、神のみぞ知る。

書き下ろし番外編

# スターリングの魔女たち

スターリング商会の若手精鋭部隊の拠点である、ドリューウェット・コート。

その日、訓練と実益を兼ねた玄関ホール掃除に勤《いそ》しんでいたアシュレイは、突然豪華な馬車を乗りつけて訪れた客人の姿に、ぽかんと目を丸くした。

「あなたが、この間入ったという新人さんかしら？　問答無用の女王さまに超絶頭脳派クール系、ふわふわ美少年タイプとイロモノばかりを連れてきて、さあ次はどんな子がくるかと思っていたけれど……」

ふむ、と顎《あご》を指先でくるむようにして首を捻《ひね》った客人は、アシュレイの姿をしみじみと眺めてうなずく。

「これはまた、随分と素直そうなお嬢さんが来たものねえ」

相手の値踏みするような視線が、なんだか居心地が悪い。しかし、まずは挨拶《あいさつ》せねばとアシュレイは口を開いた。

「ええと……はい、先日スターリング商会に入会いたしました、アシュレイ・ウォルトンと申します。失礼ですが、エルドレッドさまのお姉さまでいらっしゃいますか？」

何しろ、華やかな深紅のドレスに身を包んだその客人は、性別と若干《じゃっかん》の年齢の差こそあれ、彼女の雇い主にものすごくよく似ていたのである。

エルドレッドの顔立ちに、女性らしいところなどどこにもない。むしろ、男の色気を無駄に振りまいているような美形である。鍛《きた》え上げられた長身は、細身ながらバランスのいい筋肉がついていて、惚れ惚れするほど羨《うらや》ましい。

一方、目の前にいる客人は、これまた女性の色気がたっぷりの美女である。豊満な曲線を描く体は同性の目から見ても実に魅力的《みりょくてき》だし、化粧を施《ほどこ》した顔は麗《うるわ》しいの一言だ。

真逆の印象を与える姿を持つふたりなのに、一目で血の繋がりを推測できるほどに似ていると感じるのだから、つくづく人の顔立ちというのは不思議だと思う。エルドレッドに姉妹がいるという話は聞いたことがなかったけれど、これほど似た容姿なのだ。スターリング商会の関係者であることは間違いあるまい。

相手の姿を確認した時点で、警戒心がゆるゆるになっていたアシュレイの問いかけに、客人の女性は切れ長の目をわずかに見開いた。そして、にっこりとほほえんで口を開く。

「ご挨拶《あいさつ》が遅れたわね。わたくしは、コーデリア・スターリング。スターリング商会の本邸で、財務と情報管理の責任者をしているわ」

本邸勤務の、財務と情報管理の責任者――ということは、直属ではないとはいえ、コーデリアはアシュレイの上司ということになる。スターリング姓の彼女の指に、既婚者であることを示す指輪が光っているから、おそらく婿を迎えているのだろう。

アシュレイは、首を傾《かし》げた。

「エルドレッドさまは、ただいまお出かけなのですけれど……。ユリシーズさまをお呼びいたしますか？」

身内ならば、こうして突然顔を見に来ても不思議はないが、残念ながらエルドレッドは朝から仕事の打ち合わせで出かけている。副長のユリシーズは同行していないから、おそらく自室にいるだろう。

しかし、コーデリアは楽しげに笑って言った。

「あの子がいないのはわかっているわ。わたくしは、あなたを見に来たのよ」

「わたし……ですか？」

アシュレイは、きょとんとした。エルドレッドは、彼女を雇い入れる前に一通り身辺調査をしたと言っていた。本邸で情報管理を取り仕切っているコーデリアが、今さら何を見に来たと言うのだろう。もしやこれが抜き打ち監査というものだろうか、と思いながら、少し高い位置にあるエルドレッドと同じ琥珀色《こはくいろ》の瞳を見上げる。

「でしたら、ちょうどよかったです。あと少しでこのエリアの掃除が終わりますので、どうぞご覧になっていらしてください。ただ、お召し物が汚れてしまっては申し訳ありませんので、そちらのソファへおかけになっていただけますか？」

すでに掃除を終えた一角のソファを示すと、コーデリアが再び目を見開いた。一拍置いて、小さくふき出す。

「あら、いやだ。そんな小姑じみたことをしに来たわけじゃないのよ。ただ、エルドレッドが選んだお嬢さんは一体どんな子なのかしら、って思って来てみただけなの」

そう言って、コーデリアはアシュレイが示したソファを見た。

「あちらのほうは、もうお掃除が終わっているのよね。少し、お話させてもらってもいいかしら？　アシュレイさん」

「はい、コーデリアさま」

上司の言葉には、素直に従うべし。

樫《かし》材の丸テーブルをはさんで、それぞれ一人がけのソファに腰を下ろすと、コーデリアは背筋をぴんと伸ばしたアシュレイを見て小首を傾《かし》げた。

「悪いけれど、わたくしもあまり時間があるわけではないの。だから、ズバッと単刀直入に聞かせてもらうわね。――アシュレイさん。あなた、エルドレッドのことをどう思っているの？」

先ほどまでとは打って変わって、何やら真剣な眼差《まなざ》しである。アシュレイは、既視感を感じて瞬《まばた》きをした。

（なんだかついこの間、クラリッサにも同じ質問をされたような……）

イシャーウッド侯爵家での任務中に、尊敬するチームリーダーにもまったく同じことを聞かれたばかりだ。スターリング商会では、新入りに対してこういった質問をするのが流行《はや》っているのだろうか。

同時に思い出したのは、大変頭のいい同僚からのアドバイスである。まだ記憶に新しいその助言に従い、アシュレイは笑顔で口を開いた。

「はい。とても優しくて、いい方だと思っています」

実際、エルドレッドはとても心優しい青年だし、まだまだ不慣れなアシュレイをよく気にかけてくれる、とても素敵な雇い主だ。

心から思ったまま、自信を持って言った彼女だったが――なぜかコーデリアから、信じられないものを見る目を向けられた。

（え、なんで？）

困惑するアシュレイに、コーデリアが軽く眉間を揉むようにしてから言う。

「あの子をそんなふうに思ってくれているのは、家族としてはとても嬉しいのだけれど……。あのね、アシュレイさん。もうちょっと、そう、ほかに何かないかしら？」

ほかに、と言われても困ってしまう。さすがに、エルドレッドの身内の女性に「彼のことは、心のアニキと慕っています！」と宣言するのは恥ずかしい。

（そういえば、コーデリアさまがエルドレッドのお姉さまということは……これは、心の姐御《あねご》と呼ばせていただくべきなのでしょうか）

一瞬、そんなとっちらかったことを考えてしまったが、今はそんな場合ではなかろう。頭を捻《ひね》り、アシュレイはぽんと両手を打ち合わせた。

「ご自分のお部屋を、毎日きちんとご自分でお掃除されていらっしゃるのは、とても素晴らしいと思います！」

比較するのは申し訳ないかもしれないけれど、アシュレイの父は衣食住に関する一切を何ひとつ満足にできない男性だったのだ。ドリューウェット・コートの男性陣は、エルドレッドをはじめとして全員が自室の掃除は自分でしている。……それが、エロ本の隠し場所を知られたくないという、若い男性特有の事情によるものであろうとも、身の回りのことをきちんとできる男性というのは、それだけで立派だと思うのである。

しかし、熱意をこめたアシュレイの答えは、またしてもコーデリアの心の琴線《きんせん》に触れなかったらしい。一度、どこか遠いところを見た彼女が、あからさまな作り笑いを浮かべて視線を戻す。

「そう。ほかには？」

（え、また？）

まさかのエンドレスなのだろうか、と若干《じゃっかん》恐怖を覚えつつ、アシュレイはうんうんと考える。

（商会代表モードだと実年齢よりも上に見えるのに、前髪を下ろすと年相応に若々しく見えるというのは、誰から見ても同じ感想になるでしょうし……。笑うと可愛らしく見えるときがある、というのは、さすがに上司に対する言葉としては不適切ですよね）

懸命に思案し、アシュレイはぱっと顔を上げた。

「エルドレッドさまは、人前で若い娘が短いスカートを穿《は》くのがお好きではないようです。そういうところは、とても紳士的で素敵だと思います」

「え？　あの子はどちらかといえば、胸より太もものほうが――あらやだ、忘れてちょうだいな」

オホホ、とわざとらしく笑ったコーデリアの失言から察するに、エルドレッドは女性の太ももに魅力《みりょく》を感じるタイプらしい。そういった自身の嗜好《しこう》にもかかわらず、紳士的な美徳を優先する彼は、やっぱり立派な青年だ。

つくづく、自分はいい上司に恵まれたものだと感謝していると、コーデリアがアシュレイの着ているメイド服をじっと見つめているのに気がついた。

「どうかしましたか？　コーデリアさま」

「ええ。ひょっとして、今あなたが着ているのが、スカート部分が二重構造になっているという新しい制服なのかしら。少し、見せてもらえる？」

いかにも興味津々という様子で言われ、アシュレイは素直に立ち上がった。軽く裾をめくって、中の膝上丈スカートが見えるようにする。

「こちらのリボンを解いて引くと、ロングスカートが分離するようになっています。ただ、先ほども申し上げましたが、エルドレッドさまはこちらのパージ機能があまりお好みではないようでして……。あまり不用意に使用してはいけないと言われています」

「……そうね。若い女の子が、あまり体を冷やすものではなくてよ」

苦労しているのね、とコーデリアがつぶやいたとき、外のほうからばたばたと慌ただしい足音が聞こえてきた。前髪を下ろした通常モードのエルドレッドが、駆けこんでくるなりコーデリアに向けて声を上げる。

「おふくろ！　こっちに来るなら来るって、前もって連絡しろって言っただろ!?」

「うるさいわねえ。そんなに大きな声でわめかないでちょうだい。それとも、なあに？　わたくしに見られたら何かマズイものでもあるのかしら？」

苦虫を噛《か》み潰したような顔で、エルドレッドが舌打ちをした。

「もしまた、あの公爵家のメスザルみたいな女との見合い話でも持ってきたんだったら、悪いがこのまま帰ってくれ」

「メスザルって……エルドレッド。あなた、思ったことを素直に言えるようになったのねえ。少し前まで、自分の結婚話ですらまるで他人事みたいな顔をしていたのに、驚いたわ」

コーデリアは何やら感動したように言っているが――アシュレイの聞き間違いでなければ、エルドレッドは彼女に対して、母親を意味する呼称を使っていなかっただろうか。

不躾《ぶしつけ》なのは百も承知で、まじまじとコーデリアの姿を観察する。……肌の張りといい、まったく隙のないプロポーションといい、とても二十歳過ぎの息子がいるようには思えない。一瞬、もしや後妻なのだろうか、と考えてしまったが、元気よく言い合うふたりはこうして並べてみると、頭の中で想像していた以上によく似ている。

女性に対し、年齢を尋ねるのはマナー違反だ。そうわかっていても、二十代後半にしか見えないコーデリアの実年齢が、どうしても気になってしまう。

　そんなアシュレイの様子に気づいたのか、エルドレッドが心底疲れ切った様子でこちらを見た。

「アシュレイ。おまえの言いたいことは、不本意ながらものすごくよくわかる。この人は、間違いなくオレの実の母親だ。一部の界隈《かいわい》では『スターリングの魔女』と呼ばれているが、おまえを取って食うようなことはないから心配するな」

「そうそう、わたくしが美しさと若さを保っているのは、それなりの努力をしているからよ。若い娘さんの生き血をすすったりはしていないから、安心なさいな――って、何を言わせるのよ、失礼な子ねえ」

　打てば響くような、会話のテンポ。このこなれた感じは、間違いなく親子のそれだ。

　感心しながら、アシュレイは言った。

「それでは、エルドレッドさまも今からそれなりの努力をなされば、コーデリアさまのようにいつまでも瑞々《みずみず》しい若さを保てるのですね。商会のお仕事は体力勝負なのですし、いろいろとご教授いただいてはいかがでしょうか」

　彼女の提案に、エルドレッドがものすごくいやそうな顔になる。

「なんでそうなる。いくら見た目が若かろうが、実戦で動けなきゃ意味がねえ――」

そこで、とてもイイ笑顔になったコーデリアが、テーブルの上に置いてあった真鍮《しんちゅう》製の呼び鈴を持ち上げた。白魚のような指をその持ち手に絡め、ぐっと力をこめる。直後、哀《あわ》れな呼び鈴がひとつ、その存在意義を失った。

ひしゃげた呼び鈴を眺めたエルドレッドが、頭痛をこらえるように額《ひたい》に手を当てたが、アシュレイはコーデリアの秘められた実力に感動するばかりだ。

「コーデリアさま……すごいです！　カッコいいです！」

つい興奮して両手を組み合わせ、キラキラと輝く瞳でコーデリアを見つめる。さすがは、アニキなエルドレッドの母親である。彼女の実年齢はこの際脇にどけておいて、やはり心の姐御《あねご》と呼ばせていただきたい。

そんなアシュレイを、何度か瞬《まばた》きしながら見ていたコーデリアが笑って言う。

「本当に、素直な子だこと。……ねえ、アシュレイさん。あなた、洗顔とお肌の保湿には何を使っているの？」

「はい、支給品の石鹸です」

つられて笑顔で答えたアシュレイだったが、その瞬間、コーデリアのまとう空気が一変した。

「エルドレッド？」

（え……何？　いきなり、なんなんですかー!?　エルドレッド！　あなたのお母さまのお顔が、とっても恐ろしいことになっていますよ!?）

まるで怒れる魔王のごとき顔つきになった彼女が、地獄から響くような声で口を開く。

「石鹸……支給品の石鹸、ですって？　まさかとは思うけれど、アシュレイさん。あなた、洗顔後になんのケアもしていないっていうのかしら……？」

あまりの威圧感に、声もなくうなずくばかりのアシュレイを、しばしの間じっと見つめていたコーデリアが、エルドレッドを振り返った。

「エルドレッド。メイドチームの子たちを、順番に本邸のほうに寄越してちょうだい。クラリッサ自身には必要がないかもしれないけれど、チームリーダーとしての心構えが少し足りないようだから、まずはあの子からね」

「……おふくろ？」

コーデリアの据《す》わりきった目つきに、エルドレッドの腰が引けている。ふう、と息を吐き、指先で頬に触れた年齢不詳の美女は、寸前までの魔王モードが嘘のような憂《うれ》い顔だ。

「まったく、嘆かわしいこと。女の美しさというのは、立派な武器になるのよ。エルドレッド。……わたくしが直々に、そのことをじっくりとあなたの部下たちに教えてあげるわ」

アシュレイは、咄嗟《とっさ》にエルドレッドを見上げる。視線で必死に『お断りしてください！』と訴えたのだが、返ってきたのはすべてをあきらめたようなほほえみだった。たとえスターリング商会の代表であっても、財布の紐を握っている母親の要望を退けるのは、不可能らしい。

窓の向こうに見える遠いお空を眺めながら、アシュレイはいまだ何も知らない仲間たちに謝罪した。

（クラリッサ。ヘンリエッタ。ディーン。……申し訳ありません。なんだかわたしのせいで、みなさんにもコーデリアさまの教育的指導が行《おこな》われることになってしまったみたいです）

――のちに、スターリング商会のメイドチームの面々は、その見事な仕事ぶりだけではなく、年を重ねてもまるで変わることのない容貌《ようぼう》と若々しさで、人々から『スターリングの魔女たち』と呼ばれるようになる。

その陰に、貧乏育ちの子爵令嬢の『洗顔石鹸？　それって、台所用石鹸や洗濯用石鹸と、何か違うんですか？』という素朴な疑問を受けた人々による、懸命にして多大なる努力があったことを知っているのは、スターリング商会の中でもごく限られた者たちだけなのであった。

RC
Regina COMICS
大好評発売中!!
おとぎ話は終わらない
1
アルファポリスWebサイトにて
好評連載中!
原作 灯乃 Tohno
漫画 小野寺晴 Haru Onodera
待望のコミカライズ!
とある皇国の田舎町で育った少女・ヴィクトリア。母を亡くして天《てん》涯《がい》孤《こ》独《どく》になった彼女は、仕事を求めて皇都にやってきた。そこで、学費も生活費もタダな魔術学校“楽園”の話を耳にし、入学を決意する。だけどその学校は、どうやら男子生徒しかいないようで――!?
学費タダ・3食・おこづかい付につられて
男子しかいない
魔術学校に入学!?
アルファポリス 漫画
検索
B6判/定価:本体680円+税
ISBN:978-4-434-23964-9

悪役令嬢の役割は終えました
RC Regina COMICS
{原作}月椿
tsuki tsubaki
{漫画}甲羅まる
koura maru
異色の悪役令嬢ファンタジー
待望のコミカライズ!
神様に妹の命を救ってもらう代わりに、悪役令嬢として異世界に転生したレフィーナ。嫌われ役を見事に演じ、ヒロインと王太子を結び付けた後は、貴族をやめてお城の侍女として働くことに。どんなことも一度見ただけでマスターできる転生チートで、お気楽自由なセカンドライフを満喫していたら、やがて周囲の評価もどんどん変わってきて――?
嫌われ役は本日限りとさせていただきます。
アルファポリス 漫画
検索
B6判/定価:本体680円+税
ISBN:978-4-434-28413-7

本書は、2018年2月当社より単行本として刊行されたものに書き下ろしを加えて文庫化したものです。


この作品に対する皆様のご意見・ご感想をお待ちしております。

おハガキ・お手紙は以下の宛先にお送りください。

【宛先】

〒150-6008 東京都渋谷区恵比寿4-20-3 恵比寿ｶﾞｰﾃﾞﾝﾌﾟﾚｲｽﾀﾜｰ 8F
（株）アルファポリス　書籍感想係

メールフォームでのご意見・ご感想は右のＱＲコードから、
あるいは以下のワードで検索をかけてください。

アルファポリス　書籍の感想　検索

ご感想はこちらから

レジーナ文庫

# お掃除《そうじ》させていただきます！

## 灯乃《とうの》

2021年2月20日初版発行

文庫編集－斧木悠子・宮田可南子
編集長－太田鉄平
発行者－梶本雄介
発行所－株式会社アルファポリス
〒150-6008 東京都渋谷区恵比寿4-20-3 恵比寿ｶﾞｰﾃﾞﾝﾌﾟﾚｲｽﾀﾜｰ8階
TEL 03-6277-1601（営業）　03-6277-1602（編集）
URL https://www.alphapolis.co.jp/
発売元－株式会社星雲社（共同出版社・流通責任出版社）
〒112-0005 東京都文京区水道1-3-30
TEL 03-3868-3275
装丁・本文イラスト－名尾生博
装丁デザイン－ansyyqdesign
印刷－中央精版印刷株式会社

価格はカバーに表示されてあります。

落丁乱丁の場合はアルファポリスまでご連絡ください。

送料は小社負担でお取り替えします。


ISBN978-4-434-28507-3 C0193